ALEXANDRE POULET

DILUTION MENTALE

ULTIME CONNEXION

alexandre.poulet@yahoo.fr

Relecture et correction : Pierre Van Hoeserlande.
Illustration de couverture : Joris Maillard.

Dépôt légal : juillet 2022.

ISBN : 978-2-9566214-4-7

Elle incarnait l'authenticité.
Lui, la racine du changement.
Leur rencontre était une évidence.
À 3% près.

1

Catch-No

Paroxysme d'une réaction en chaîne déclenchée par la clameur soudaine d'un radio-réveil trop matinal. L'engin de mauvais augure indique 7 h 33 dans un clignotement hystérique. Tâtonnant dans la pénombre, je vacille et me rattrape de justesse, à deux doigts de me ramasser sur la table du salon. Ma dernière soirée d'écrivain a été rude. Ponctuée par un malheureux verre de trop m'ayant précipité dans une léthargie foudroyante, avant que j'aie la présence d'esprit de regagner ma chambre.

Pour être honnête, le terme *écrivain* semble un concept bien trop large pour camoufler l'expression maladroite de mes désirs ardents. J'ai plutôt coutume de dire que je « gribouille pour le plaisir » et « évacue mes démons » lorsqu'on insiste un peu trop pour que je révèle les nerfs de ma guerre. En 2034, seuls quelques descendants d'anciens érudits vivent encore de leur plume. Les citoyens portent aux nues une poignée d'élus qui crachent des péripéties romanesques à la semaine, aidés par l'assistance technique en ligne des derniers

AI-Writers, ces algorithmes alimentés par des années de traitement de *big data* qui ont fini par développer une qualification relativement juste et étoffée du sentiment humain. Avec ces assistants, écrire une histoire surprenante et larmoyante à souhait est désormais à la portée de quiconque sait jouir des bonnes relations. Mais je ne m'évertue pas à devenir une exception sociale. Moi, Rhiza, du haut de mes trente-cinq piges, j'affirme que la célébrité, je la laisse volontiers aux vendus de la pire espèce. Coucher des bribes d'idées sur papier est un passe-temps nocturne qui contraste avec mon train-train quotidien fait de réunions, de *process* et de mécaniques itératives barbantes. Du rêve, j'en ai grand besoin, alors je m'en façonne gratuitement et sans compter. Je vis dans une dichotomie évidente : procédurier de jour, créatif invétéré la nuit. Et, mis à part des réveils brutaux, je trouve un sens à ne pas me complaire en zombie moderne. Celui qui, le cerveau essoré par un travail crétinisant, passe son temps libre à s'abrutir devant la télévision jusqu'à rendre son dernier soupir dans l'indifférence générale. La schizophrénie est ma façon de survivre dans un monde dévasté, de plus en plus impropre à la vie. Des consortiums scientifiques de haute réputation l'ont démontré *par A plus B* : un point de bascule a été franchi autour des années 2028-2030, et l'écosystème Terre cède de plus en plus, entraînant dans sa chute son lot de catastrophes climatiques et de destructions en cascade. L'humain a perdu gros (y compris dans ses rangs). Pourtant *il savait* avant que l'emballement advienne, mais sa propension à exploiter tout, sans limites, et sur le court terme, l'a conduit droit dans le mur. Il n'a désormais plus que ses yeux pour pleurer.

Cela fait six mois que j'ai dégoté un nouveau job alimentaire chez Catch-No. Une startup prometteuse, à en croire les experts autoproclamés du monde de l'entreprise, qui s'est arrogé la mission d'incarner le dernier espoir de l'humanité en promettant de rattraper les effets délétères de la casse environnementale. La recapture du protoxyde d'azote est son grand projet. Défaire les conséquences du réchauffement climatique en récoltant puis dissolvant le gaz qui a sérieusement endommagé la couche d'ozone. Évincer comme par magie des limites physiques connues le principe d'entropie qui interdit le concept même d'une telle reconquête, voilà le cheval de bataille savamment marketé de Catch-No. Le discours fonctionne bien auprès de l'opinion publique et d'une classe politique en phase terminale. J'ai rejoint la valeureuse troupe comme tout citoyen lambda à l'agonie dans ce marasme. Un choix de cœur ? Certainement pas. Mais la nécessité de payer mon loyer qui, lui, n'a pas été infléchi par la crise.

7 h 50. Je vais être en retard. Mon train passe en bas à 8 h 2 pile. Si je le manque, je vais encore avoir droit aux protestations désagréables d'Eliou, mon chef d'équipe récemment promu chez Catch-No. Je le vois déjà du haut de sa cinquantaine bien tassée, m'accueillir derrière ses petites lunettes rondes et ses sourcils froncés en bataille. Pas question qu'il me passe un savon deux jours d'affilée !

J'ingurgite le reste d'une miche de pain de maïs et une ration de poudre vitaminée à la vanille, mélangée avec un fond de brique de lait de soja légèrement frelaté. Je bois la mixture d'une traite avant de me précipiter dans la salle de bain. J'humecte mes cheveux pour redonner à ma coiffure une forme « potable » et recrache le surplus de cristaux poudreux qui me reste entre les dents. J'enfile une chemise sans prendre le temps d'en défaire les plis, resserre la ceinture de mon jean, vérifie mon sac à dos où traîne un vieux chargeur au câble dénudé. J'y introduis mon ordinateur portable, une petite bouteille et un cahier de notes aux pages cornées. Au moment où je m'apprête à refermer la fenêtre de ma chambre, je suis surpris par une clameur soudaine qui résonne comme un coup de canon dans la cour en contrebas. De vifs éclats de voix, suivis d'insultes et d'une furieuse cacophonie. Encore une énième rediffusion d'un débat télévisé. Mes voisins sont définitivement ce genre d'individus abreuvés de joutes binaires télévisuelles. Soupirant, je referme la fenêtre en accentuant le claquement des volets, comme pour transmettre un message de dépit à qui veut l'entendre.

Dans le flot des travailleurs pressés, qui respirent à pleins poumons les nappes nauséabondes émanant des sous-sols, je me fraye un chemin en zigzag au milieu de l'escalator rutilant entre les stations National et Albert. J'ai attrapé mon premier train de justesse. Le bon vieil Eliou ne me tombera pas sur le dos, c'est toujours ça de gagné. En attendant, je dois encore rejoindre les bureaux de Catch-No situés au cœur de la capitale et mon périple n'est pas fini. Chaque matin, je m'évertue à garder une forme de lucidité pour ne pas sombrer dans un mépris prononcé envers mes semblables. Un sentiment facile mais diablement attractif qui me tente régulièrement dans les couloirs du métropolitain. Je m'amuse à moquer intérieurement les réactions de mes collègues de transport (ce n'est pas du mépris mais de l'observation). Ce jeune cadre au costume impeccable par exemple, piquant un sprint pour pénétrer in extremis dans la rame bondée avant le claquement des portes, comme si sa vie en dépendait. Cette dame âgée rafraîchissant son maquillage à côté d'une jeune voyageuse, gênée de la promiscuité. Ces rangées interminables de nez plongés sur écrans, accompagnés d'une frénésie de tapotements dont émerge à l'occasion un rire nerveux ou un bref sursaut en écho à une notification inattendue… Un tel tableau ne peut pas toujours durer. Comment les gens peuvent-ils accepter de vivre une pareille comédie ? Pourtant, malgré le décalage que je ressens, je fais moi-même partie du spectacle. Aussi, je prends mon mal en patience et, le regard planant dans le vide, m'empare de la première idée loufoque qui me traverse l'esprit pour en dérouler l'incipit d'un film cocasse. Une échappatoire qui m'aide à réitérer l'expérience chaque jour.

Après m'être excusé machinalement auprès d'un homme trapu m'ayant percuté à l'épaule lors de la descente de rame, et après avoir arpenté pendant près d'une heure les dédales de l'enfer, je m'engage le long d'un dernier escalator avant d'émerger enfin à l'air libre. À vrai dire, « air libre » n'est pas l'expression adéquate compte tenu de l'épaisseur des gaz sulfureux baignant l'amoncellement de béton qui m'entoure. Les dix dernières années ont vu les épisodes de *smog* s'intensifier dans les grandes villes, aussi bien en densité de particules fines et d'ozone qu'en durée du phénomène. L'appareil respiratoire humain est rudement sollicité et approche dangereusement sa limite.

8 h 40. Parfait. Il me reste vingt minutes avant ma prise de service. Je vais en profiter pour relâcher la cadence et accéder à mon bureau sans avoir le souffle coupé. Un court moment suspendu loin d'être désagréable avant d'entamer un marathon de saisies et d'analyses de données.

Arrivé au pied de la tour Pilote, baptisée ainsi par les patrons de Catch-No en hommage à son rôle central dans la gestion de crise, je pénètre le hall puis valide mon passe auprès de la sécurité. Le compteur affiche une diode verte. En citoyen modèle, j'ai encore tous mes points ce mois-ci. Je me dirige ensuite vers l'ascenseur le plus proche. En entrant dans la cage, je suis soudain envahi par une odeur tiède et saturée de fragrance. Je devine sans mal la transpiration émergente de son hôte. Par réflexe, je me cale dans le coin opposé.

— Salut Anthéa.

— Hey.

La jeune femme me répond sans décrocher de son terminal.

Analyste comme moi, Anthéa a intégré l'entreprise quelques semaines après mon arrivée, mettant ainsi un terme à la phase de recrutement de l'année. C'est une jolie brune aux longs cheveux bouclés, proche de la trentaine. Solitaire, elle n'apprécie pas les dialogues forcés qui s'éternisent dans les lieux communs, ce qui n'est pas pour me déplaire. Aussi, je n'ai jamais pensé entretenir une discussion construite avec elle, au-delà du strict nécessaire, dans le cadre de nos obligations professionnelles respectives. L'ascenseur prend son envol vers le onzième étage où se trouve la majeure partie des bureaux de l'entreprise. Sans savoir pourquoi, je choisis ce moment pour m'aventurer en terrain glissant, alors que le tableau lumineux indique un passage au niveau du troisième étage.

— Ça marche pour toi ?

Anthéa qui pianote toujours frénétiquement affiche un léger rictus. Elle est d'humeur.

— L'espoir fait vivre.

Une réponse portée par un ton mi-enjoué ne souffrant d'aucun relâchement de sa concentration. Le message qu'elle écrit a tout l'air d'une réponse passionnée. Un *match* sans doute.

— Tu as vu la dernière mise à jour ? me demande-t-elle en réajustant son sac à main et se hasardant enfin à croiser mon regard. Une mèche rebelle balaye sa joue comme pour signaler la fin de la partie. L'ascenseur marque une arrivée imminente.

— Une mise à jour ?

La cage se fige dans un bruit sec et les portes s'ouvrent sur le plateau du onzième, éclairé par une lueur tamisée.

— On en reparle à midi.

Puis elle disparaît comme une balle. Je la perds de vue et me dirige en silence vers mon bureau. Comme à son habitude, Baris est déjà à son poste et me frappe brièvement le poing lorsque je viens m'asseoir à ses côtés. Baris est un « ancien du plateau », grand, plutôt maigre, la quarantaine passée, il est du premier recrutement. Catch-No s'est appuyée sur son expertise dès le début. Baris n'est pas du genre à faire du zèle. C'est un bon gars, droit dans ses bottes, rigoureux dans son travail et surtout soucieux de ne pas prendre le moindre retard sur le reste de l'équipe. On peut lui faire confiance pour respecter les délais, aussi absurdes soient-ils. L'organisation n'est pas le point fort de Baris, alors il compense en jouant les lève-tôt. C'est facile pour lui puisqu'il habite le pâté de maisons voisin du quartier des affaires.

— On a du nouveau sur le Bassin. Eliou veut nous voir dans son bureau à dix heures !

Une annonce pleine de fierté et de soulagement.

— D'accord. Tu as bouclé le compte rendu hebdo hier soir ?

Je lui tends la perche pour qu'il soit dans les meilleures dispositions avant notre réunion. Elle risque d'être animée et je veux m'assurer d'un appui supplémentaire en cas de besoin.

— Oui ! Fini et envoyé ! Déjà de l'histoire ancienne !

— Parfait.

À dix heures, et pas une minute de plus, Eliou déboule dans l'open space. Baris et moi sommes plongés dans la collecte des relevés de terrain de la veille. Mal coiffé, du haut de ses sourcils grisonnants et hirsutes, Eliou prend la pose du manager impatient, les mains sur les hanches, incarnant avec brio sa propre caricature.

Soupir étranglé :

— On y va ?

J'acquiesce avec Baris, puis nous suivons notre chef dans son bureau. La décoration n'est pas le fort d'Eliou qui n'est pas du genre à arborer ses faits d'armes à l'américaine. Pas de tableau. Aucun diplôme. Une simple horloge en bois, sans doute un présent familial, vaillamment exposée sur un mur blanc, vierge de tout superflu. L'impression qu'il vient tout juste d'intégrer Catch-No.

Après un raclement de gorge trop solennel :

— Rhiza, Baris, je vais avoir besoin de vous sur un dossier UR-GENT.

Si on l'écoutait, tout dossier serait urgent. Baris avait préparé son coup.

— Le Bassin ?

— Précisément. Le Bassin. On m'a demandé de vous charger de réétudier les statistiques de surface. D'après les premières analyses, on s'oriente vers une anomalie du puits qui n'augure rien de bon. La recapture serait un échec cuisant en zone occidentale. On doit comprendre pourquoi… Je compte sur vous pour éplucher chaque ligne du rapport.

Il tend un cahier à spirale épais à Baris, dont dépassent quelques feuilles probablement insérées à la dernière minute avant d'ajouter :

— Je vous donne carte blanche pour retraiter le modèle. Si vous avez besoin de quoi que ce soit, faites-moi signe. Il me faut votre relecture complète pour demain… sans faute !

Baris approuve immédiatement :

— Bien monsieur.

Le regard d'Eliou se fixe sur moi tandis que je surveille machinalement les aiguilles dessinées de l'horloge en bois.

— C'est bon pour vous aussi ?

Je me ressaisis comme piqué par une aiguille :

— Oui monsieur, ce sera fait.

— Bien. Vous pouvez disposer.

La matinée n'avance pas. Comme si le temps restait figé sur cette sinistre horloge en acajou flottant au milieu du néant. J'ai envie de retrouver Anthéa. Depuis qu'elle s'est échappée en coup de vent, je n'arrive pas à m'en défaire. Je veux en savoir plus sur cette fameuse mise à jour. Je dois admettre que j'ai aussi fini par craquer, cédant aux appels enchanteurs de BLA. L'application de rencontre qu'on s'arrache et dont les histoires sont sur toutes les lèvres. Nombreux ont été les projets à tenter de dominer un marché social en quête de facilitation pour gens pressés. La solution BLA s'est imposée comme promesse incontournable face au besoin moderne de s'amouracher sans effort. « *Fini les relations toxiques, place aux rencontres parfaites !* » Un message de propagande, direct et pragmatique, si agréable à l'oreille qu'il a convaincu toute une génération. Et même si je ne crois pas entretenir un rapport addictif prononcé avec l'application, je n'en demeure pas moins excité et, comme la plupart des célibataires de mon âge, garde dans un coin de ma tête l'idée d'une rencontre passionnelle qui pourrait en découler… Je revois Anthéa répondre frénétiquement dans l'ascenseur, vivant l'excitation d'un *match* inattendu. Ce moment où la bonne surprise laisse progressivement place à la promesse d'une rencontre imminente, piquante et délectable…

— Comme je te disais, les relevés sont biaisés. Regarde… Rhiza ? Tu es avec moi ?

Baris claque des doigts à plusieurs reprises comme pour tenter de dissiper le voile qui m'éloigne du tableur débordant de graphiques alambiqués.

Je sursaute.

— Euh, oui… Oui !

Je croise son regard interrogateur et tente d'effacer maladroitement mon absence coupable.

— Biaisés ? Les relevés ?

Baris soupire, ce qui lui donne un air de jeune Eliou en devenir. Il reprend en pointant du doigt l'intersection d'une droite et d'une courbe qui s'échappe en tendance exponentielle :

— Là. Ça ne doit pas se produire avant 2050 si on en croit…

— Les données périphériques.

— Précisément. Figure-toi que j'ai recalculé les données avec le contexte de scénario *moins vingt-cinq pour cent*, et devine quoi ?

Devant la pause infligée, je fais la moue pour afficher mon refus définitif de répondre à toute question rhétorique. Baris reprend aussitôt dans son élan de fierté :

— C'est encore pire ! J'obtiens du 2048 au maximum des prédictions ! Tu comprends ce que ça veut dire ?

— Que tout ce qu'on fait n'a aucun sens ?

Blocage en face chez Baris. Comme si une dissonance cognitive le lui imposait. Il conclut de manière dépitée :

— J'en dis surtout que le boss va devoir suggérer à la direction une approche plus efficace s'il veut tenir les objectifs. La recapture ne compense pas l'effort investi… Tu saisis ? Si Catch-No ne change pas de cap, on n'y arrivera jamais !

Je ne peux m'empêcher d'émettre un soupir, admirant la lutte interne qui fait bouillonner le cerveau de mon binôme.

— Est-ce différent de ce que je disais ? On brasse du vent ici. La récolte n'atteindra jamais les niveaux espérés pour permettre de rétablir l'équilibre vendu par nos communicants. Je te dis que c'est peine perdue.

Baris me répond, piqué au vif :

— Ouais, bah, en attendant moi je tiens à mon job !

Inutile d'insister. Je me replie à mon poste. Il refuse de voir la vérité en face. Catch-No ne produit que du cosmétique dans une société en plein crash. Ce ne sont pas quelques engins ajoutés ici où là sur la planète qui vont par miracle sauver le monde. Mais ça, Baris l'ignore, ou ne veut pas le savoir. Il tient à ses petits privilèges, son travail, payer ses factures et rembourser ses prêts longs comme le bras. Voilà ce qui l'anime au fond, comme la plupart des citadins encore motivés pour se lever chaque matin et accomplir leur « devoir » en se rendant de la périphérie vers la ville surpolluée. J'en suis aussi mais je refuse de nier l'évidence : le monde est perdu pour de bon. Il m'arrive parfois de me demander quelle est la nature de mon réel combat. Survivre dans cet enfer est mon lot quotidien, et ça me suffit. Mais il ne faut pas qu'on m'en demande trop non plus.

Un cadran géant planté au-dessus de l'îlot central du plateau indique déjà 12 h 12. Cette vision agite mon estomac. Depuis mon réveil en trombe, je n'ai avalé qu'une ration de poudre insipide assortie d'un quignon de pain sec et dois compléter rapidement mon apport nutritif sous peine de passer l'après-midi dans un état comateux peu productif. L'idée de retrouver Anthéa m'incite à ne pas m'éterniser. La relecture des annexes attendra que j'aie la panse remplie.

Je me lève d'un bond, active le mode veille de mon ordinateur, saisis mon sac et file d'un pas décidé vers l'escalier qui monte jusqu'au réfectoire. Un peu d'exercice me sera bénéfique avant de reposer mon fessier déjà contracté par une matinée statique et disserter sur tout le bien que je pense de BLA. Baris est toujours plongé dans ses chiffres, le nez presque collé à son écran. Sa nourriture à lui, ce sont les calculs de probabilité pondérés.

Quelques calories en moins plus tard, je pénètre le hall du treizième. Un vestiaire qui débouche sur une grande salle aménagée en espace de restauration. La tristesse de ce lieu censé revigorer les corps et les esprits à mi-chemin du labeur quotidien me saute une fois de plus aux yeux. Des rangées de tables grises forment un quadrillage millimétré qui accueille les employés de Catch-No dont le salaire ne permet pas de se payer une petite virée à l'extérieur. Un chemin de ferraille se dessine sur les trois quarts de l'espace autour des tables pour y glisser son plateau et se servir parmi les plats proposés. Heureusement la nourriture n'est pas la plus répugnante au monde et je m'en contente largement. En général, je choisis toujours l'option végétarienne. La bidoche se résume à des abats graisseux qui ne valent pas leur poids en apport calorique. Du caoutchouc. Voilà ce que sont devenus les ersatz des viandes industrielles qui affluent encore en ville au compte-gouttes. Forcément, vu le prix du repas (moins de quatre sous, tranche de pain incluse), il ne faut pas trop jouer au fin gourmet. Les légumes, eux, me suffisent. Accompagnés par une céréale de type riz ou pâtes et une mélasse de tofu ou une purée lentilles-haricots suivant les jours. Du classique, pas très explosif en bouche, mais amplement suffisant pour tenir jusqu'aux dix-huit heures synonymes de libération bien méritée.

Une fois engagé dans la file du service, je profite d'un embouteillage devant les carottes râpées pour balayer la salle du regard. Par-dessus mon épaule, je repère Anthéa, attablée au coin nord-est, dont la mèche flotte au gré des ratés de la ventilation. Elle sourit à une autre femme de son âge qui siège à ses côtés, une collègue expressive aux cheveux bruns repliés en chignon. Je ne la reconnais pas. La discussion a l'air animée à en croire la gestuelle folklorique des deux femmes, entrecoupée de temps à autre par des éclats de rires étouffés. Anthéa croise mon regard d'espion et me sourit. J'en suis presque perturbé. Et si dans une autre version de cette société, elle pouvait être ma petite amie ? L'idée saugrenue m'effleure un instant l'esprit mais je refuse d'y accorder plus de crédit. Pourquoi pas après tout ? Anthéa est attirante, respire une forme d'assurance qui me plaît. Et je me sens bien quand je me trouve avec elle, lorsqu'on échange quelques mots dans un couloir au moment d'une pause ou autour d'une assiette dégoulinante, informe mais comestible. N'est-ce pas cette sensation que l'on qualifie « d'évidence » ? Le fait de se sentir profondément serein auprès de quelqu'un. D'aimer sa présence, dans l'instant, sans attendre autre chose ?

Je m'approche de la table, ce qui a pour effet de couper un nouveau rire étouffé. D'un mouvement de tête, Anthéa m'invite à m'asseoir. Ce à quoi je réponds sans me faire prier. L'évidence. J'attends cet instant depuis le matin même où elle a prononcé ces mots, l'œil pétillant. *Tu as vu la dernière mise à jour ?* Cette question n'a dès lors pas cessé de me hanter et je vais enfin savoir de quoi il en retourne.

Anthéa ouvre les hostilités :

— Tu connais Callie ?

Je réponds par la négative en hochant la tête.

— Callie, voici Rhiza. Rhiza, Callie.

« Enchanté(e) ! », répond-on en cœur. Sourire gêné des deux côtés de la table. Je décide d'attaquer mes carottes mayonnaise qui flottent dans une coupelle pleine d'huile.

— Tu me parlais d'une mise à jour ?

Anthéa arrache sèchement la mie de sa tranche de pain trop cuite.

— Ah oui ! Tu n'es donc pas au parfum !

Elle jette un œil rieur à destination de Callie qui nous écoute attentivement, comme si elle assistait à une scène croustillante d'un téléfilm de la vieille époque.

— Tu ne sais donc pas que BLA est passée en automatique ?

— *Automatique ?*

— Depuis hier soir, tu peux donner à l'application tes préférences et elle te propose des *matchs* parfaits…

Callie laisse échapper un rire gêné, ce qui semble valider que BLA a bien étudié les rouages psychologiques de la rencontre humaine. Une mise à jour n'est pas anodine et suit forcément un but préétabli. Il n'en faut pas moins pour attiser ma curiosité :

— Et tu l'as testé ce mode auto ?

Soudain, Anthéa se renfrogne. Pourquoi je lui demande ça ? La frénésie du message de l'ascenseur. J'aurais dû faire le rapprochement avant de poser cette question idiote. Devant le mutisme de son amie, Callie lui porte secours :

— Ça marche plutôt bien, tu devrais essayer !

Me sentant un brin coupable, je délaisse mon restant de carottes noyées pour plonger dans la découverte d'un assortiment riz soufflé-seitan.

— Tu es membre depuis longtemps ?

J'avale une bouchée de pain et manque de m'étouffer.

— Membre de ? BLA ?

Callie cligne des yeux comme pour signifier « vas-y lâche-toi mon coco, dis-moi tout ».

— Quelques mois mais je n'ai jamais conclu…

Callie, amusée, me relance :

— Vraiment ?

Anthéa semble nourrir une attention prononcée pour son assiette remplie de bouts de viande élastiques. Elle tire comme une malade sur un nerf qui refuse de s'ôter d'un morceau de carcasse encore fumant. Je déglutis.

— Rien de sérieux.

— Tu m'en diras tant !

Callie laisse échapper un soupir forcé, loin d'être aussi crédule qu'elle en a l'air.

— Alors comme ça on n'attend pas Baris ?

Le moment gênant vient de se produire. Il en faut un par jour pour le quota de médiocrité de la maison, me dis-je en dévisageant mon collègue du onzième en pleine tentative d'incruste. Ce moment de complicité ne pouvait durer plus longtemps.

Baris insiste, figé comme une statue :

— Je peux ?

Je lui réponds stoïquement :

— La place est libre.

Puis je me décale sur la gauche pour lui permettre de s'asseoir.

L'arrivée de Baris à table plonge Anthéa et Callie dans un profond silence. Me voilà rassuré de ne pas être le seul aussi mal à l'aise avec le petit Eliou à proximité.

— Je vous ai entendus parler de BLA. C'est vrai qu'il y a eu une mise à jour ?

Je ne peux m'empêcher de lever les yeux au ciel, ce qui a le mérite de faire sourire Anthéa. Callie se retient de pouffer à nouveau. Baris enchaîne, vexé :

— Ouais bah moi je n'en ai rien à secouer de cette application infernale ! Tu t'inscris et bim ! Ils savent tout sur toi ! Tu deviens une cible facile ! Ils ne m'auront pas avec cette prison, ça, c'est sûr ! Jamais de mon vivant !

Le coup de gueule inattendu a le mérite de renforcer le froid qui s'est invité à la table. Un vent glacial qui vient de dégénérer en blizzard. La réaction ne se fait pas attendre.

— Bon, il faut qu'on y retourne nous. Tu viens ?

Callie tapote le bras d'Anthéa qui finissait juste une sorte de salade de fruits brillante par son absence de couleur.

Les deux femmes se lèvent en silence. Callie et Anthéa ponctuent la séquence d'une moue qui en dit long avant de s'éclipser vers l'arrière du réfectoire. J'aurais pu en savoir plus, mais il fallait que Baris gâche tout ! Pourquoi doit-il toujours se montrer aussi détestable ? A-t-il l'impression de faire de réels efforts pour s'intégrer ? L'étiquette du rabat-joie de service lui colle désormais plus que jamais à la peau. Et il le cherche bien.

Pour tenter de ne pas finir le repas dans une ambiance trop pesante, je brise le silence :

— Tu ne manges pas ?

— Tu sais, je pense que je ne suis pas fait pour être ici.

Le ton grave de Baris, presque dénué de toute émotion, contraste avec son précédent coup de sang.

Je manque de m'étouffer une nouvelle fois. Celle-là, je ne m'y attendais pas. L'employé modèle de Catch-No est-il capable d'éprouver des remords ?

— Comment ça ?

— Tu n'as jamais songé à quitter la ville pour retrouver du sens ? Du vert, de la nature. Un contact avec un *truc vivant qui a une âme*. Je sais, ça sonne idiot et naïf dit comme ça. Mais ça me manque…

— Ce n'est pas toi qui avais de la famille du côté des jardins suspendus du Haut-Terreuil ?

— Tu veux parler de mon oncle Djanel ? Oui, il doit encore y vivre.

— Pourquoi tu ne le rejoindrais pas ?

— Facile à dire. J'ai perdu le contact depuis des années. Et puis… tu serais capable, toi, de tout abandonner comme ça du jour au lendemain, sans jamais revenir à ta vie d'avant ?

Baris marque un point. Je n'ai jamais pensé à partir. Quitter la ville et son emploi pour se perdre ailleurs en province, ça ne s'improvise pas. Même si personne ne m'attend au-delà de la périphérie, j'ai parfois imaginé, au cours de mes séances d'écriture, une existence alternative où le personnage principal que j'incarne se lève chaque matin, bercé par le caquètement des poules et le pépiement des alouettes, des moineaux et des rouges-gorges qui n'ont pas encore disparu de la surface du globe. En y songeant à nouveau, je reconnais que l'idée n'est pas si désagréable et mérite presque cette discussion-sauvetage de la pause repas.

Soudain, mon plateau vibre. Mon terminal affiche un petit point vert clignotant, synonyme de notification.

— Ta convocation vient d'arriver ?

Baris s'empoigne avec le même type de bidoche qui a fait les frais du cisaillement d'Anthéa.

— Comment ça, ma convocation ?

Ça y est, je viens de comprendre.

— Toi, tu es au courant d'un truc que j'ignore. Eliou c'est ça ? Le rapport de contre-expertise ?

Baris opine du chef.

— Je savais que ce n'était qu'une question d'heures. Au moins on va être fixés !

Je désactive la sécurité digitale et ouvre le message qui est définitivement aux antipodes d'une alerte liée au dossier en cours. Un logo BLA étincelant découvre les deux mots prometteurs que tout membre attend : *Nouveau match.* En appréciant la cause de la perturbation, Baris soupire, comme si l'once d'intérêt qui avait surgi au milieu de notre discussion sur l'envie d'un retour à la nature s'était soudainement évaporée. Je range mon terminal et me lève.

— Tu ne regardes pas de quoi il s'agit ?

Cette pointe de cynisme qui émerge chez Baris me laisse penser que je ne veux surtout pas assister à une seconde envolée moralisatrice sur les dangers des applications sociales. Je décide de répondre froidement pour ne pas donner l'impression d'avoir envie de poursuivre la conversation.

— Je m'en occuperai ce soir. On se revoit tout à l'heure au bureau.

— À toute !

Baris plonge dans son dessert.

La fin de journée passe à une vitesse folle. Je n'en espérais pas autant alors que le dossier du Bassin doit être bouclé dans les vingt-quatre heures. Je m'attelle donc à la tâche comme un salarié exemplaire et trouve même la lucidité de réadapter un algorithme de décryptage pour gagner du temps. A cinq minutes du décrochage — oui c'est comme ça que j'appelle la conclusion de ma session d'esclavage quotidienne —, j'ai presque plié mes conclusions. Je relirai demain, au calme.

— J'y vais.

Baris entame sa troisième barre de céréales d'affilée, non repu de son festin plastique de midi.

— Déjà ?

— On fera la synthèse demain si ça te va, j'ai le cerveau en miettes.

Baris n'oppose pas de résistance, même si je peux sentir qu'au fond, il aurait préféré boucler le dossier avant de partir pour s'endormir l'esprit plus léger.

— OK. À plus !

Je lève la main sans un regard en arrière, puis file retrouver le doux fumet poisseux de l'ascenseur.

Le trajet du retour est aussi fleuri qu'à l'aube. Après leur journée de travail, les citadins compressés dans le métropolitain contribuent à accentuer l'air vicié qui se répand gracieusement dans les couloirs souterrains. Enfin sorti du dédale étouffant, alors que je parcours les derniers hectomètres séparant l'arrêt de la station de mon appartement, je regarde le ciel en cherchant inconsciemment une bouée de sauvetage dans cet environnement nocif. Je me perds presque dans les nappes verdâtres qui dansent au-dessus des cheminées condamnées. Ça ne fait plus aucun doute : le couvercle de cette Terre va exploser. D'un instant à l'autre. Et ce ne sont pas les initiatives à la Catch-No qui vont inverser la dynamique. Au fond de moi, je suis tiraillé. J'aimerais me tromper sur toute la ligne, mais l'imminence d'un grand changement est devenue une évidence. Ce soir-là, la fatigue m'entraîne rapidement dans les bras de Morphée.

Le matin qui suit, je me sens nerveux. Non pas que ma nuit ait été plus perturbée que les précédentes, mais ce réveil marque une pulsion nouvelle, comme si quelque chose s'était produit ou allait arriver. Un frémissement inconscient qui agite mon corps et mon esprit. À tel point que je me sens encore plus perdu que d'habitude. La vie est en train de m'échapper à travers le filet timide d'un sens global qui désormais ne tient plus à rien. J'ai presque du mal à percevoir l'étincelle qui me pousse à sortir du lit, à affronter la tempête du dehors, le tumulte d'une société dont l'aliénation n'a jamais atteint une dimension si prononcée. J'évolue en bon pantin au cœur d'un système qui me balade allégrement. Tantôt à gauche dans une perspective d'épanouissement qui masque une tromperie vivace, tantôt à droite dans un élan d'ambition qui se révèle tôt ou tard un perfide stratagème pour engourdir encore plus les velléités naturelles au changement.

Comme tous les matins, j'affronte la lourdeur de mes paupières et me fais violence pour amorcer un transfert de ma personne jusqu'au siège de Catch-No. Pas d'Anthéa pour égayer ma prise de poste cette fois. La conquérante s'est fait porter pâle, sans doute pour esquiver le verdict attendu d'un Eliou remonté comme jamais, à moins que ce ne soit pour un réel problème de santé. Je me souviens avoir entendu une rumeur qui disait que les relations familiales d'Anthéa étaient tendues ces derniers temps. J'espère que rien de grave ne lui est arrivé.

Je viens à peine de déposer mon sac que Baris m'accueille avec une panique non feinte :

— On va se prendre un sacré savon ! À ce qu'on raconte, le boss va annoncer un plan social !

— Une affaire pénible.

Baris ne relève pas, se détourne de moi et plonge dans un document regorgeant de soulignés criards. Il entame sans doute la relecture du rapport final.

Ce qui devait arriver arriva. Tournelle, l'Amirauté, le Précipice et à présent le Bassin. Le dossier de trop qui fait déborder le vase. Eliou doit couper violemment dans les effectifs et c'est sanglant. La restitution de notre rapport revisité est accueillie comme une semi-joie, semi-déception. Joie, car Eliou, en bon manager, peut se congratuler d'avoir dans son équipe des éléments réactifs qui rendent leurs travaux en temps et en heure. Déception, car ledit rapport ne permet que de confirmer la première analyse pessimiste : la recapture du protoxyde d'azote est insuffisante pour contrebalancer les dépenses de Catch-No. Pire, elle n'engendre qu'un ralentissement à la marge de la dégradation atmosphérique, sans que l'on observe la moindre inversion de tendance. La densité des gaz à effet de serre a franchi plusieurs paliers irréversibles selon la communauté scientifique dont les représentants ont été missionnés par la cellule de pilotage gouvernementale pour éclairer l'efficacité des dispositifs engagés. L'avenir de l'entreprise est clairement sur le tapis. Le point de bascule tout proche. À trop miser sur sa communication, Catch-No s'est brûlée les ailes en s'en remettant à un coup du destin. Mais ce dernier est capricieux. Le projet était perdu d'avance. Du moins, c'est mon avis depuis que j'ai rejoint l'équipe. Les faits me donnent raison aujourd'hui mais je ne m'en réjouis pas. Baris est embarqué dans cette vague de départs volontaires. Non pas qu'il est plus incompétent que les autres, mais simplement plus âgé, et donc moins facilement « reclassable » en interne, dans le réseau Catch-No. Callie et moi, tous deux témoins du verdict, sommes épargnés par la sentence. Anthéa passe aussi entre les mailles du filet. Sans doute évaluée par le service des ressources humaines comme « jeune et pleine d'ambition ». Un mets de choix pour intégrer les forces vives nécessaires à la réorientation du projet.

La journée suivant l'annonce d'Eliou est l'une des plus pesantes que j'ai eu à vivre chez Catch-No. Je passe le déjeuner seul face à mes lasagnes-brocolis. Peu avant dix-huit heures, je m'intéresse à Baris qui doit me quitter dans les prochains jours. Son comportement, plus résigné qu'à son habitude, m'inquiète un peu. Ne sachant pas quoi dire, je m'adresse maladroitement à lui :

— Qu'est-ce que tu vas faire ?

À peine ces mots sont-ils sortis, que je regrette de les avoir prononcés. Comment une telle question venant de la part de quelqu'un qui reste en place peut-elle être perçue autrement qu'une provocation ?

La réponse est sèche :

— Partir.

Devant ma mine perdue, il ajoute en me tapant sur l'épaule :

— Ce n'est pas grave tu sais, depuis le temps que je voulais quitter ce foutoir. Le Haut-Terreuil m'attend !

Je sens une amertume à peine masquée et, au fond, je suis content qu'il le prenne ainsi. Comment aurais-je réagi si les rôles avaient été inversés ? Qu'on m'ait prié de quitter le navire tandis qu'on annonçait que Baris restait à la barre ? Je décide de conclure que la réaction de mon collègue est sage et respectable.

Je lance la production d'un ultime expresso avant de rempiler pour quelques minutes de bouclage, insistant plusieurs fois, mais la machine à café n'en fait qu'à sa tête. Elle recrache mes pièces une à une. Encore embarqué par l'annonce du plan social, mon cerveau met près d'une minute à réaliser la coupure de courant qui vient de paralyser tout l'immeuble. Le rythme des interruptions dans le quartier est de plus en plus fréquent depuis une semaine. Quand vont-ils enfin se décider à engager un technicien digne de ce nom ? En regagnant mon poste, je constate que Catch-No est à l'arrêt. Les plombs ont sauté à tous les étages de la tour Pilote, laissant les employés sur le carreau. Le *black-out* est total. Je profite de l'interruption pour me rapprocher de Callie. Elle tripote machinalement une mèche défaite de sa coiffure trop stricte. Le naturel ne peut vivre refréné plus longtemps. Elle regarde pensivement à travers la vitre qui grandit l'impression d'espace du plateau. Une large baie maculée de traces poussiéreuses, vestiges d'une dernière pluie trop chargée, qui offre une vue imprenable sur les toits de la capitale.

— Salut Callie.

Elle se retourne brièvement vers moi avant de fixer à nouveau la brume du dehors. Le soleil commence à basculer vers l'horizon, lâchant ses plus belles nappes lumineuses qui donnent un relief particulièrement émouvant au-dessus de la ville. Callie semble noyée dans un spectacle inaccessible, happée par la triste poésie de l'instant.

— Tu as été épargné ?

— Épargné ?

Je mets un moment à raccrocher les wagons.

— Je suis toujours de la partie. Enfin, ce n'est que temporaire, je présume…

— On est chanceux, tu crois ?

Baris et maintenant Callie. Qu'est-ce qui leur prend à tous ? Un virus de désir de changement a-t-il soudain envahi l'entreprise ? Va-t-il me contaminer moi aussi ?

Je murmure en contemplant la vue du quartier à ses côtés :

— Je ne sais pas.

Callie se retourne subitement comme si elle venait d'échapper à une torpeur qui la clouait sur place. Son ton devient enjoué :

— Alors ce *match* ?

— Un *match* ?… Baris ! Quelle balance, celui-là !

— Allez fais pas ton timide, me taquine-t-elle, ça s'est bien passé ?

— Je l'ai complètement zappé. Je…

— Tu verras, la nouvelle version est bien faite et ne te lâche pas. Tu finiras par trouver, j'en suis sûre !

Je ne sais pas comment prendre cette dernière remarque mais ne veux pas entrer dans ce petit jeu des sous-entendus avec Callie. Je ne suis pas d'humeur. Chacun a une stratégie de rencontre différente après tout. Et il n'est pas habituel de livrer ses recettes entre utilisateurs de BLA.

« Annonce ! » La voix forcée d'Eliou résonne à travers le bruit de fond des conversations croisées. Chaque employé se fige et pivote vers l'origine du cri. Eliou se tient droit comme un i, dos à l'entrée de son bureau. Il marque un arrêt, le temps de s'assurer que chaque oreille est bien tendue vers lui, puis il poursuit :

— Comme vous l'avez remarqué, la panne de courant est sérieuse.

Une vague de murmures parcourt l'audience alors que la sentence tombe :

— Le courant ne reviendra pas ce soir. Aussi je vous prie de bien vouloir regagner l'accueil par les escaliers de secours.

Les murmures font place à un brouhaha inquiétant.

— Dans le calme ! hurle Eliou avant de disparaître dans son bureau, aussi promptement qu'il en a jailli.

Saluant rapidement Callie, je retourne à mon poste et constate que Baris est déjà parti. Je ramasse mes affaires et m'immisce dans l'attroupement naissant qui entame sa longue descente vers une liberté retrouvée.

2

Crépuscule

Le *shutdown* électrique du 2 octobre a entamé une recomposition en précipitant l'effondrement du monde. La société n'est plus que l'ombre d'elle-même. Les humains se comportent comme des zombies serviles, aliénés dans une dynamique qui les perd chaque jour davantage. Le concept d'interaction n'a plus aucun sens hors de l'application BLA. Chacun s'en remet désormais à une assistance pour déterminer la meilleure rencontre possible. Plus personne n'a de temps à perdre. L'obsession de la jouissance immédiate a conquis le vingt et unième siècle, sonnant le glas d'une construction désordonnée, malhabile mais patiente et curieuse qui composait jadis la sève même de la grandeur humaine. La relation sociale ne peut plus être l'œuvre de l'inattendu. C'est bien trop risqué pour l'équilibre mental d'individus livrés à une pression permanente du résultat. Le droit à l'erreur est abomination. Se tromper, la faiblesse ultime, indépassable. Une idée qui vous disqualifie définitivement dans un monde où le moindre faux pas est motif de distanciation.

Les journées au bureau tronquées par des pannes électriques sont devenues légion au fil des dernières semaines, si bien que les entreprises comme Catch-No ont dû s'adapter en permettant à leurs employés davantage de télétravail. Je ne suis plus obligé de subir en permanence la pression d'équipiers qui ne comprennent rien aux enjeux du monde. Bien plus intéressés à sauver leur petit pré carré matérialiste qu'à se projeter dans une vision d'avenir altruiste. Il est peut-être temps pour l'humain de dépasser enfin ses acquis en perdition. Le *black-out* s'est simplement chargé de lui donner un petit coup de pouce. Je me demande comment la vie s'organise à présent hors des villes. Internet a fini par choir de son piédestal et a emporté avec lui des décennies de boulimie informationnelle, de désinformation et son déversoir de haines incontrôlées. Cette contrainte inopinée a forcé les entreprises à s'adapter. Chaque salarié mène le plus gros de sa journée dans son coin, le plus souvent à domicile, coupé de toute communication avec ses collègues et sa hiérarchie. Pour maintenir un semblant de cohésion, les managers imposent un planning strict obligeant à se rendre au bureau une fois par semaine. Une présence qui permet de délivrer le travail abattu et régler des questions d'ordre organisationnel ou stratégique.

Ce matin froid de novembre, je dois effectuer mon compte rendu à Eliou. Après un petit déjeuner express, j'enfourche mon vélo et me lance sur la grand-route en direction du cœur de la capitale. Le métro-boulot-dodo s'est transformé en parcours du combattant. En cause, les transports en commun qui ne sont plus suffisamment alimentés en électricité pour permettre le déplacement de millions de Franciliens. Leur maintenance a tout simplement été abandonnée et des trains gisent sur les voies comme de vieux mammouths. Privée du jour au lendemain d'engins à moteur, la civilisation éprouve une certaine redéfinition des temps préhistoriques.

Engagé dans un rond-point aux abords des bois qui me séparent de l'entrée de Paris, je sens mon pantalon frémir. Je m'arrête sur le bas-côté, extirpe la cause de cette fâcheuse interruption de parcours, et observe une petite lumière verte clignotante sur le devant de mon terminal. BLA se manifeste. Alors que tous les systèmes se sont éteints, l'application émet toujours des notifications racoleuses. Rares sont les périphériques électroniques à posséder encore une batterie chargée et fonctionnelle. Rien ne peut les ranimer à l'exception de cette satanée application qui oppose inexplicablement de la résistance. Les terminaux sont désormais inopérants sauf lorsqu'ils interagissent avec BLA. Juste après le *black-out*, je n'ai pas été le seul à m'interroger sur la magie du phénomène. La rumeur circule que les concepteurs ont su anticiper la défaillance, élaborant dans l'ombre un réseau alternatif capable de prendre le relais pour que BLA conserve ses données et continue de permettre un accès ininterrompu à ses services. Une franche réussite : plus personne ne peut téléphoner, mais organiser un rencart au milieu de la brume poisseuse est d'une simplicité enfantine. C'est donc ça le progrès.

Je ne donne pas suite à l'alerte. C'est à croire que BLA doit me transmettre un message de la plus haute importance. Mais ma préoccupation est autre. Le compte rendu hebdomadaire n'offre qu'un intérêt : rassurer Eliou. Une plus grande marque de confiance permettrait sans doute à Catch-No de temporiser un peu plus longtemps entre deux restitutions. L'entreprise a conscience — enfin elle semble s'en émouvoir dans ses communiqués — qu'elle impose une journée de galère à ses employés. Mais après avoir retourné la question sous tous les angles, je comprends qu'elle n'a pas d'autre choix. Comment un projet pour lequel il faut compiler, analyser des données et en produire une synthèse de manière quasi quotidienne peut-il survivre à l'absence d'interconnexions ? C'est pourquoi je prends mon mal en patience et ne conteste pas. Ce n'est sans doute qu'une question de semaines, voire de jours, pour que Catch-No mette définitivement la clef sous la porte, après tout. Mais au fond, je sais qu'une force supérieure oblige le tissu économique agonisant à poursuivre sa conquête désespérée. Un peu comme un sentiment de perspective inachevée. La conviction profonde qu'il s'agit du dernier recours pour sauver le restant de civilisation croyant encore en un soubresaut salvateur. Les pauvres, ils sont déjà perdus. Reprenant ma route, je manque à plusieurs reprises de déraper sur la chaussée glissante, engloutie par endroit par des traînées de boue encore fraîche issues de la dernière pluie battante. Je ne suis pas seul. Il est à peine 9 h et une foule à deux roues croise des marcheurs qui ont le luxe d'habiter à proximité de leur lieu de travail. Le respect de la signalisation a disparu en même temps que le vrombissement des moteurs à essence et le souffle des voitures électriques. On voit ressurgir des scènes cocasses au coin des rues. Ici, un attelage d'ânes tire une calèche abritant un couple et ses enfants. Là, un heureux propriétaire monte son propre cheval, une besace portée en bandoulière remplie des dossiers épineux du jour.

J'arrive au pied de la tour Pilote et gare mon vélo dans l'enceinte réservée aux véhicules des employés. Je salue la sentinelle avachie à son poste qui me répond par un geste nonchalant de la main, l'air de dire que la vérification des identités n'est plus que le cadet de ses soucis. Pas besoin de passe pour entrer. De toute façon, le système de contrôle est H.S. J'entame la montée vertigineuse. Les ascenseurs sont condamnés mais la tour n'a pas perdu de sa hauteur. Les onze étages sont loin d'être une sinécure après une heure de pédalage dans la boue. En arrivant à l'entrée de l'open space, je me fige quelques secondes devant le panorama : le tumulte habituel a laissé place à un silence pesant. Un seul bureau est occupé, près d'une photocopieuse en berne. Un homme de grande taille, le dos tourné, vide frénétiquement son casier. Je ne le reconnais pas et me contente de l'ignorer. La porte du bureau d'Eliou est entrouverte. Inhabituel pour quelqu'un dont la protection de l'intimité vire à l'obsession maladive. Je repense au nombre incommensurable de fois où j'ai été rappelé à l'ordre lorsque des données « sensibles » fuitaient trop près de la porte. Je jette un coup d'œil à l'intérieur. C'est définitivement trop calme. J'entre sans frapper. Le bureau est vide. La sinistre horloge indique 9 h 30. Je décide de m'asseoir en attendant que le patron rapplique. Dix minutes, pas plus. Après quoi je m'en irai rendre visite à Nilo. Me taper tout ce trajet pour rien m'a ouvert l'appétit. Des pancakes et un bon café pourraient sucrer l'amertume qui me monte au cerveau. Et Nilo ne m'a jamais déçu sur ce point. *Tic tac. Tic tac.* Pour passer le temps, je surcharge mentalement le silence de l'horloge qui tourne encore. Les dix minutes s'écoulent sans que la moindre perturbation trouble la quiétude qui emprisonne l'endroit. Je dépose mon rapport en évidence sur le bureau d'Eliou avant de sortir. L'homme mystérieux fouine toujours. Un raclement de gorge plus tard :

— Je peux vous aider ?

Surpris, l'individu se retourne, le visage rougi dégoulinant de sueur.

— Ha ! Merci ! Je cherche… vous n'auriez pas vu par hasard le dernier rapport sur… le Précipice ?

Je réponds par un « non » de la tête. L'homme soupire puis replonge dans ses recherches comme s'il avait été interrompu par un courant d'air. Mettre la main sur des dossiers de régulations d'émissions a-t-il encore un sens ? Il doit s'agir d'une recrue arrivée peu avant l'éruption. Un de ces jeunes diplômés, à l'ego surdimensionné, persuadés que le monde ne saurait tourner sans eux.

Je ne m'attarde pas davantage, descends les marches quatre à quatre et file en direction du café Cirrhose. Un lieu plus convivial que les bureaux froids de Catch-No. À la différence de bien d'autres endroits sinistres du quartier, le café Cirrhose assume ouvertement son rôle d'élagueur vital au milieu du néant civilisationnel. Son nom évocateur trahit la destination finale de toute âme égarée qui respire encore en ce bas monde. Une bouffée salvatrice d'honnêteté que je sais apprécier à sa juste valeur. Me voilà qui pénètre dans le restaurant en grande pompe :

— Salut Nilo !

— Bonjour Rhiza, ça fait longtemps qu'on ne t'a pas vu ici ! La formule *Réveil Chafouin* comme d'habitudc ?

— Comme d'habitude.

Je trottine vers une petite table ronde qui ferme l'angle entre le comptoir et la réserve. Tandis que je m'installe sur la banquette couleur cacao, la lumière jaune qui émane d'une rangée de lustres au plafond crépite, témoin d'une défaillance du groupe électrogène.

Cinq minutes plus tard, l'éclairage ne cille plus. Nilo apporte un plateau de deux pancakes fumants, disposés sur une assiette couleur crème, accompagnés d'un café allongé dont l'odeur me procure déjà les prémices d'un orgasme olfactif. À peine ai-je salué le service que j'aperçois à quelques mètres une silhouette familière.

— Callie ?

La jeune femme au chignon serré sursaute. Elle s'extirpe de sa lecture et dévisage l'origine de la poussée d'optimisme.

— Rhiza ! Quelle surprise ! Tu passais dans le coin, c'est ça ?

— Je ne savais pas que tu connaissais l'endroit.

— Oh, il faut bien crever ! s'amuse-t-elle. C'est ta journée de *reporting* ?

Je lui réponds placidement en avalant une bouchée un peu trop copieuse :

— On ne peut rien te cacher. Anthéa n'est pas avec toi ?

Callie ne peut dissimuler une moue de dépit ravageuse. C'était sorti comme ça. Pourquoi ai-je lancé une banalité si idiote ? Je vois bien qu'elle est seule. Rhiza, tu es une belle andouille !

— Non. Tu as des nouvelles de ton côté ?

— Comment ça ?

— Je ne l'ai pas revue depuis le lancement du protocole *home office*.

C'était le protocole *home office* qui avait mis en place le rythme absurde des « quatre jours à la maison — un jour restitution » imposé par Catch-No en réponse au *black-out*. Je n'ai pas entendu cette appellation ridicule depuis la dernière annonce d'Eliou. La réponse de Callie n'est pas rassurante. Et s'il lui était arrivé quelque chose de grave ? Cette nouvelle gestion du travail imposée par les circonstances n'est peut-être pas si facile à digérer pour tout le monde. Si j'avais eu la présence d'esprit de demander à Anthéa son adresse avant de la perdre de vue, j'aurais au moins pu lui rendre une visite de courtoisie… Mais qui demandait encore l'adresse des gens de nos jours ? J'aurais assurément été taxé de psychopathe en puissance. Peut-être même aurais-je pu utiliser BLA comme couverture. Me faire passer pour un *match* potentiel... Mais oui, bien sûr ! Anthéa doit être sur l'application ! Je dois pouvoir l'y retrouver.

Je verse un filet de sirop sur mon dernier pancake et replonge dans la gourmandise. Quand l'acte est accompli, je vois que Callie est de nouveau absorbée par sa lecture. Évitons de relancer la conversation. Je dégaine mon terminal maintenu en veille par la faible loupiote de BLA qui émet un halo vert dans le coin de l'écran. Soudain, une réflexion me traverse l'esprit : *les gens qui n'ont pas installé BLA avant, sont-ils coupés de tout système de communication ?* Si tel est le cas, le taux de suicide a dû grimper en flèche parmi les accros de l'ancien monde. Je chasse rapidement cette idée anxiogène. BLA est devenue si populaire que quatre-vingt-dix-neuf pour cent des habitants de la planète doivent en avoir une version plus ou moins obsolète à portée de main.

L'écran clignote trois fois avant de m'irradier d'une lumière verte et dévoiler le logo BLA en son centre, paré de deux losanges légèrement décalés, se chevauchant l'un l'autre dans un effet de rotation hypnotique. La scène d'accueil de l'application s'estompe pour laisser place à une interface minimaliste. Près de dix années se sont écoulées depuis le lancement de la première version. Un temps amplement suffisant pour servir une expérience utilisateur léchée, sans fioritures. Je découvre mes notifications. La première a disparu. À la place, un message d'alerte en italique précédé d'une petite croix : « *Message retiré, inapproprié.* » La seconde notice est celle que j'ai reçue le matin même en me rendant au bureau. Elle est signée d'une certaine Anémo : « Coucou toi, on discute ? ». Quelle originalité.

— C'est le coup de cœur ?

Callie se penche vers moi et lorgne en direction de mon écran comme si elle avait senti que j'étais sur le point de craquer. Nul ne pouvait résister éternellement à l'attraction de BLA. Seulement, elle se trompait sur mes intentions. Je ne cherchais pas à augmenter ma liste de conquêtes mais juste à localiser Anthéa pour avoir de ses nouvelles. Nuance.

Gêné à la fois d'avoir été surpris et de devoir me justifier, je bafouille :

— Je… regardais juste. Peut-être…

— Il n'y a pas de mal ! coupe Callie d'un air complice. Tu vas voir, la nouvelle version est très… intéressante !

La méprise est suffisamment pesante pour que j'abandonne le combat d'office. Je range mon terminal et bois d'une traite mon reste de café en me levant d'un bond.

— Je dois filer ! On se recroisera sans doute… la semaine prochaine ?

Callie acquiesce machinalement, déjà replongée dans son livre alors que je me précipite droit vers le comptoir.

— Nilo, je te dois combien ?

— Dix tout ronds. L'expresso est pour moi.

Nilo est un vieux baroudeur, la cinquantaine bien tassée, qui se découvre une vocation tardive pour la restauration sur le pouce. La carte du Cirrhose est chiche mais étudiée avec la précision d'un maître cuisinier pour qui l'efficacité est la raison de vivre. On peut commander les yeux fermés. Jamais, en trois ans de fidélité, je n'ai été déçu de la qualité du service.

— Merci vieux !

— Pas de quoi. Et un conseil d'ami. La jeune fille là-bas, tu lui as tapé dans l'œil. Ne fais pas trop durer. C'est précieux ce genre de chose, tu sais. Rien n'est éternel.

Sa remarque me décroche un sourire.

— J'en tiendrai compte.

À peine ai-je posé le pied sur le trottoir qu'un trouble inédit me secoue. Un bruit sourd résonne et parcourt mon corps de bas en haut dans une irrépressible spirale qui aboutit dans ma tête, tournoyant sur place dans mon cerveau. Je reste figé, ne sachant pas comment réagir à cette sensation étrange, qui n'est pas celle d'un malaise. C'est plutôt comme si un pan soudain de mon être s'était réveillé d'un long coma. Un piéton me salue. Je ne lui réponds pas. Je suis dans un état second. Le plus étrange est que je n'ai pas la sensation d'être absent de la réalité. Au contraire, je ressens plus fort qu'à l'accoutumée. Je vois profondément, presque au-delà des rues alentour sans me servir de mes yeux. Je comprends le moment comme jamais. Comme si le fourmillement qui s'est emparé de moi avait augmenté mon acuité naturelle à *ressentir*. Puis l'effet se dissipe aussi soudainement qu'il est apparu. Je regarde autour de moi et constate que ma dégaine vaseuse n'a pas attiré l'attention outre mesure. Nez plongés sur écrans, yeux baissés sur le bitume, je suis bien de retour sur Terre. Quelle porte s'est entrouverte en moi ? Combien de temps suis-je resté dans cette forme d'ubiquité ? Je mets quelques minutes avant de retrouver mes esprits. Quelques instants durant, j'ai été à la fois ici et transporté *ailleurs*. Mais où précisément, et par quoi ? Mon corps demande un temps de recalibrage. Les pancakes de Nilo ! Le bougre a l'habitude de varier de temps à autre ses recettes. Et, bien que je cautionne généralement le résultat, rien ne m'immunise contre une mauvaise surprise. C'est sans doute une indigestion passagère. La prochaine fois, je prendrai un peu de temps à étudier la carte. Je me dirige vers les Acacias Chargés, grand-route la plus directe vers mon appartement.

Plus question que je me rende à nouveau à la tour Pilote sans qu'on m'y invite avec un motif pressant et justifié ! La restitution d'un énième rapport pourra attendre et l'absence même d'Eliou montre à quel point la hiérarchie qui édicte les règles ne croit déjà plus en elles. La réorientation profonde du projet, promise après l'échec du dossier Bassin, se fait toujours désirer. Catch-No est sous respirateur artificiel, au bord du coma, et aucun signal ne permet d'entrapercevoir une amélioration sensible. En attendant, je jouis de quelques précieux avantages, comme le versement régulier d'un salaire qui me permet de rester à flots dans cette société déchue. Une compensation bien maigre, mais nécessaire.

Le quartier où je vis s'est assombri depuis le *black-out.* Au sens propre comme au figuré. En plus d'être en permanence noyé dans une brume épaisse, à tel point que l'on ne sait plus si on évolue de nuit ou de jour, l'endroit est devenu le terrain de jeu favori des Adeptes. C'est ainsi qu'on appelle désormais les fanatiques de BLA. Déjà accros à l'application lors des prémices de l'effondrement, la rupture de normalité électrique a décuplé leur addiction. Hommes et femmes de tout âge errent dans les rues ou s'établissent dans des squats de fortune au milieu de nulle part. La frénésie partagée du pianotage fait germer ces lieux de lobotomie. La quête d'un *match* toujours plus excitant représente la carotte qui appâte le maigre espoir restant dans leur existence. Les Adeptes ne se rencontrent plus naturellement. Seule BLA leur permet un embryon de vie sociale. Mais ce qui me choque le plus, c'est le renforcement soudain du phénomène. J'ai en mémoire ces hordes de nez plongés sur écrans qui riaient chaque jour où je prenais encore le métro. La formation des Adeptes a commencé là. L'ancrage d'une déconnexion au réel couplé à des charges régulières de dopamine a inscrit définitivement l'usage de BLA au cœur de la société malade. Le *black-out* a simplement joué son rôle d'amplificateur en rendant la dépendance irréversible.

J'approche l'angle de la rue qui borde mon appartement lorsque je tombe nez à nez avec deux d'entre eux. Un jeune homme, la vingtaine tout au plus, se tient immobile à côté d'une fille de son âge. Ils semblent hypnotisés, plongés dans une sorte de transe. Leurs corps, assis à même le bitume, sont figés et regardent dans le vide. À leurs pieds gisent deux téléphones, chacun émettant un signal lumineux régulier. Occasionnellement, les diodes désynchronisées ne clignotent plus et restent fixes, puis reprennent quelques instants plus tard leur frétillement verdoyant. Sont-ils drogués ? Je m'approche doucement à moins d'un mètre, m'accroupis et balaye de la main l'espace qui me sépare du couple. Aucune réaction. Je jette un coup d'œil rapide autour de la scène pour vérifier la présence d'un témoin dans les parages. La ruelle est déserte. Seules quelques feuilles mortes la traversent au gré des bourrasques sifflantes. Ne sachant véritablement que faire, je décide de finir le trajet jusque chez moi, abandonnant les deux Adeptes à leur déchéance. Juste après avoir tourné les talons, j'entends un cri.

— Waouh !

Je bondis littéralement et me retourne. C'est la fille qui, apathique quelques secondes auparavant, sautille sur place dans un état de haute excitation. Le garçon s'est aussi réveillé mais demeure toujours assis, se frottant les yeux comme pour chasser un rêve un peu trop coriace.

— T'as vu ça ? s'écrie-t-elle en secouant le bras de son compagnon.

Le jeune homme lui retourne un sourire non feint, et laisse apparaître une dentition douteuse. Sa tête pivote en ma direction, m'obligeant à réagir spontanément :

— Tout va comme vous voulez ?

— Tu l'as dit mec !

Il se lève vers son amie avant de l'embrasser goulûment. Un élan fougueux au plaisir partagé.

— On l'a fait Jen ! Quel pied !

De quoi parlent-ils dans leur jargon nébuleux ? À n'en pas douter, la substance qu'ils ont prise doit inoculer une tendance euphorisante prononcée.

Devant ma mine déconfite, le garçon reprend :

— T'en fais pas pour nous vieux ! Tu devrais essayer aussi. T'en dis quoi, Jen ? Ça le détendrait !

Totalement décoiffée, Jen fouille dans son blouson, s'approche de moi, et me tend un morceau de papier déchiré :

— Celle-là, c'est la meilleure ! Profonde et excitante ! De l'extase pure ! Mais attention, c'est pas pour les faibles…

J'hésite, et accepte l'offrande. La fille m'adresse un large sourire assorti d'un clin d'œil puis repart gaiement vers son compagnon. Le couple s'échappe ensuite à l'angle de la ruelle en direction du périphérique. Les Adeptes deviennent donc de plus en plus instables. C'est inquiétant. Je déplie le morceau de papier et découvre une sorte de code en deux parties, rédigé d'une écriture tremblante : « 16XP34 ». Un charabia qui ne m'aide pas à dissoudre ma perplexité. Après tout, dois-je m'en inquiéter ? La société glissant vers l'abîme, est-il si étonnant que les comportements déviants des Adeptes y croissent, juste avant de disparaître dans une sorte de feu d'artifice chaotique ? Je glisse le papier dans ma poche et reprends ma route.

Arrivé à mon appartement, je m'affale directement sur mon lit. D'un geste aveugle mais habile, j'extirpe une paire d'écouteurs du tiroir de ma table de chevet et entreprends ma « récupération mélodique ». Une rêverie musicale pour m'échapper brièvement de cette société folle. Un moment d'évasion où je m'imagine entouré d'une nature épaisse et vivante, à mille lieues des facéties de l'univers terrien. *Tu vas voir, la nouvelle version est très... intéressante !* Les paroles de Callie me reviennent à l'esprit. Encore secoué par cette indigestion du Cirrhose, je sens mon corps tanguer à chaque respiration. Comme s'il était embarqué malgré lui sur une mer agitée, recroquevillé à fond de cale en attendant que la tempête passe. *C'est la meilleure... profonde et excitante... extase pure... pas pour les faibles...* Sacrée Jen avec son délire d'adolescente dépravée. Me traiter de faible ? Moi ? Je vérifie ma poche. Le papier est toujours là. Cette rencontre n'a donc pas été le fruit de mon imagination. Je le déplie à nouveau et l'observe sous toutes les coutures. « 16XP34 ». Que signifie cette énigme ? Après tout, je n'ai qu'à me connecter pour vérifier.

Je saute de mon lit à la recherche du terminal, qui se trouve au fond de mon sac, semblable à une coque vide. Vestige d'un temps heureux pour les futilités plastiques. Je presse la touche d'allumage et l'appareil réagit immédiatement. Les losanges brillants tournoient pendant le chargement et laissent apparaître une nouvelle interface. Comment l'application a-t-elle pu se mettre à jour toute seule ? Le titre « BLA.v2 » étincelle de mille feux en haut de l'écran. En dessous, un pictogramme en forme de haut-parleur associé au numéro 18. Les notifications manquées depuis la dernière connexion. Dans la liste, je trouve des messages automatiques incitant à un engagement plus prononcé, noyés au milieu d'invitations à passer au forfait supérieur en « adhérant à la dynamique BLA », ainsi que les premiers messages qui ont accueilli ma création de compte, à une époque où j'aspirais à la rencontre facile pour satisfaire des besoins primaires.

Un mot attire particulièrement mon attention. Il est placé dans un cadre spécifique sous un onglet que je n'avais jamais vu auparavant. Une section réservée aux « Perspectives ». Curieux, je lance la lecture :

Match *potentiel à proximité.*
H-24 pour expérience d'évaluation.
Lancer l'Emprise ?

L'Emprise ? Comment ils y vont ! BLA doit rendre accro mais utiliser ce vocabulaire directement dans l'application… ils nous lavent le cerveau, nous rendent esclaves et ne s'en cachent même plus !

J'appuie sur « Oui ».

Les losanges sont pris d'une valse folle. En dessous, une nouvelle inscription apparaît devant un champ vide :

Code expérience ? _ _ _ _ _ _

Je m'apprête mécaniquement à « Passer l'étape ». C'est alors que je fais le rapprochement : un code à six caractères ! « 16XP34 » ! … le « XP » médian pourrait-il être l'abréviation du mot « eX-Périence » ? Ce serait une logique comme une autre. Pourquoi pas...

Je décide de saisir le code gribouillé dans la zone prévue. Quel risque après tout ?

J'appuie sur « Validation ».

Décodage profil en cours.

Les losanges s'affolent, remplissent tout l'espace.

Décodage profil terminé.
Synthèse des perspectives.
Agrégation…

Je m'effondre.

3

La vague

Je la dévore du regard puis ferme les yeux. Nos lèvres se joignent en un doux baiser sous le soleil brûlant. Je me perds en elle. Sensations intenses.

Soudain, on me saisit l'épaule. La gestuelle du trouble-fête est sans équivoque : un phénomène inhabituel approche. Depuis l'escalier aérien dominant la vallée, une vague gigantesque déferle telle une muraille infranchissable et fond sur nous à grande vitesse. Un vent de panique s'empare de la foule. Des cris de surprise et d'effroi emplissent l'atmosphère. Retrouvant mes esprits, je la saisis à la taille et l'entraîne pour gravir les marches de l'édifice. Au loin, une sirène grave et sourde dont l'intensité est rapidement anéantie par le fracas des eaux. Je sens la vague vrombir et raser la surface à quelques mètres sous mes pieds. Mon amour frissonne de peur, blottie contre moi.

C'est alors que l'escalier géant vacille, se tord sur toute sa hauteur avant de basculer violemment pour venir heurter la déferlante en surface. La structure trop lourde balaye les malheureux perchés dans son inexorable dislocation. Je tente de me maintenir hors de l'eau de toutes mes forces avant d'être emporté par un courant d'une intensité inouïe. Puis plus rien. Le noir complet.

Entouré de caisses éventrées et de cartons à moitié déballés, je reprends connaissance dans un sombre endroit ressemblant à la réserve d'un magasin miteux. Je me lève d'une couchette dégarnie dressée à même le sol. Mes affaires détrempées sont suspendues dans un coin de la pièce, accrochées à un vieux fil à linge étiré entre deux crochets plantés aux murs. Mes pieds nus glissent sur le parquet défraîchi. J'avance en titubant vers l'entrée de la chambre de fortune. De l'autre côté de la cloison, une paire de voix s'échangent des amabilités. Je décide d'ouvrir brusquement la porte.

— Hey ! Mais il est réveillé *gros bêta* ! explose le premier homme, accoudé à un comptoir.

Je comprendrai plus tard que la charmante mention figure en lettres capitales au dos de mon pull, sans doute issu d'une de ces friperies spécialisées dans la nouvelle frange geek fondue d'humour…

— Où suis-je ?

— Le mal de crâne va passer, ne t'en fais pas.

Mon interlocuteur s'approche à grands pas en me tendant la main. Mal rasé, les cheveux grisonnants, la quarantaine bien tassée et portant de petites lunettes rondes, il ressemble à l'un de ces intellectuels du nord d'Emendul. Ces types insupportables ayant le chic pour théoriser sur tout ce qui bouge. Pourtant, derrière sa frêle silhouette, l'homme présente une démarche pleine d'assurance. Il me rappelle un célèbre personnage de cinéma, mais son nom ne me revient pas.

— Bien le bonjour moussaillon ! s'exclame l'acteur plein d'emphase en me serrant la main.

Le geste ferme précède une tape franche dans le dos dont je me serais passé volontiers.

— Jokin Dacili. Tu peux m'appeler JD. Et voici Tommy, mon vaillant compagnon d'armes ! enchaîne-t-il en désignant un adolescent avachi sur son bureau, le nez plongé dans une revue.

De là où je me trouve, impossible de discerner le sujet précis de son attention.

— Salut ! lance le jeune lecteur sans même relever la tête.

À vue d'œil, la deuxième voix du binôme atteint à peine le tiers de l'âge de son acolyte.

— Hey JD ! C'est ça ! s'exclame-t-il soudainement, manquant de s'étouffer avec un stylo pendu aux lèvres. Ton M14 doit être couplé au générateur D si tu veux que la cam fonctionne !

— Bonne nouvelle gamin !

Jokin se tourne vers moi en désignant un canapé rafistolé.

— Viens donc t'asseoir, tu dois avoir des tas de questions !

Je m'installe sur le divan dont toutes les parties semblent avoir été reconstituées avec du matériel de récupération. Pendant que Tommy se met à fouiller bruyamment dans des tiroirs à la manière d'un détective assoiffé de preuves, Jokin découvre une commode retapée en mini bar.

— Un petit cocktail maison ? propose-t-il en agitant une bouteille poussiéreuse déjà vide aux trois-quarts. Par politesse, je hoche la tête.

— Ah ! On va bien s'entendre tous les deux, mon ami ! Tu as vu ça, Tommy ? Gros bêta est un bon vivant !

Il remplit joyeusement deux verres opacifiés par le calcaire de la mixture peu ragoûtante.

— Santé l'ami ! poursuit-il en levant son verre, renversant la moitié à côté.

Nous trinquons. Le goût citronné est un peu amer, mais pas désagréable.

— Reprenons, l'ami, ajoute Jokin d'un ton solennel. Tu dois te demander ce que tu fous dans cette planque ? Comme tu m'as l'air complètement à l'ouest, je te dois bien deux trois explications.

Impatient de connaître la suite, j'avale une autre gorgée du breuvage.

— De quoi te souviens-tu exactement ?

Me viennent ces images de « l'avant-vague ». Cette foule hystérique, dévastée par la peur.

— La structure… des gens paniqués… un raz de marée venu de nulle part… où est-on ici au juste ?

— À Brisure, dans une boutique de troc de fringues de seconde main.

— Brisure ? Tout près de la vieille ville ?

— Précisément. Et avant ça ? De quoi te souviens-tu ?

Je veux répondre mais aucun son ne sort. C'est le néant. Je ne me souviens de rien. Comment cela se peut-il ? Hormis de troubles images de ma scolarité à Emendul, ma mémoire s'est comme vidée de toute substance. Ai-je des amis ici-bas ? Une famille ? A quoi étais-je occupé dehors sur cette plate-forme avant de finir sous l'eau ? Et qui était cette femme délicieuse ? A-t-elle survécu ?

— Prends ton temps, ajoute Jokin. C'est un miracle que Tommy ait pu te localiser avant…

Une série de coups martelant la porte principale interrompt la discussion. Des frappes distinctes, tellement fortes que les étagères alentour vibrent et manquent de se renverser.

— Ça par exemple ! s'écrie Jokin. On ne peut donc jamais avoir la paix ? Entrez !

D'un geste bref de l'index, il ordonne à Tommy de cacher ses travaux. Le garçon s'exécute et range son fatras de papiers dans un grand tiroir qu'il scelle à la vitesse de l'éclair.

La porte pivote dans un crachotement affreux. Un homme aussi haut que large apparaît dans l'embrasure. Une écharpe enroulée autour de son cou remonte jusqu'à son visage, lui masquant le nez et la bouche. Il porte un sac à dos et un énorme couteau de chasse attaché à la ceinture. Affublé d'un treillis et de grandes bottines en cuir, on dirait un aventurier de retour d'une chasse au trésor avec une dizaine de kilos en trop.

Jokin et le mystérieux soldat se dévisagent quelques secondes puis se jettent dans les bras l'un de l'autre en exprimant un rugissement complice et en se tapotant le dos. Le spectacle est sidérant.

— Au fait, me demande tout à coup Jokin en se libérant de l'étreinte de l'autre homme, je ne t'ai pas demandé ton nom, gros bêta.

— Acteya.

L'emprise des premières vapeurs du cocktail maison se referme sur moi. Les souvenirs de cette femme se portent à nouveau au-devant de mon esprit. Je peux presque sentir son odeur. Agrippée à moi. La vague claquant en bas de la structure…

— Acteya, Marcus. Marcus, Acteya, poursuit Jokin.

L'homme massif me tend la main.

— Salut.

La fermeté de la poigne démontre une force naturelle non surjouée.

— Assieds-toi Marcus. Alors ? L'as-tu trouvé ?

Les compères prennent place et Jokin débouche une seconde bouteille du même élixir. L'aventurier aux avant-bras bétonnés doit rentrer d'une expédition de la plus haute importance.

— La bonne nouvelle c'est qu'il n'est pas seul, mais les enflures se rapprochent… Il ne tiendra pas longtemps sans notre aide.

J'observe la mine crispée de Jokin lorsque le guerrier enchaîne :

— J'ai dû revenir plus tôt que prévu. Ces satanés Dondres arrivaient de partout. Le Demenrod grouille à nouveau… un vrai enfer !

— Steever n'était pas avec toi ?

— On s'est rejoints dans les tunnels…

Marcus s'interrompt brusquement, comme secoué par une soudaine illumination. Il reprend en me pointant du doigt, d'un air suspicieux :

— Ton nouveau pote là, il est fiable ?

— Je ne lui ai pas encore expliqué, rebondit Jokin, mais tu peux y aller sans crainte.

S'ensuit un silence gênant durant lequel Marcus me dévisage de la tête aux pieds. Jokin précise :

— On l'a trouvé inconscient à moins d'un kilomètre d'ici. La vague l'a frappé. Ne me demande ni pourquoi ni comment, mais Tommy a réussi à le récupérer avant que les Dondres ne nettoient les restes. Le gamin aurait *senti* sa présence, en voilà de la veine ! Mais tu peux être sûr qu'il n'est pas l'un des leurs.

J'explose :

— Ho les gars ! Va falloir m'expliquer ce qu'il se passe là ! Cette vague…

Dans mon emportement, une douleur fulgurante me surprend, comme si quelqu'un m'enfonçait une lame dans le crâne. Le verre me glisse des mains, heurte le sol et éclate en morceaux. Je me prends la tête à deux mains sous l'effet de la douleur.

Jokin me cède sa place pour que je puisse m'allonger.

— Tout doux. Les réponses viendront. Pas d'impatience. Le monde que tu crois connaître nous a révélé sa vraie nature.

Marcus est déjà loin, planant sous l'effet de l'alcool. Le gaillard est costaud mais ne tient vraisemblablement pas la distance en matière de boisson. Jokin s'adresse à Tommy, resté tranquillement dans son coin depuis l'irruption tonitruante de Marcus.

— Vérifie que tout est OK dehors et scelle la boutique. Les Dondres pourraient passer dans les parages cette nuit. On lève le camp à la première heure demain.

Accompagné par les cliquetis des morceaux de verre qu'on ramasse à mes pieds, je perds connaissance.

4

Sauve qui peut !

— Réveille-toi, bordel !

Deux à trois claques plus tard, j'émerge subitement et enserre le poignet de mon assaillant. Marcus se tient au-dessus de moi et me secoue violemment.

— C'est bon, ça va !

Le guerrier m'abandonne et s'affaire à retourner la pièce. Il renverse chaises et tables, ouvre un à un les placards poussiéreux, vide les tiroirs de leurs babioles et paperasses en tous genres qui s'éparpillent sur le parquet délabré.

— C'est forcément là quelque part ! répète-t-il, paniqué.

Étendu sur un reste de matelas à moitié déchiqueté, je me relève sur la partie qui semble la plus stable.

— Que se passe-t-il ?

Marcus renifle l'endroit comme un phacochère. Sans stopper ses fouilles, il grommelle de manière décousue :

— On est à l'arrière… JD et Tommy partis devant… Pouvaient plus attendre…

Je sens une certaine anxiété émaner du gaillard. L'aventurier impassible et confiant de la veille paraît à présent fébrile et désemparé. *L'arrière ?* Cette pièce rongée par la vermine est-elle l'arrière-boutique du magasin de Jokin ?

— Ah ! s'écrie Marcus en agitant un trousseau de clefs extirpé d'un tiroir. Sortons d'ici !

Il me tire par le bras.

— Vite ! Avant qu'ils nous tombent dessus !

— Ça va !

Je me défais une nouvelle fois de l'étreinte.

— Fais pas ta chochotte, on n'a pas le temps. Je t'expliquerai en route !

D'un geste, il ouvre l'unique fenêtre de la pièce, donnant sur un couloir extérieur sombre, et la franchit d'un pas sans se retourner.

Complètement perdu, je ne vois pas d'autre option, je dois lui emboîter le pas. J'enjambe la fenêtre à mon tour. Au même instant, un claquement résonne à l'étage, suivi de chuintements métalliques. Je m'étale de tout mon long dans l'obscurité, glissant sur une matière molle qui ressemble à une boue épaisse. Journée de merde. Je me relève tant bien que mal.

Marcus m'attend à quelques encablures de là, à l'angle d'un petit chemin pavé et du corridor envahi par cette gadoue immonde.

— T'en as mis du temps ! Ne crains rien. Ici, ils ne s'aventurent pas… Trop sombre, trop dangereux.

— Qui ça *ils* ?

— Les Dondres, banane ! Tu viens juste de débarquer ou quoi ? JD avait raison, tu n'es pas l'un d'eux pour être si stupide !

Ses réflexions m'agacent. La brute épaisse désamorce la bombe qui va finir par exploser tôt ou tard.

— Je te taquine, hein ! Tu verras, on est tous vachement sympas dans la résistance, ça va te plaire. En attendant, fichons le camp d'ici ! L'ennemi pourrait se mettre en tête d'improviser et, crois-moi sur parole, tu ne veux pas te retrouver dans le coin quand ce sera le cas.

Nous bifurquons dans un nouveau tunnel pas plus engageant mais dont le sol paraît sec, cette fois, ce qui est toujours bon à prendre. Après avoir parcouru quelques centaines de mètres, Marcus s'arrête et sort de la poche arrière de son pantalon un petit objet rond, semblable à une montre, qu'il agite en l'air. Après une brève pause — qui cache à n'en pas douter une intense réflexion —, il annonce :

— C'est par là ! On y est presque !

Le tunnel se sépare en deux branches dont l'une remonte vers le nord, tandis que l'autre poursuit à l'ouest. Marcus opte sans sourciller pour la première direction qui appelle une atmosphère plus fraîche. À mesure que nous progressons, la puanteur et la chaleur humide des souterrains s'éloignent. La luminosité s'intensifie graduellement et débouche sur un panorama saisissant. Nous nous tenons au bord d'une ouverture dans la roche surplombant une vallée submergée. Autour de nous, quelques embouchures plongeantes offrent une vue privilégiée. Un océan clapoteux, parsemé de reflets et d'ombres mouvantes s'étend à perte de vue. Sous le soleil éclatant, les remous laissent entrevoir le sommet de baraquements immergés. C'est la première fois que je me retrouve dehors depuis la vague.

— Impressionnant, n'est-ce pas ?

— Que s'est-il passé ?

— La vague n'était pas isolée. D'après ce qu'on sait, plusieurs phénomènes identiques ont surgi un peu partout, au même instant. Ça s'étend à l'ouest jusqu'à la lisière d'Isferea. Une partie de la plaine des Quatre Épis est aussi sous l'eau.

— Qu'est-ce qui a provoqué ce raz de marée ?

— JD savait que ça finirait comme ça. Il avait raison, l'enflure !

— …

— Il ne t'a rien dit ? Les Gourous préparaient un truc pas net. Le genre de plan qui peut carrément changer la donne. Tu vois ? Mais c'est arrivé trop vite…

Marcus éclate de rire. Devant ma mine déconfite, il reprend :

— JD se doutait que la Fédération fomentait un projet destructeur. Une sacrée apocalypse ! Ces enflures nous ont tout pris, nos désirs, nos libertés. Maintenant ils passent au stade supérieur. Ils veulent nous anéantir et ne s'arrêteront jamais. Tu vois cette tour là-bas ?

Marcus désigne l'horizon en direction d'un lointain édifice qui apparaît entièrement émergé, comme heureux rescapé de la catastrophe.

— À ton avis, pourquoi elle tient encore debout ?

En y regardant de plus près, je devine une tour géante se dressant tel un roc au milieu des flots, comme si elle avait été construite dans l'idée de pouvoir résister à un tsunami.

— Tu saisis ? La Fédé avait tout prévu depuis la commercialisation de la première GOOT ! Ces tours, présentées comme des bureaux expérimentaux… Tu parles d'expériences, ils nous ont bien eus ces Gourous !

Les Gourous. L'évocation de ce nom produit en moi un déclic qui ravive des images de l'avant-vague. Je me souviens maintenant. La Fédération est une entreprise puissante. À sa tête, les Gourous ont démocratisé la réalité virtuelle à grande échelle basée sur un concept de Réseau en perpétuelle évolution. N'importe qui peut se procurer une GOOT — Gélule Organique à Oblitération Temporaire — pour s'interfacer au monde virtuel de son choix dans un centre de connexion. La pratique est devenue tendance dans toutes les sphères de la société. La Fédération prospère et le monde est devenu accro à cette nouvelle forme de consommation. Je me souviens avoir goûté aux plaisirs de la connexion. Il est vrai que certaines applications valaient le détour. Sans compter celles interdites aux mineurs qui se négociaient en toute discrétion dans les vestiaires du skate park central… Ai-je été aveugle tout ce temps ?

— Personne n'a pu anticiper le danger ?

— La Fédé a bien caché son jeu ! Heureusement que des mecs comme JD ont senti venir le traquenard et ont pris les devants.

— Tu veux dire qu'il *savait* pour la vague ? On aurait pu l'éviter ?

— Il savait, il savait… Disons qu'on voyait des signes concordants. On savait surtout que les Gourous préparaient un contrôle plus poussé.

— Contrôle plus poussé ?

— Ouais ! Toi t'es du genre à penser que la connexion est juste un loisir anodin, que tu restes maître de tes choix, que tu peux te connecter et te déconnecter comme tu veux, que t'as le contrôle… tout ça c'est du baratin ! L'étape une, c'est justement de te faire croire que tu es libre en te donnant l'illusion de la liberté, l'étape deux c'est de profiter de ta crédulité pour te faire gober n'importe quoi, y compris l'abandon de ta conscience. Nombreux sont allés trop loin dans le délire et n'en sont pas revenus.

— Tu parles des bugs ?

— Ouais les bugs, c'est ça, de la vraie arnaque ! Ils savaient dès le début, c'était même l'objectif, tu vois.

Je me souviens qu'à l'époque où la GOOT courrait les rues, après quelques mois de commercialisation, la Fédération s'était heurtée à quelques procès intentés par les proches de camés à la connexion qui étaient restés « bloqués » dans le système. C'était en tout cas ce que les médias racontaient — les pauvres végétaient dans un état de connexion quasi permanent. Une addiction si prononcée que les familles témoignaient ne plus reconnaître leurs proches que la GOOT avait littéralement « transformés »... Pendant un temps, la presse s'était emparée du phénomène, et dénonçait les pratiques de la Fédération. Mais face à une demande populaire écrasante, l'influence de la critique s'était marginalisée.

Les Gourous. C'est comme ça que les détracteurs du projet appelaient les dirigeants de la Fédération. Une métaphore peut-être pas si caricaturale.

Marcus se fige et sort à nouveau de sa poche la petite boussole en métal qui nous a guidés vers la sortie quelques minutes plus tôt. Je découvre l'engin de plus près : aucun point cardinal n'y est représenté, mais une sorte d'arc électrique minuscule crépite sous un cadran de verre. Une lueur violette en émane, entrecoupée d'éclairs. Juste en dessous du spectacle pyrotechnique miniature, une petite aiguille oscille par à-coups.

Marcus sort une combinaison de plongée de son sac à dos et me la tend.

— Mets ça ! Les rapaces nous ont suivis !

— Qu'est-ce que tu veux que je fiche de ce truc ?

— À toi de voir. Si tu maîtrises l'apnée pendant plus de dix minutes, ça pourrait être marrant de voir comment tu t'en sors !

— On ne va quand même pas...

— Tu es toujours aussi lourd où il t'arrive de faire ce qu'on dit sans poser de questions ? Sérieusement, les jeunes...

Sur le point de lui dire tout le bien que je pense de sa remarque de *boomer*, je suis coupé dans mon élan. Des échos surgissent du tunnel derrière nous.

Les mêmes frictions métalliques entendues au magasin se rapprochent. Luttant pour insérer mes jambes dans la tenue trop serrée, je m'empresse d'imiter Marcus, déjà prêt et équipé d'un casque lui faisant ressortir deux branchies de part et d'autre du visage. Il me jette un dispositif du même acabit.

— Attrape ! Enclenche-le quand on sera en bas. La vieille ville nous attend !

S'approchant dangereusement du bord du promontoire, Marcus n'hésite pas un instant et plonge. Un vent glacial se lève, étouffé par le rythme régulier de foulées cadencées au pas militaire.

Je lance un dernier regard à mon tas de linge estampillé « gros bêta » et chausse mon casque. Prenant la plus grande inspiration possible, je trouve la force suffisante pour basculer dans les abysses.

5

Vers les profondeurs

Sitôt immergé, j'applique la consigne que m'a prodiguée Marcus en tirant la languette à l'arrière de mon casque. Un mécanisme s'enclenche et une fine pellicule protectrice s'enroule autour de moi. Une nouvelle gravité sous-marine m'attire doucement vers les bas-fonds de l'ancienne Emendul. Malgré le poids du liquide au-dessus de ma tête, je me tiens debout et ne ressens aucune pression. Mieux, je respire naturellement comme si j'étais en plein air. Des doigts fougueux me tapotent l'épaule. Marcus me commande de le suivre.

Nous nous mettons en marche vers le centre-ville. Avant la vague, j'y traînais après les cours, entre les boutiques de jeux vidéo et les squares ombragés quadrillant la cité. Je reconnais la grande avenue du Parc qui m'a vu tenter un maladroit baiser volé. La victime s'appelait Stéphanie. Une jolie blonde haute comme trois pommes qui m'avait dérobé le cœur à l'approche du printemps — et m'avait bien rendu mon excès hasardeux de témérité au passage… Je m'en souviens comme si c'était hier. Pourquoi ma mémoire est-elle tout à coup si précise sur un épisode que j'aurais préféré oublier alors que je suis incapable de me souvenir du moindre élément important de ma vie ? Qui suis-je ? Que faisais-je avant la vague ? Je ne me rappelle ni famille ni ami. Cette sensation d'amnésie est plutôt angoissante.

Marcus et moi avançons vers la rue Tronche jouxtant l'avenue. Le spectacle est à la fois fascinant et terrifiant : voitures, vélos, bus, bennes à ordures flottent comme coincés entre ciel et terre. Soulevés par la puissance des eaux, de nombreux véhicules sont encastrés à hauteur d'étage dans les bâtiments. Des sacs de détritus crevés et des liasses de tracts publicitaires mènent la danse autour de nous, circulant au gré des courants marins au-dessus des algues brassées. Les poissons, pour qui la catastrophe a généreusement étendu l'espace naturel, ont pris possession de l'environnement et nagent par bancs entiers à travers ce décor surréaliste où le temps semble figé.

Après un virage près de l'hôtel de ville, Marcus m'entraîne en direction du quartier Fripon où se trouve la bibliothèque d'Emendul. Un méli-mélo de déchets et de malheureux rats noyés remonte vers la surface. Un tableau putride rendu savoureux par l'évacuation anarchique des bouches d'égout. L'eau est plus épaisse dans cette zone. Les poissons plus rares. Heureusement, la fine pellicule produite par les combinaisons ne restitue pas les odeurs.

À l'entrée de la bibliothèque, une grande porte en fer nous barre le chemin. Avec mon guide, je contourne l'édifice par le nord avant d'emprunter des escaliers descendant le long de son flanc est.

Après nous être enfoncés encore davantage sous la surface, nous arrivons devant une nouvelle porte, plus petite que celle de l'entrée principale. Marcus me demande d'attendre. D'un geste, il actionne une manette accrochée à un petit guichet fermé de l'intérieur. Un cliquetis retentit puis la porte pivote doucement. Nous sommes aspirés à l'intérieur juste avant que l'ouverture ne se referme. Débarquant dans une salle carrée à l'allure d'un sas de décompression, nous sommes définitivement à mille lieues de ce qu'on imagine trouver derrière l'entrée dérobée d'une bibliothèque. D'un geste lent, Marcus actionne une manette soudée à l'un des murs. Un tremblement secoue la pièce et l'endroit commence à se vider par des trappes au sol. Je me sens envahi par un froid polaire à mesure que l'eau se retire.

— La sensation va passer, ça fait toujours ça la première fois qu'on plonge avec une combi Hydro-V6. À la longue on finit par s'habituer. Enfile ça !

Je me couvre d'une serviette que Marcus fait miraculeusement jaillir d'un placard hermétique décadenassé à la vitesse de l'éclair. Le trousseau déterré dans l'arrière-boutique de Jokin montre son utilité. Aucun doute, Marcus est un habitué des lieux.

— Un petit saut direction le labo ! Tu en dis quoi, moussaillon ? On va rendre visite à un vieil ami. J'espère que tu as l'estomac d'aplomb ! Mais d'abord, j'ai un message à envoyer.

Marcus ressort le dispositif mécanique qu'il a utilisé à Brisure. L'engin émet un son court sous l'effet d'une manipulation dont je ne perçois pas les détails. Marcus tapote frénétiquement l'appareil.

Je sens la fatigue me gagner. Mes jambes me lancent un peu. Je profite de ce moment de répit pour m'asseoir sur un petit banc ayant émergé d'un coin de la pièce. J'ai l'impression de me trouver au cœur d'un vieux sauna abandonné. Nous devons être à quelques pas sous terre, près de la grande salle de lecture de la bibliothèque, chargée de souvenirs, dans laquelle j'ai parfois révisé aux heures de gloire de ma scolarité. Jamais je n'aurais imaginé qu'un endroit pareil existait juste à côté.

Marcus range son pendule high-tech d'un air satisfait et me tend un comprimé blanc minuscule.

— Avale ça ! Ça t'aidera à supporter le voyage !

— Je dois me droguer maintenant ?

— Du calme gamin ! C'est juste un médoc pour éviter que tu te choppes un bon vieux mal de crâne des familles !

Je gobe le cachet en priant très fort pour ne pas être transformé en légume ou autre joyeuseté de ce genre. Je ne sais pas si je dois afficher une crainte évidente ou feindre une confiance absurde. Marcus m'envoie son léger regard condescendant toujours aussi agréable.

— Prêt ? Approche-toi, il faut être au centre pour que ça marche du premier coup et éviter de finir en charpie.

Le pendule ressurgit soudainement et Marcus l'oriente pour qu'une aiguille placée sur le cadran pointe à angle droit vers le bas.

— Garde tes bras le long du corps et ne bouge pas.

J'acquiesce timidement et me contente d'appliquer les consignes. Une fois l'aiguille stabilisée, Marcus appuie sur un bouton situé sur le côté de la montre. Un arc électrique jaillit sous le cadran et grossit à vue d'œil jusqu'à en déborder dans des crépitements effrayants. Marcus lance un décompte :

— Trois ! Deux ! Un…

En une fraction de seconde, une tornade sortie de nulle part déferle sur nous. Un souffle terrible me balaye. Le sol se dérobe et nous sommes précipités dans le noir complet. Puis, un flash aveuglant m'oblige à me couvrir les yeux avant que mes pieds ne heurtent à nouveau une surface plane. Le sas boueux à l'humidité étouffante s'est transformé en un vaste vestibule dont le parquet est fait d'un bois noble et brillant. Marcus se fend d'un large sourire que je n'ai aucun mal à convertir en un « tu vois, je te l'avais bien dit ».

6

Plaisir

L'endroit est somptueux. Çà et là trônent des statues en pierre à l'effigie de créatures étranges. L'une d'elles ressemble à une gargouille ailée. Sa cousine à un Nain costumé dont le regard est braqué dans notre direction. Une grande porte en bois soulignée de multiples dorures géométriques se dresse en face de nous. L'inscription « *GOOT et Dilution sont ma religion — Entrée des disciples* » est gravée au sol, sur un plancher impecable.

— Où sommes-nous ?

— Au terminus du *Passage des Érudits,* pardi ! Le dernier centre de connexion clandestin de la région. Un repère de drogués mais surtout une belle planque.

— La Fédé autorise ça ?

— Officiellement non. Mais les Gourous ont toujours encouragé en douce ce genre de plan illégal. Un double jeu pour injecter dans le marché parallèle leurs saletés de GOOT à la noix et rendre addict un maximum de gens ! Futés, les types… Bon, trêve de bavardage, on est à la bourre !

Marcus assène plusieurs coups de poing sur la porte. Des bruits de pas résonnent de l'autre côté et précèdent un long grincement qui accompagne son ouverture. Une reproduction de la statue du Nain se présente en chair et en os dans l'embrasure. Elle porte un chapeau haut de forme noir et tient un bâton de cérémonie mesurant deux fois sa taille. Son costume trois pièces couleur pourpre témoigne d'un goût douteux.

— Tzos ! s'exclame Marcus. Quel plaisir de te revoir mon ami !

— Ça va faire combien… six mois ? Un an ? lui rétorque le Nain d'une voix nasillarde.

— Tu sais bien, les affaires… Toujours les affaires !

— Sans doute. J'espère que cette fois tu ne viens pas pour cramer la moitié de mes salles de prêche !

Un peu gêné, Marcus enchaîne :

— Je saurai me tenir cette fois. Promis ! Je te présente Acteya. Le nouveau dont je t'ai parlé.

Tzos me dévisage de la tête aux pieds.

— Hum… et il est fiable le petit ?

— À cent pour cent l'ami !

— Dans ce cas, messieurs, soyez les bienvenus. Hector !

À l'appel de son prénom, un homme filiforme déboule d'un couloir adjacent.

— Reprends du service à l'accueil, j'ai des affaires à régler. Ne laisse entrer que les clients habituels et préviens-moi si un Dondre se pointe.

Le fidèle employé accourt et prend place derrière un bureau d'angle niché à côté de l'entrée. Tzos referme la porte et laisse les clefs de la maison à son serviteur avant de se retourner vers Marcus et moi.

— Par ici !

Des gémissements surgissent des murs. Au début, je n'y prête pas attention, préférant croire que mon imagination me joue des tours. Mais lorsque nous arrivons au seuil d'un couloir, au-dessus duquel est placardée la formule « *Couloir des Plaisirs* », je comprends que le remue-ménage lubrique n'est pas une invention de mon cerveau. Tzos commente l'ambiance sonore particulière :

— Nos clients sont plutôt expressifs, n'est-ce pas ? J'ai pourtant mis le paquet sur l'isolation, mais rien n'y fait, ces murs ne seront jamais assez épais pour étouffer leurs cris hystériques…

De pauvres accros à la GOOT, voilà qui ils sont, s'envoyant en l'air dans des univers virtuels bien crades. Au fil des ans, les connexions se sont tellement banalisées que les programmes sont devenus plus violents et transgressifs, à l'image des « clients » toujours plus exigeants. On ne peut que constater l'évidence : l'Esolien est ainsi fait, il trouve la satiété dans des poussées d'adrénaline de plus en plus fortes, se lassant vite des programmes d'entrée de gamme. Matraqué par les slogans sexy et les discours grandiloquents des médias vantant la technologie, le tout appuyé par de prétendus experts du phénomène, le consommateur piégé plonge dans l'inéluctable dépendance. La proie innocente, convertie en accro incurable, éprouve alors le besoin de prolonger sa virée connective dans des fictions à l'intensité inégalée. J'imagine qu'il doit se déverser dans ces salles toute la force des plus bas instincts possibles. Un théâtre résolument bien triste. La nouvelle norme de consommation. Des êtres opportunistes comme Tzos ont appris à vivre avec et en retirent même un bénéfice.

Les couloirs s'enchaînent à perte de vue, donnant accès à une multitude de portes numérotées sur lesquelles de petites ampoules clignotent d'une lumière tantôt verte, tantôt rouge, rendant probablement compte de la disponibilité des salles. Des personnes de tous âges aux looks disparates errent dans les allées du centre. Certains font la queue pour s'inscrire. Apathiques, le regard fuyant, ces zombies en manque de sensations attendent leur tour en silence. La honte de s'adonner au dernier vice à la mode doit certainement leur ronger les entrailles.

Derrière chaque guichet, un employé impassible se tient assis, accueillant les drogués en griffonnant mécaniquement leur nom dans un registre. Une clef magnétique est ensuite remise au visiteur identifié en échange d'une signature et d'un paiement comptant. Puis un « suivant » désabusé marque l'avancée paresseuse de la file.

Soudain, une sirène plonge le couloir des zombies dans un vacarme assourdissant. Deux hommes en blouse blanche surgissent avec des sangles à la main et se précipitent au guichet le plus proche. L'employé leur indique une direction et ils reprennent leur course avant de disparaître à l'autre bout du couloir. Une porte claque et un hurlement étouffé retentit dans les secondes qui suivent. Un vieil homme, traîné de force par ses bourreaux, se débat en leur balançant des injures qui ne produisent pas l'effet escompté. L'un des deux gorilles soulève le malheureux d'une seule main et le projette au mur, mettant fin aux protestations. Le client récalcitrant se fracasse au sol après avoir heurté de la tête le rebord d'une rampe. Sans répit, les deux hommes l'empoignent fermement pour le sangler avant de le traîner vers l'endroit d'où ils sont arrivés, au milieu du silence écrasant des clients n'ayant pas détourné les yeux de leurs souliers. Dès que le trio a disparu, un autre claquement retentit et l'alarme s'arrête aussitôt.

— Suivant, annonce l'homme du guichet de sa voix monocorde.

Le ballet des prétendants aux salles de connexion reprend comme si rien ne s'était passé. Pas affecté outre mesure par l'intervention musclée, Tzos farfouille dans ses poches. Marcus a l'air de s'amuser de mon regard ahuri et brise le silence :

— Ne t'en fais pas pour ce type. Il est sans doute moins propre qu'il en a l'air !

— Tu ne lui as pas enseigné les règles de la maison ?

Tzos insiste dans la fouille intensive de son pantalon, décidément trop grand pour lui.

— Ah ! s'exclame-t-il en brandissant une clef. Vois-tu Acteya, tout business requiert une organisation stricte et un système de contrôle bien huilé. C'est simple : tu enfreins les règles, tu es pénalisé. Ni plus, ni moins.

— Mais qu'a-t-il fait de répréhensible ?

— Parfois, un consommateur ne veut pas décrocher malgré les injonctions des guichets. D'autres viennent nous voler pour revendre une copie de nos programmes au plus offrant. Tout pirate identifié est sévèrement puni sur-le-champ !

Au détour d'un énième couloir, Tzos s'arrête en face d'une porte dépourvue d'ampoule, plus massive que les autres. Il l'ouvre avec sa clef avant de s'incliner en guise d'invitation.

— Si vous voulez bien vous donner la peine d'entrer dans mon bureau.

7

River

Dans un coin de la pièce, Jokin et Tommy se tiennent assis côte à côte. Le jeune geek imperturbable est absorbé par la lecture d'un prospectus. En nous voyant, le visage de Jokin s'illumine, trahissant un soulagement non dissimulé.

— Je le savais ! s'écrie-t-il en se tapant sur les genoux. Regarde Tommy, les bleus ont définitivement un avenir !

Marcus fronce les sourcils d'un air faussement méchant.

— Les bleus ? De qui tu parles ?

Jokin éclate de rire.

— Cher ami, tu ne changes donc jamais !

Les deux hommes s'enlacent. Tzos profite de l'instant pour rejoindre son bureau. Il s'y installe pour griffonner un papier.

Un employé du Couloir des Plaisirs fait irruption dans la pièce. Tzos dresse brièvement la tête pour lui intimer l'ordre de refermer la porte. Le valet s'exécute et s'y adosse comme pour monter la garde.

Jokin prend la parole :

— Les gars, ça me fait plaisir de vous revoir. Maintenant que nous sommes réunis, on va pouvoir commencer. Tzos ?

Le Nain se lève et active un interrupteur placé sur une petite console murale. Un déclic plus tard, une table ovale jaillit d'une trappe dissimulée dans le sol. Le mobilier se positionne au centre de la pièce. L'ouverture se referme dans un grincement, le mécanisme ne doit pas servir tous les jours. Tzos s'avance et déroule au centre de la table le parchemin sur lequel il gribouille depuis quelques minutes. Il s'agit d'une carte réalisée à la main, représentant les différentes régions du globe — du moins c'est ce que j'en devine, le Nain n'est certainement pas un virtuose du dessin à main levée.

Tzos abandonne son bâton sur un socle prévu à cet effet et prend place sur un trône miniature, taillé à la mesure de son gabarit.

— Installez-vous mes amis, poursuit Jokin en se positionnant aux côtés du maître de cérémonie.

Marcus, Tommy et moi nous positionnons en cercle autour de la carte. Le conseil est ouvert.

— Des nouvelles de Steever ? demande Marcus.

Jokin soupire.

— Aucun signe depuis ton retour à Brisure.

— Hum.

— Enfin tu le connais. Toujours fourré dans des plans improbables… mais il s'en sort toujours haut la main !

— J'aimerais te croire mais cette fois, c'est différent, je ne sais pas… Un truc cloche.

Marcus prend un air renfrogné, un peu comme un gamin à qui on aurait confisqué son jouet préféré.

Tzos interrompt ce moment de léger malaise :

— Avant de te laisser la parole JD, je veux vous présenter une nouvelle recrue en qui je place beaucoup d'espoir.

Le Nain se tourne vers un coin sombre de la pièce. Là, entre son bureau et plusieurs étagères recouvertes de documents, se tient debout une silhouette qui se précise peu à peu en se rapprochant de l'assemblée. C'est une femme qui nous épiait tranquillement dans l'ombre. Malgré l'exiguïté des lieux, personne mis à part Tzos n'avait détecté sa présence. L'espionne élancée aux longs cheveux noirs dégage une forme de sensualité dérangeante. Son visage fin, soulignant de grands yeux marron aux reflets verts, révèle une certaine douceur malicieuse.

Je me remémore une histoire sur de sublimes créatures originaires des bois, habitant près des fleuves et des rivières. En découvrant ses oreilles un peu plus pointues que la normale, je fais immédiatement le rapprochement : une Naïade d'Isferea nous a rejoints à table.

— Je vous présente Cléia.

Devant une audience subjuguée, Jokin est le premier à réagir :

— Bienvenue à toi ! Dis donc Tzos, petit sacripant, je pensais que tu ne recrutais plus en dehors d'Emendul !

— En principe c'est le cas. Mais j'ai dû faire une exception.

— Tu m'en diras tant ! clame Marcus en levant les yeux au ciel.

Sans un mot, Cléia vient s'asseoir entre Tommy et moi. Le regard perdu du jeune geek en dit long sur l'effet que lui procure la nouvelle recrue. Il ne doit pas croiser beaucoup de Naïades dans ses notices techniques.

— Comme on en est aux présentations, ajoute Jokin, vous aurez tous remarqué une autre nouvelle tête parmi nous. Acteya, rescapé de la vague !

— Bienvenue petit ! surjoue Tzos.

Je commence à m'agacer de recevoir tant de familiarités en séquence : « gros bêta », « le bleu », « petit »... Indubitablement, personne ne me prend au sérieux. Cléia me fixe un moment. Un peu trop long d'ailleurs. Je trouve l'attitude de la Naïade presque gênante.

— Mes amis, l'heure est grave, poursuit Jokin. Notre avenir s'assombrit chaque jour. Comme les plus anciens parmi nous le savent, nous avions senti le traquenard bien avant la vague. Nos efforts pour éviter le drame ont échoué, mais tout n'est pas perdu. À l'heure où je vous parle, Kacham forme une armée aux portes du Demenrod. Et nous n'allons pas rester les bras ballants. Avec l'aide de Tommy, on a mis au point un nouveau matériel qui pourrait nous donner l'avantage. Tommy, tu veux bien nous faire une démo ?

Le jeune geek sort de sa poche une montre qui ressemble comme deux gouttes d'eau au dispositif utilisé à maintes reprises par Marcus sur la route du centre.

— Voilà ! annonce Tommy en se raclant la gorge. Il pose l'objet de toutes les attentions sur la table devant lui.

— Vous n'êtes pas sérieux là ? beugle Marcus. Tout ce temps enfermé dans vos tests à la con pour une simple copie de l'artefact ?

— Attends un peu ! répond Tommy en plaçant le dispositif au creux de sa main droite, paume ouverte.

Il replie son majeur et son annulaire sur le cadran à aiguilles qui s'enfonce en émettant un clic. Un éclair jaune jaillit et des dizaines de petits filaments s'éjectent. Reliés au boîtier de la montre par leurs extrémités, les fils s'étirent à toute vitesse et tissent leur emprise sur ses doigts, son poignet, son bras. Bientôt, son torse est recouvert de filaments rampants. Comme si des milliers de fibres vivantes le piétinaient à la recherche de la moindre parcelle de peau ou de vêtement à grignoter. Tommy ne semble pas en souffrir et paraît même amusé de l'effet de surprise produit. En à peine une minute, l'agrégat le recouvre en totalité, formant une fine pellicule dorée et translucide. Lorsque le visage de Tommy devient à son tour la proie de cette étonnante toile grouillante, la texture des fibres évolue pour se fondre dans le décor de la pièce. Je ne rêve pas : le gamin est en train de disparaître !

— Il s'est passé quoi là ? s'exclame Marcus.

— Tada ! s'écrie la voix de l'homme invisible avant de reprendre forme encore plus vite qu'il ne s'est effacé. L'enveloppe gloutonne a disparu et les derniers filaments se rétractent à l'intérieur du boîtier. Imperturbable, Tommy repose l'engin sur la table et s'enfonce dans son siège.

— Pas mal, n'est-ce pas ? lance Jokin en guise de conclusion. Avec ça, les Dondres vont devoir se lever de bonne heure pour nous coincer !

Quelqu'un toque à la porte. Tzos se retourne vers son employé, et l'invite à ouvrir. Après une vérification rapide à travers le judas, ce dernier tire la poignée. Un homme vêtu d'un treillis technique fait irruption dans la pièce. Le visage renfrogné de Marcus change du tout au tout.

— Steever ! Tu en as mis du temps !

Le guerrier balourd vient de retrouver son binôme chéri, voilà qui est touchant.

— Toi aussi tu m'as manqué ! répond le nouveau venu en lui tapant dans les mains.

— Viens donc t'asseoir avec nous ! Lance Jokin.

— Hey JD, quoi de neuf ?

— Tu tombes à pic ! Nous allions parler de la prochaine mission. Ton aide sera précieuse.

Steever dépose sa besace contre le mur le plus proche, s'installe aux côtés de Marcus et parcourt du regard un à un les membres du conseil. Il s'attarde davantage sur Cléia, qui joue avec une de ses mèches, la laissant glisser entre ses doigts avec nonchalance. Steever a l'allure d'un soldat entraîné, de la même génération que Marcus, mais bien plus svelte. Il porte deux grands couteaux fixés en croix sur son dos à l'aide de lanières en cuir. Sur l'un des manches, j'aperçois une gravure : « *Gloire à Koofa-Voli* ».

— Bon, reprenons, où en étais-je ? Ah oui, l'artefact ! Jokin se racle la gorge. Comme vous avez pu le voir avant que Steever finisse par rappliquer, on y a greffé une fonction d'invisibilité.

— Tu as loupé un truc, vieux ! coupe Marcus avec de grands gestes. Le gosse a carrément disparu. Il s'est volatilisé comme ça… Paf !

Steever retourne un sourire complice. Devant l'enthousiasme de Marcus, Cléia reste calme et muette comme une carpe.

— Bien, reprend Jokin. Tommy s'il te plaît.

L'ingénieur en herbe se lève pour attraper le petit sac fermé par un vulgaire lacet que lui tend son ami. Tommy en extirpe une poignée d'artefacts qu'il distribue à chaque membre de l'assemblée. Marcus se jette sur l'engin comme un gosse pour le scruter sous toutes ses coutures. Preuve est faite qu'un gaillard de sa trempe peut encore être émerveillé en ce bas monde. Steever observe silencieusement l'objet sans y toucher. Cléia a reporté les caresses de sa mèche au cadran de la montre qu'elle sonde délicatement du bout des doigts. Pour ma part, je me demande ce que je vais pouvoir en faire. En temps normal, le mécanisme aurait déclenché chez moi un torrent de curiosité mais, depuis la vague, je me sens différent. Comme si les pulsions irréfléchies de ma jeunesse avaient laissé place à la recherche d'un projet plus construit, d'une perspective. Peut-être le contraste avec ma vie d'avant, tranquille et insouciante, opère-t-il un changement en moi ? Le souvenir de cette fille que j'ai tenté de sauver de la catastrophe ne me quitte pas. Qui est-elle ? Le fruit de mon imagination ? Je peux presque la sentir dans mes bras, son cœur battre la chamade contre ma poitrine. Elle existe, forcément.

Ça paraît si réel… J'ai l'impression d'incarner une sorte de mauvais héros. Celui d'un de ces romans d'aventures bâclés par un auteur improvisé sur le tas, autoproclamé écrivain sans en avoir le véritable talent.

Je tente de noyer mes doutes dans les yeux de Cléia qui me regarde depuis quelques secondes déjà. Nous échangeons un de ces regards qui en disent parfois plus long que des mots. Un paradoxe me saisit aux tripes. J'éprouve au même moment un malaise et une étonnante sensation de complicité. Sans la connaître, je sens une forme de proximité avec elle. Quelque chose d'apaisant. Une présence naturelle.

— Tout le monde est désormais équipé, ajoute Jokin. Tzos, si tu veux poursuivre.

Le Nain se redresse sur son trône et prend la parole devant l'assemblée distraite.

— J'irai à l'essentiel. La semaine dernière, nous avons reçu la visite d'un étranger. Un certain Sam River, d'après le registre du centre, mais je doute que ce soit sa véritable identité. L'homme, accompagné de deux autres clients, s'est enregistré pour une simulation d'équipe sur *Domination*. Jusque-là, rien d'anormal. Le problème c'est que River n'est jamais ressorti de la partie…

— C'est-à-dire ? interrompt Marcus.

— Hé bien à la fin de la séance, seuls ses partenaires ont été vus ressortir de la pièce. Les gardiens ne s'en sont pas aperçus de suite. C'est plus tard, en fin de journée, après avoir consulté le registre, que l'anomalie a été découverte. Hector, mon chef d'équipe, m'a alerté sur le champ. Bien sûr, comme le protocole l'exige, j'ai immédiatement scellé la pièce et suspendu l'application.

— Suspendu l'application ?

— Oui. *Domination* a été retirée de la liste des programmes.

— Et le type ? Il ne s'est quand même pas volatilisé ? lance Marcus, passionné par le récit de Tzos.

— Sam River espionnait pour le compte de la Rég, précise Jokin.

— La raison de sa présence nous apparaît désormais évidente, reprend Tzos. Ce que nous avons appris du déroulé de la partie a changé la donne. L'analyse des flux résiduels nous a permis d'extraire des fragments de données échangées par River et ses acolytes pendant leur connexion.

J'ai du mal à suivre et redouble d'efforts pour ne pas décrocher de la conversation.

— Excuse-moi JD, tu as parlé d'une… Rég ?

La remarque fait sourire Jokin.

— La Régulation, précise-t-il, l'IA que les Gourous ont mise au point pour piloter l'action des Dondres sur le terrain.

Steever range son artefact et reprend le fil de la conversation :

— Je croyais qu'on ne pouvait pas retracer une simulation.

— En principe, confirme Tzos. Mais avec la recrudescence des piratages, pour des raisons de sécurité, j'ai fait modifier le composé de base de la GOOT pour conserver un historique.

— Bravo pour la prouesse technique ! lance Steever. Je comprends pourquoi le centre a la réputation d'être le plus sûr de tout Emendul. Mais ce n'est pas un peu… illégal comme pratique ?

Tzos souris en coin.

— Tu plaisantes ? s'exclame Tommy. C'est l'avenir ! Pouvoir revivre ses plus gros kiffs toute sa vie et se mesurer à ses perfs, c'est d'enfer !

— La Rég est au courant ? demande Steever à Tzos, ignorant l'intervention du jeune prodige.

— Maintenant oui. Pourtant, seuls mon personnel et moi savions pour la particularité de la GOOT modifiée. Il serait regrettable que d'autres centres s'emparent de notre recette.

— Et cette analyse de flux je-ne-sais-quoi, elle a débouché sur du concret ? reprend Marcus avec ce regard faussement inquiet que je commence à connaître.

— Les trois hommes ont utilisé la simulation pour localiser ce qu'ils appellent des *Larmes*. Sans doute un nom de code. À ce stade, JD et moi n'en savons pas plus.

— Tu as dit que River n'était pas ressorti, relance Marcus. Comment peut-on disparaître comme ça au nez et à la barbe de tout le monde ?

— Sincèrement, tu te poses encore cette question ? s'amuse Tommy encore tout fier d'avoir subjugué l'assemblée.

— C'est ça, rigole gamin ! Mais ce type n'avait pas d'artefact sur lui. N'est-ce pas, Tzos ?

Le Nain se contente de hocher brièvement la tête en guise de non.

— Il ne s'est quand même pas téléporté ?

— Dans le programme ? Impossible. *Domination* n'inclut pas cette fonctionnalité. Et toute action connectée sous GOOT est limitée aux frontières de la simulation. On ne peut pas interférer avec le monde réel. À moins que…

Tzos semble soudainement troublé :

— Peut-être qu'il aurait pu… non, non… c'est impossible…

— Tu peux être plus clair ?

— *Domination* est une simulation de conquête territoriale. Le programme est prisé chez les jeunes stratégistes en formation. Ceux qui cherchent à tester de nouveaux mécanismes de contrôle…

— Un exercice pratique ?

— C'est ça. Le jeu réalise une projection d'un monde sous l'emprise de leurs décisions politiques. Le concept a connu un tel succès qu'Avenir Tendance en a conçu une nouvelle version, disons améliorée.

— Avenir quoi ?

— Avenir Tendance. La société responsable du développement. Pour eux, *Domination* reste la simulation géopolitique la plus réaliste jamais créée.

Tommy soupire et murmure suffisamment fort pour que tout le monde l'entende :

— Pfff, ça ne vaut pas Stratège ! Avenir Tendance, sérieusement…

Tzos fronce les sourcils et poursuit :

— Quoi qu'en pense la critique, *Domination* se met à jour en quasi temps réel. Les développeurs y ont intégré des ponts spatiaux entre l'applicatif et notre monde, ce qui n'est pas une mince affaire !

— Je ne pige plus rien là, grogne Marcus. Quelqu'un peut traduire ?

— Lorsqu'un élément de la carte est modifié dans la vie réelle, la simulation retranscrit ce changement au connecté. Le réel et le virtuel ne font plus qu'un, précise Jokin.

— OK, mais je ne vois pas le rapport avec River. Le gars est venu se payer un trip mégalo avec ses potes, qu'est-ce qui vous choque ?

— Justement, ce qu'essaie de dire Tzos, c'est qu'il aurait trouvé un moyen de faire un saut *depuis* la simulation vers notre monde, reprend Jokin.

— Mais c'est débile ! Pourquoi ils seraient venus à trois ? Le gars n'aurait pas pu sauter tout seul comme un grand ?

Tommy revient soudainement dans la conversation :

— La Surcharge Connective ! C'est ça !

— Quel charabia tu nous sors encore, gamin ?

— Avant la vague, j'ai entendu parler d'un type. Un certain Raptor. Quand la Fédé a sorti sa dernière version de la GOOT, Raptor l'avait déjà détournée en la contraignant à son maximum pour…

— Merci pour le topo, mais en quoi tes souvenirs mielleux d'enfance vont nous aider ?

— Il a raison.

Tommy rougit tandis qu'un silence emplit la pièce. Cléia, qui s'est tenue jusque-là à l'écart de la conversation, sort enfin de son mutisme. D'une voix pleine d'assurance, elle annonce :

— La vraie identité de Raptor est Gery Marchal. Je l'ai rencontré à l'école Aurador près du lac du Glaçon, il y a une douzaine d'années. C'était mon prof de travaux appliqués et déjà à l'époque il ne jurait que par des valeurs antisystèmes. J'étais douce comme un agneau à côté de ses idées sauvages.

Marcus manque de s'étrangler.

Le lac du Glaçon. Je n'ai pas entendu ce nom depuis longtemps. Il fait écho à quelque chose d'heureux en moi, mais la vague a englouti le souvenir dans les limbes de mon cerveau.

— Aurador ? Tu parles de l'école de la Bordure ? s'enquiert Steever.

— Oui.

— Tu dis que River avait des idées… sauvages ?

— Disons qu'à l'époque, il avait un certain charme et la réputation d'en profiter.

— Comment ça ?

— Raptor avait des mœurs légères mais c'est auprès de lui que j'ai appris le concept de *Surcharge Connective*. Il n'avait que ce mot à la bouche. Son obsession est donc devenue réalité.

— Obsession ?

— Il se vantait d'avoir réussi à altérer la GOOT. Les détails ne m'ont jamais intéressée mais à ce qu'on dit, il aurait trouvé un moyen de condenser la substance pour en décupler l'effet lorsqu'elle est partagée. Seul, l'expérience ne pouvait pas fonctionner.

Marcus n'essaie même plus de comprendre le jargon scientifique.

— Un terme bien pompeux pour emballer les minettes, ouais ! peste-t-il.

Jokin reprend :

— Ça expliquerait que la Rég ait dû dépêcher trois hommes…

Je le coupe et me tourne vers Marcus :

— Je ne comprends pas. Quelle différence entre la Surcharge Connective et le saut qui nous a conduits ici ?

Marcus hausse les épaules. Tommy répond :

— Il faut un artefact pour sauter sans passer par un programme. Ces dispositifs ont été créés par d'anciens ingés dondres pour rétablir une sorte d'équilibre…

— Entre nous et la Régulation, coupe Jokin.

— Sans artefact, les Dondres ne peuvent sauter que grâce à la Surcharge ! s'écrie Tommy, persuadé de la justesse de son analyse.

— Tzos, arrête-moi si je me trompe mais à ce jour tu es bien le seul à posséder un *Domination* à jour ? demande Jokin.

Tzos acquiesce et ajoute :

— L'analyse de la trace fait ressortir des mouvements incohérents. River et ses amis se déplaçaient vite, bien trop vite pour le scénario.

— Aucun doute, ils savaient donc exactement où chercher, renchérit Jokin.

— Les fragments de données ont parlé.

— On peut inverser une connexion ? Mais c'est génial ! s'écrie Tommy.

— Pas tout à fait. Le résultat du décompileur de flux produit un résultat morcelé même si la procédure permet d'isoler les expressions partagées les plus intenses. L'évocation de *Larmes* était clairement un facteur redondant.

— Fascinant.

— Bon c'est bien joli les gars, mais ça ne nous dit pas ce qui se cache derrière ces fichues *Larmes* !

Si la Rég a déployé autant d'énergie pour les trouver, ça ne me dit rien qui vaille. Pas vous ?

— Précisément. Et c'est pour ça que vous devez partir aux Monts Dorés, découvrir ce qu'il s'y trame. C'est de là que River aurait été missionné. Les données de la trace révèlent une séquence qui remonte le flux d'incision mental jusqu'à Alpha-Soli. Il faut à tout prix qu'on en sache plus. La Rég a clairement une longueur d'avance et prépare quelque chose. La vague n'était peut-être qu'un avant-goût !

— Allons-y ! s'écrie Steever en tapant du poing sur la table. L'air frais des montagnes me manque ! J'ai un cousin à Tromblin-Port qui peut nous aider à passer le Comté d'Altrate.

La grande tour émergée réapparaît dans mon esprit. Quelle obscure machinerie peut-elle bien cacher ? Un frisson remonte le long de mon dos. Cette femme dans mes bras, juste avant que la vague ne frappe… Et maintenant cette histoire de *Larmes*… Tant de questions m'assaillent.

— Qu'il en soit ainsi ! ajoute Tzos en guise de conclusion. Je vais demander à mes hommes d'intensifier leurs rondes cette nuit. Vous pourrez partir à l'aube. En attendant, vous êtes mes invités.

Le Nain retourne à son bureau. Remplaçant le garde du conseil qui a pris congé, un second employé fait irruption dans la pièce. Je reconnais Hector de l'accueil.

— Assure-toi qu'aucun Dondre n'arpente le Passage des Érudits cette nuit. Si tu repères quelque chose d'anormal, préviens-moi immédiatement !

L'homme acquiesce puis repart aussi vite qu'il est entré. Le visage de Tzos se détend soudainement.

— Certains d'entre vous veulent goûter à la connexion ? Profitez-en, ce soir, c'est moi qui régale !

Marcus est le premier à réagir :

— Ma foi, ça ne serait pas de refus. J'ai besoin de me défouler !

Steever, désigne les deux lames sur son dos :

— Tu ferais mieux de garder des forces pour ce qui nous attend ! Rejoindre Tromblin-Port ne sera pas une partie de plaisir.

— Des forces, j'en ai à revendre. Tu me connais !

— Justement, c'est pour ça que je te dis d'y aller mollo.

— D'autres intéressés ? sonde Tzos.

Cléia n'a pas l'air emballée et refuse d'un hochement de tête. Quant à Tommy, il sursaute comme si on venait de lui injecter une substance euphorisante dans les veines :

— Un peu oui ! Il paraît que tu aurais le dernier *Vertige imminent*, c'est vrai ?

— Ça peut se trouver, répond Tzos avec un clin d'œil.

Tommy bondit de sa chaise et récupère son sac à dos. Je ne sais pas ce qui se cache derrière le *Vertige imminent*, mais l'évocation même du programme produit un effet diabolique sur le jeune geek. Tzos enchaîne :

— Acteya ?

— Je ne sais pas…

— Allez le bleu ! interrompt Marcus. Je suis sûr que tu en meurs d'envie ! Tzos, branche-le sur une de tes dernières compilations. Sûr qu'il y prendra goût !

J'approuve timidement, plus par curiosité et défi que réel entrain pour la connexion.

— Joffrey !

Une nouvelle tête pénètre dans la pièce. Un homme de taille moyenne, trapu, à la pilosité abondante, surtout au niveau des avant-bras. Ses poils hirsutes dépassent des manches étroites de son uniforme.

— Joffrey, notre configurateur en chef, vous accompagnera aux salles de connexion et veillera à votre sécurité. Vous autres, suivez-moi, je vais vous conduire à vos chambres.

— Dis donc Tzos, tu ne viens pas te connecter ? Tu me dois toujours une revanche sur *Excellence forcée* !

Devant le manque d'engouement du Nain, dont l'esprit était vraisemblablement occupé ailleurs, le guerrier ajoute :

— Comme tu veux, vieux ! Mais tu n'as pas intérêt à oublier !

Marcus se saisit du sac dégoulinant des combinaisons de plongée encore humides. En se levant, il me bouscule d'un geste taquin.

— Tu vas voir le bleu, tu vas prendre ton pied !

Je ne relève pas. La consommation de GOOT me revient en mémoire. À l'époque où l'on commençait à en trouver dans tous les rayons « éveil » des supermarchés.

Tandis que Cléia et Steever disparaissent derrière Tzos et Jokin, j'emboîte le pas de Joffrey en direction du Couloir des Plaisirs.

8

Connexion

Sur le chemin des salles de connexion, je me remémore vaguement avoir fait les frais d'une fiction dans laquelle j'incarnais un détective privé. Une connexion expérimentée dans un passé encore trouble. Le nom du programme m'échappe mais la sensation du mal de crâne carabiné qui s'en est suivi me revient assez nettement. Pas question de réitérer une si douloureuse expérience. Je décide d'en savoir un peu plus en m'adressant à Joffrey :

— Comment est gérée la post-connexion ici ?

Le configurateur me répond calmement :

— Monsieur s'inquiète déjà du réveil difficile ? Ne vous en faites pas, nous sommes câblés en quatrième génération. Un sérum de stabilisation est fourni à chacun de nos clients. Si ça ne suffit pas, n'hésitez pas à demander une dose supplémentaire.

— Un vrai palace ici ! s'écrie Marcus.

— Rien à voir avec les caves miteuses de la place du marché, renchérit Tommy.

À l'entrée du Couloir des Plaisirs, Joffrey adresse un signe au guichetier plongé dans la vérification du registre, qui laisse la place à son chef avant de disparaître.

— Voyons voir… Ah, voilà ! Vous occuperez les salles 34, 35 et… 37.

— On saute la 36 ? Elle est fermée ? s'amuse Marcus.

— Non. Un habitué l'occupe. Mais ne vous en faites pas, la 37 est très bien aussi. Vous y serez à votre aise. Comme l'exige le protocole, je vais prendre vos signatures. Mais d'abord, préchargeons vos programmes. Quelles sont vos interfaces ?

— INO-3B malléable ! répond Tommy, excité à l'idée de bénéficier d'une connexion gratuite.

— Monsieur est un régulier ?

— Un peu oui !

Joffrey se tourne vers Marcus :

— Et vous ?

— Encre active.

— Durable ou tatouage cyclique ? poursuit Joffrey en pianotant sur un moniteur de contrôle.

— Cyclique ? J'ai une gueule à me faire un cyclique ? C'est pour les nabots ça ! Le durable polychromé y'a que ça de vrai !

Le configurateur se tourne ensuite vers moi.

— Cyclique.

Après avoir saisi les interfaces, Joffrey tend un terminal à chacun de nous sur lequel défile une liste de titres groupés par catégories.

— Waouh, trop de choix depuis la dernière fois ! s'écrie Tommy. Où sont les applis *Stratège* ?

— Dans la rubrique des programmes décisionnels. Catégorie orange.

Marcus parcourt discrètement son terminal en grommelant de temps à autre. Comme Tommy, il semble hypnotisé par l'appareil, constitué d'un petit écran carré en bas duquel est greffé un clavier associé à un pavé numérique. On dirait une vieille machine à étiqueter du siècle passé. Un paradoxe technologique à l'heure où le tactile et les actions neuro-guidées sont monnaie courante.

Je décide de sélectionner mes titres. Chaque entrée de menu est identifiée par une teinte différente. Une infobulle indique un catalogue de « vingt mille programmes ».

— Alors, le bleu ? raille Marcus en se fendant d'un sourire en coin. On ne sait pas sur quel pied danser ? Évite le rouge et le rose si tu veux rester en forme pour demain !

— Merci du conseil !

— Je t'aurai prévenu.

Tommy est le premier à valider son choix. Joffrey pianote sur son central puis annonce :

— Salle 34.

— À demain, les gars ! lance le jeune geek avant de disparaître sous l'ampoule verte indiquée.

— Je me tâte. Tu me conseilles quoi entre *La Faction des Oubliés* et *Le Péril des Hémisphères* ? demande Marcus au configurateur.

— Si je peux me permettre monsieur, *Le Péril* devrait davantage vous convenir. Une expérience moins mélancolique, plus… sauvage.

— Parfait ! Allons-y pour la sauvagerie !

— À votre convenance.

Joffrey accompagne Marcus à l'entrée de la salle 35. La 37 serait donc pour moi.

— À demain la bleusaille !

Joffrey referme la porte et s'approche de moi. Il a l'air fatigué. Ce doit être aliénant de répéter sans cesse les mêmes consignes aux clients.

— Vous êtes-vous décidé, monsieur ? me lance-t-il du ton le plus inexpressif du monde.

J'ai à peine eu le temps de survoler le catalogue. *« Évite le rouge et le rose ».* De quoi se mêle Marcus ? En quoi mon choix le regarde-t-il ?

— Un instant et je vous dis ça.

Je replonge sur le terminal. *Plaisirs et Décadences*. Le libellé de la rubrique aux couleurs proscrites laisse rêveur. En parcourant la liste des programmes, je comprends que la couleur qualifie l'âge minimum requis pour accéder aux contenus. À première vue, la rubrique rose cumule plus de plaisir et de décadence que l'ensemble du catalogue rouge.

— Si monsieur hésite, sachez que rien ne sort de nos salles. Tout ce qu'il s'y passe demeure strictement confidentiel.

— River a-t-il eu droit à la même confidentialité ?

— C'était une exception. Le règlement nous autorise à relire une connexion dans le cadre d'une procédure d'enquête. Enquête n'ayant lieu que si elle est commanditée par Tzos en personne lorsqu'un piratage est avéré.

Soudain, j'ai une idée : pourquoi ne profiterais-je pas de la connexion qui m'est offerte pour revivre des moments oubliés de ma vie ? Peut-être y trouverai-je des indices sur cette femme énigmatique ? Ça ne me coûte rien d'essayer.

— Avez-vous un de ces programmes qui recrée un monde à partir de souvenirs ?

— Vous voulez parler des enchantements mémoires ?

— Euh oui, sans doute…

— La gamme *Nostalgica* en catégorie rouge devrait vous satisfaire. Pour le rose en revanche, je vous conseillerais plutôt…

— *Nostalgica* ira très bien.

La curiosité ne me manque pas, mais l'idée de subir les quolibets insistants de Marcus au petit matin pose une limite que je ne me sens pas franchir. Je zappe rapidement les applications offrant la promesse « d'expériences inoubliables » avec « lanières et suspensions » pour revenir à la plus grande sobriété de la gamme *Nostalgica*. Mon choix se porte au hasard sur un titre qui m'attire l'œil. Je l'annonce en remettant le terminal à Joffrey :

— *Rencontre à l'Éclipse*.

— Excellent choix, monsieur.

Le configurateur tapote sur son moniteur puis ajoute après un bref silence :

— Programme chargé, je vous en prie.

La lumière de la salle 37 s'allume et la porte se déverrouille d'un claquement sec.

Je pénètre dans l'enceinte de la promesse virtuelle. Un fauteuil à sangles s'offre à moi, composé d'emplacements souples pour y sécuriser les membres et d'un support gyroscopique pour permettre à l'ensemble de pivoter avec une grande latitude. Incrusté au mur face à l'entrée, un cadran numérique indique « *60* ». Le compte à rebours de la connexion. La durée maximum du « plaisir » en quelque sorte. Juste à côté, un panneau rappelle les étapes à suivre pour se brancher correctement. L'affiche met l'accent sur la promesse d'une connexion garantie « sans inhalation psy », ces vapeurs répandues dans les salles de la Fédération qui rendent obsolètes les interfaces physiques. Un casque sans fil, une bouteille d'eau et des prises corporelles pour chaque type d'interface sont disposés sur un tabouret blanc, ainsi qu'une GOOT pour permettre aux non inoculés de profiter de l'expérience. Une notice précise qu'une ingestion sous interface *INO* (malléable ou non) ne produit aucun effet néfaste pour l'organisme.

Je me déshabille comme il est coutume de le faire pour des raisons d'hygiène. En retroussant mon pantalon, je redécouvre mon tatouage. L'encre noire monochrome brille d'une intensité impressionnante, comme si on venait tout juste de le dessiner. La salle de connexion le révèle alors qu'il demeure invisible en temps normal : l'avantage du tatouage cyclique. J'avale la GOOT avec une gorgée d'eau puis insère ma jambe dans la prise adéquate. En refermant le mécanisme, des picots pénétrèrent ma chair. Je ne peux m'empêcher de râler. Voilà pourquoi les tatoués finissent par céder aux sirènes de l'inoculation ! La cheville endolorie, je me sangle solidement au fauteuil puis enfile le casque. Un bouton-poussoir placé au niveau de la nuque enclenche le dispositif et lance le compte à rebours. Je referme la visière avant d'appuyer dessus. Instantanément, une barre de progression s'affiche devant mes yeux augmentés :

0 %...
10 %...
Activation gyroscopique engagée.

Le fauteuil bascule en arrière et mes pieds quittent le sol.

20 %...
30 %...
40 %...
50 %...
Décodage mémoire en cours.
60 %...

Le casque sonde mes bribes de souvenirs pour les greffer au programme.

70 %...

On y est presque. Je me demande pourquoi je m'inflige cette expérience la veille d'un long périple. L'appréhension du moment sans doute, la peur de la bascule.

80 %...
90 %...
Décodage mémoire terminé.
Synthèse des acquis.
Agrégation.
Lancement du programme.

S'ensuit une impression de chute infinie. Je ressens la même perturbation que lors de mon saut avec Marcus. Puis plus rien. Le noir complet. Après une brève errance dans les limbes, un amas de pixels difformes se dessine dans mon champ de vision. Des images mélangées, des flashs intermittents. Puis la masse de lumière éclatante me percute de plein fouet, laissant jaillir une situation inattendue : je me tiens debout, à l'air libre, dans une rue animée au début d'un soir d'été. Le temps est sec. Pourtant, une agréable odeur de chaussée humide m'envahit les narines. Le calibrage atmosphérique est toujours en cours. Je m'avance vers le magasin le plus proche pour apprécier ma nouvelle apparence dans le reflet dans la vitrine. Je porte une paire de baskets, un jean brut, un tee-shirt blanc et un blouson taillé dans une matière qui ressemble à un cuir délavé. À défaut de m'avoir laissé le choix, la simulation a, au moins, eu le bon goût de m'imposer une tenue passe-partout. De quoi créer une immersion correcte dans la reproduction urbaine. Levant les yeux vers mon destin connectique, je découvre l'entrée du bar de l'Éclipse. Voilà qui offre des perspectives intéressantes.

9

Latte noisette et Mojito

Une chaleur envoûtante émane de l'endroit. Comme autoguidé par le programme, je pénètre dans l'établissement avec une irrépressible envie d'y rencontrer cette femme. À l'intérieur, une lumière tamisée aux reflets pourpres épouse les formes mouvantes. Des clients accoudés à un long bar consomment des cocktails multicolores étincelants, qui apparaissent et disparaissent en rythme. Au fond, une formation de quatre musiciens accompagne cet étonnant spectacle. Le pianiste berce la salle de douces notes, passant d'une octave à l'autre avec une décontraction exemplaire. Le batteur abreuve l'espace d'un balancement entêtant et de pulsions endiablées. Le bassiste se place entre ses deux acolytes tantôt avec une subtile légèreté, tantôt avec un grain de folie savamment dosé. Par moment, n'écoutant plus que les vibrations de son instinct, le troisième homme déchaîne un puissant *groove* percutant et incisif qui prend aux tripes. Pour sublimer le tout, une voix chaude, profonde, à la fois délicate et rugissante, enivre l'auditoire définitivement conquis. Une jungle de tables et banquettes s'étend jusqu'à la scène des merveilles, sur lesquelles couples, amis de longue date et rencontres fortuites d'un soir échangent des banalités et plus si affinités.

Dans cette foule d'inconnus, la cible se tient à quelques mètres, tout près du bassiste qui entame un solo majestueux. C'est elle, j'en suis convaincu. Arrivant à sa hauteur, je balbutie quelques mots :

— Plutôt doué, le bassiste.

La jeune femme se retourne, m'adresse un sourire que je ne discerne pas au sens propre du terme. À cet instant, je ne parviens pas à voir son visage, comme dans ces rêves troubles et frustrants qui cachent parfois l'essentiel. Un bug du décodage mémoire sans doute.

— Oui, il se débrouille bien.

— Vous l'attendiez, mais je crois qu'il ne viendra pas.

— Comment ça ?

— L'homme de votre vie, vous savez celui qui vous a promis de ne pas être en retard *cette fois*.

— Oh ! je vois. Elle éclate de rire. Mais je n'attendais personne ! Serait-ce un crime que d'assister à un tel spectacle, seule, juste pour le plaisir ?

— Seulement si vous trouvez ça triste et que vous êtes désespérée au point de vouloir vous jeter sous un pont. Mais je suis loin du compte, n'est-ce pas ?

— Tellement ! Et vous, êtes-vous au fond du gouffre ?

Je rapproche un siège et m'installe à ses côtés avant de poursuivre :

— Il y a une dizaine de minutes, je n'aurais pas dit ça.

— Et maintenant ?

Elle est joueuse. Je me surprends à prendre tant de plaisir à taquiner une inconnue au visage flouté. L'engouement est tel que son bug physique n'a plus d'importance. Il faut que j'aille plus loin. Un serveur passe tout près.

— Je peux avoir un latte noisette s'il vous plaît ?

— Bien sûr, monsieur.

La jeune femme pouffe et manque de s'étouffer.

— Un latte noisette ? Dans un endroit pareil ? Vous n'êtes décidément pas ordinaire !

Je devine un sourire puis feins d'être déstabilisé par sa réaction :

— Vous en voulez un ?

— Mojito pour moi, répond-elle en se tournant vers le serveur qui repart finir son tour de salle.

Les musiciens s'emploient à jouer un morceau plus calme. Une alliance inédite entre une basse voluptueuse et un piano langoureux plonge le public dans une divine léthargie : du grand art. Le groupe définit l'incarnation virtuelle de la synthèse parfaite de mes goûts musicaux. Mes oreilles nagent en plein bonheur.

C'est à cet instant que je le remarque. À quelques encablures du bar, près d'un couple qui semble aller un peu vite en besogne, un homme immobile me dévisage. Au début, je n'y prête guère attention, mais chaque fois que mon regard balaye à son endroit, le sien ne me quitte pas. Une situation qui commence à me rendre nerveux. Je le connais, ce type ? Est-ce un sombre psychopathe prêt à bondir ? Soudain, le scénario de la soirée idyllique qui se termine en bain de sang taquine mes pensées trop créatives. Inquiétude infondée ou réelle panique ? En quelques secondes, je passe d'une entière plénitude au rôle d'acteur secondaire dans un thriller américain qui tourne mal. La connexion se joue-t-elle de moi ? La *Rencontre à l'Éclipse* est peut-être encore en phase de bêta-test.

Le serveur ressurgit de nulle part et dépose les boissons sur la table. L'occasion d'en savoir plus sur ce profil de tueur en série.

— Dites-moi, cet homme là-bas, vous le connaissez ?

— Qui ça ?

— Près de la sortie de service.

Le serveur hoche la tête en guise de non.

— Jamais vu, répond-il de manière laconique avant de disparaître en direction du bar.

Je me retourne. Cléia sirote son mojito comme si de rien n'était. Désormais, je vois nettement son visage. La connexion s'est mise à jour et affiche maintenant les traits de la Naïade avec clarté. Comment Cléia peut-elle appartenir à un programme érigé par ma synthèse mémoire alors que je viens à peine de la rencontrer ? Un autre bug ?

— Tu m'as l'air anxieux.

Voilà qu'elle me tutoie maintenant.

— Je… non, tout va bien. J'apprécie la musique…

— Quelque chose t'embête ?

Assis côte à côte, à discuter comme deux amis de longue date : où le programme veut-il en venir ? J'avale une dernière gorgée de café brûlant.

— Allons voir ce qu'il se passe en bas. Tu viens ?

— Si tu veux.

Direction l'un des escaliers qui descend au sous-sol. J'éprouve l'envie irrépressible de quitter les lieux, de m'éloigner du gangster louche.

Entraînée par mon allure, la descente dans les profondeurs de l'Éclipse est rapide. Les musiciens se sont tus derrière nous, laissant la cacophonie de l'entracte prendre le pas sur un tonnerre d'applaudissements mérités. Dans le prolongement du colimaçon, le couloir souterrain grouille : des convives bien habillés, costumés, parfois à la limite du mauvais goût, circulent dans un flot continu. La lumière se fait plus tamisée, d'un rouge ténébreux bercé par les ondulations crépitantes des bougies suspendues. Des ombres projetées dansent au rythme des allées et venues des aventuriers du soir. La douce ambiance du bar laisse place à un environnement plus chaud et humide, les murs de pierre transpirent.

Après plusieurs minutes de marche dans cet air étouffant, nous pénétrons dans une salle immense jonchée de petites estrades. Sur chacune d'elle, une danseuse se contorsionne langoureusement autour d'une barre en métal. Des banquettes circulaires entourent ces aires de jeu, accueillant tout curieux avide de sensations qui désire profiter du spectacle. L'atmosphère est lourde. La chaleur du couloir se prolonge dans la débauche. Je comprends à présent le sens de la rubrique rouge sur laquelle ironisait Marcus. Heureusement que je n'ai pas opté pour une couleur plus exotique. Autour de nous, pas l'ombre d'un musicien, mais la diffusion d'une bande-son gothique aux impulsions viscérales et aux percussions profondes, portées par des nappes électroniques animant les corps. Dans cette ambiance particulière, Cléia paraît plus à son aise que moi. Ai-je bien fait de l'emmener dans les bas-fonds de cette simulation décadente ?

— On se pose ? lance-t-elle soudainement. Allez viens, il faut que tu te détendes !

Elle attrape mon bras, m'entraînant vers l'une des danseuses dont la tenue n'a pas été encore arrachée par quelque chorégraphie douteuse. Nous nous asseyons sur la banquette entourant la scène. Elle chuchote quelques mots à l'oreille d'un garçon qui s'attarde à proximité. Il acquiesce et disparaît. Observant de nouveau son public croître, la danseuse amplifie son déhanché dans une sensualité débordante. C'est une femme brune, vingt-cinq ans à peine, qui malgré l'air innocent affiché ne semble pas découvrir le métier. Sa tenue scintillante en similicuir ponctuée de latex envoûte. La proximité à l'estrade permet de ressentir les soubresauts de sa respiration, à mesure que son corps parfait ondule sous les néons.

Le garçon compose devant nous un cocktail avec glace pilée et rondelles de citron. À mesure que le breuvage remplit les verres, sa teinte change, vire du turquoise au bleu profond. Un voile de fumée s'échappe du sommet de la mixture.

— Goûte-moi ça. Tu vas adorer !

La boisson est délicieuse. Suffisamment corsée sans verser dans l'excès, et surtout, rafraîchissante.

Soudain, le trou noir. Mes sens me jouent des tours. L'effet du cocktail ? Les néons, la danseuse, Cléia et son sourire à tomber, le serveur rôdant autour des banquettes, le scélérat de l'étage prêt à bondir… L'étranger se tient debout, immobile, le regard figé dans ma direction. Un sourire crispé aux lèvres, les bras raidis le long du corps, on dirait un pantin prêt à jouer une partition horrifique. La salle est comble mais personne ne circule autour de lui, comme si un halo maléfique invisible exerçait un effet répulsif sur quiconque passait dans son champ d'influence.

Les murs tremblent. J'ai la sensation que le sol se dérobe sous mes pieds. Parvenant à m'extirper de la tétanie qui me prend aux tripes, je m'élance vers le couloir qui remonte au bar. Je dois à tout prix quitter cet endroit. Je ressens alors cette même force qui m'a fait entrer à l'Éclipse. Ai-je atteint un point clef du scénario ?

De retour à la surface du colimaçon, mon corps est projeté en l'air par une force inouïe. En retombant, je heurte un dispositif qui illumine une partie du bar. Les lumières s'éteignent et l'ambiance sonore est anéantie en une fraction de seconde. Les lieux se sont vidés en un souffle. Il ne reste que moi et l'incarnation du diable me faisant face, me tenant fermement par le bras. Le pantin au regard creux profère quelques mots :

— Tu ne peux fuir, fils du Protecteur ! Où est la Majeure ?

— *Protecteur ?* La… quoi ?

— Nous te trouverons. Nous te forcerons à nous dire !

— Lâche-moi, sale brute !

Je tente de me défaire de l'étreinte en assénant un crochet du droit qui termine sa course dans le vide. Puis, en un regain de lucidité, mon cerveau reprend le contrôle : ce type est Sam River ! C'est évident : il ne s'est pas volatilisé en utilisant la Surcharge Connective dans *Domination,* mais a acquis la capacité d'interférer dans les connexions du centre. La gamme *Nostalgica* doit être l'un de ses terrains de chasse virtuels !

Dès l'instant où j'identifie mon agresseur, je m'en trouve délivré. River a disparu. La lumière refait surface. Les gens rient aux éclats, se tapent dans le dos et le pianiste s'élance dans un crescendo hypnotique. Cléia accourt et m'aide à me relever. Je m'attends à entrer dans une conversation laborieuse, mais elle me prend par la main et m'adresse un simple « viens » en m'entraînant vers la sortie. Je me laisse guider sans broncher. Dès que nous avons franchi la porte d'entrée du bar, je suis brutalement aspiré en arrière.

J'ouvre les yeux dans la salle de connexion. Mon corps endolori témoigne de la violence de la dernière secousse. Une odeur de roussi me frappe les narines. Le support gyroscopique a souffert. Je débranche ma cheville sur laquelle a coulé un filet de sang maintenant séché. Le cadran numérique affiche « *00* ». Le programme vient de prendre fin.

10

Les dés cabossés attendront

Après m'être rhabillé en vitesse, je dépose un commentaire sur l'écran tactile qui se propose à moi. Un message à destination du support technique :

Bugs à répétition.
Piratage probable par la Rég.

Je quitte la salle. Dehors, un chemin de petites veilleuses éclaire faiblement le sol du couloir vide. Joffrey n'est plus à son poste. Les ampoules éteintes au-dessus des portes m'indiquent que Marcus et Tommy ont déjà gagné leur chambre. Il ne me reste plus qu'à les imiter. Ni guide ni plan en vue. Me voilà parti pour errer un bon moment dans les dédales du centre en compagnie des gémissements dégoûtants du Couloir des Plaisirs. L'idée ne m'enchante pas.

Soudain, mon poignet vibre, je sursaute. Je crois d'abord à un effet résiduel de la connexion mais il n'en est rien, la montre de Tommy m'envoie une notification :

Tout droit. Ascenseur. 2e étage.
Porte B.
Bonne nuit, monsieur.
Joffrey.

Le configurateur en chef est sympathique mais de quel « tout droit » parle-t-il ? Après avoir misé sur une direction hasardeuse, j'arrive devant une double porte à côté de laquelle un sombre écriteau décrit les numéros d'étages et ce qu'on est censé y trouver.

RDC — Vous êtes ici.
001 — Connexions hautes
002 — Appartements VIP
003 — Bureaux (accès privé)

J'en déduis que je me trouve au niveau des connexions « basses », si tant est qu'une hauteur de connexion signifie quelque chose. J'appuie sur le « 2 ». L'ascenseur démarre et s'ouvre quelques secondes plus tard sur un autre couloir. *Porte B, Porte B*... Mes articulations me font souffrir. Je me damnerais pour un bon bain chaud.

À l'étage, le sol est recouvert d'une moquette épaisse qui absorbe les bruits de pas. Les murs tapissés d'un doux velours rouge sont soulignés à mi-hauteur par de fines dorures qui donnent un côté chaleureux, bien qu'excessif, à l'endroit. Le passage menant aux chambres respire un confort propice à la déconnexion. J'arrive à la porte B, ma montre vibre à nouveau. Le message précédent a disparu. Une inscription clignote à la place :

Déverrouiller.

J'effleure le cadran du doigt et la porte de ma chambre s'ouvre en un déclic. L'appartement n'est pas grand mais possède ce qu'il faut : dressing à l'entrée, espace toilette exigu mais fonctionnel, coin cuisine avec son réfrigérateur dernier cri pour les collations nocturnes, bureau avec de quoi écrire et surtout, le plus important, un lit douillet.

Le bar de l'Éclipse m'a éprouvé et je compte profiter d'un repos mérité. Atteindre Alpha-Soli en évitant les sbires de la Régulation ne sera sans doute pas une partie de plaisir. Recouvrer mes forces doit être ma seule préoccupation. À peine allongé, je sombre dans un sommeil profond.

Au petit matin, je découvre un message de Marcus qui agite mon artefact :

Ça va, le bleu ?
Chaud par ici, failli y rester !
On se capte demain.

Je repense à mon altercation avec River. *« Fils du Protecteur... la Majeure... Nous te trouverons... »* Ce regard vide, cette détermination… Qui était derrière ce « nous » ? La Rég ? Une entité plus sinistre encore ?

Tzos a eu la bonne idée de glisser un mot sous la porte de l'appartement pendant la nuit. Une invitation à un petit déjeuner en rez-de-chaussée dans « l'espace de récupération ». Je m'étonne de ne ressentir aucune séquelle de la connexion : mes douleurs musculaires se sont évanouies et je ne souffre d'aucune courbature. Quelques étirements plus tard, je me rends à l'endroit indiqué.

Tout le monde est déjà là. Steever et Cléia papotent comme des amis de longue date en buvant le thé. Tommy et Marcus inventorient les provisions, qu'ils enfournent dans une besace pleine à craquer. Jokin et Tzos commentent une carte gribouillée au marqueur. Hector se tient debout, adossé à un mur, et surveille les préparatifs en silence. Jokin est le premier à remarquer mon entrée :

— Acteya ! Viens, prends place et recharge tes batteries, vous partez bientôt !

Je ne me fais pas prier et me jette sur des petits pains encore fumants, généreusement recouverts de confiture de mûres. N'ayant rien mangé depuis l'épisode de l'Éclipse, je me sens capable d'avaler l'intégralité du buffet à moi seul. Marcus, qui a mis fin à son inventaire, me rejoint à table :

— Il faut que tu me racontes. J'ai cru ne jamais m'en sortir, hier !

— Oui, ce n'était pas mal non plus de mon côté. Figure-toi que j'ai rencontré River…

— Quoi ? Mais c'est impossible !

— Il m'a menacé. Gros coup de stress. Mais sauvé de justesse par le gong !

Marcus prend un air grave peu commun :

— Écoutez tous !

L'auditoire se tait instantanément, lâche ses tartinades et se retourne vers le trouble-paix.

— On a une anomalie ici, enchaîne-t-il. Acteya et moi avons rencontré le *même* River lors de notre connexion. Quelqu'un sait comment c'est possible ?

Tommy est le plus prompt à réagir :

— Incroyable ! Je le savais ! Le niveau deux de la Surcharge ! Qu'est-ce que t'en dis JD ? Ça t'en bouche un coin, hein ?

— Du calme ! répond Jokin en repliant la carte. Si une réplication s'est produite, comment a-t-elle pu communiquer avec sa copie ? Le seul cas recensé à ce jour n'a jamais révélé de partage d'intelligence… C'est sans doute un bug.

Tommy fait mine de n'avoir rien entendu et me questionne en sautillant sur place :

— C'était quel type de programme déjà ? Anticipation fictive ? Relecture éphémère ? Projection distendue ?

J'avale une gorgée de café au lait trop tiède.

— Enchantement… mémoire.

— Tu vois, rebondit Jokin, la déformation erronée d'un résidu mental… pas de quoi fouetter un chat !

La mine de Tommy s'assombrit.

— Quoi qu'il en soit, annonce Tzos, inquiet, je vais mettre mes hommes sur le coup. Si c'était bien River, le catalogue entier pourrait être vérolé.

— Tu ne crois tout de même pas… prononce tout bas Jokin.

— Je m'en tiens aux faits. River a disparu sous Surcharge lors de sa connexion. Même s'il n'existe qu'un pour cent de chance pour qu'il ait réussi à pénétrer le système, je dois en avoir le cœur net. Hector !

L'homme s'avance vers le Nain pour prendre les ordres.

— Remonte la trace des connexions d'hier soir et compare les flux intentionnels à ceux du piratage de la semaine dernière. Fais-moi un topo dès que tu obtiens les résultats, ou même l'embryon d'une piste.

Hector prend congé.

— Et toi Marcus ? relance Tommy. C'était comment ta connexion ?

— Une balade à la campagne ! À ton avis, junior ? Ma tronche te laisse penser que je me connecte pour me dorer la pilule ?

Jokin soupire et provoque l'emportement du guerrier :

— Très bien, vous voulez savoir ? C'était une pure boucherie ! Un combat à mort au bord du chaos entre des vampires psychos et une poignée de survivalistes. Et devinez quoi ? Je faisais équipe avec un type sans tête.

— Dans le genre cavalier de l'apocalypse ?

— Non ! Je veux dire, le type avait bien la forme d'une caboche posée sur les épaules mais elle était comme floutée…

Je manque de m'étouffer, me remémorant Cléia à l'Éclipse avant qu'elle ne m'apparaisse distinctement.

— Ça te parle, le bleu ?

— Oui, j'ai vu… quelque chose de similaire…

— Alors JD ? reprend Tommy, l'enthousiasme retrouvé. Coïncidence aussi ? Et ces têtes floutées, vous avez fini par les voir ?

— On a été séparés avant la fin. Je n'ai pas eu cette chance, répond Marcus.

Mon regard croise celui de Cléia qui écoute attentivement la conversation. Un truc cloche. Mieux vaut botter en touche. Elle sait quelque chose et je compte découvrir quoi.

— Je ne suis pas sûr… Tout est allé si vite…

— Tu as quand même eu une heure entière pour te réveiller, le bleu ! gronde Marcus.

Steever en profite pour nous secouer :

— Bon ce n'est pas tout, les amis, mais si on décollait ? Je ne pense pas que la Rég se tourne les pouces en nous attendant. Tromblin-Port est à trois jours de marche, ne traînons pas !

— Tu as raison, vieux, allons découper du Dondre ! Marcus boucle son sac et le jette en travers de ses épaules.

— N'oubliez pas qu'en cas de problème, nos artefacts sont interconnectés, rappelle Jokin.

— Ne te bile pas, répond Marcus après avoir quitté la salle et dont la voix porte depuis le couloir adjacent, on reviendra en un seul morceau. Tu me dois toujours une revanche aux dés cabossés !

La remarque fait sourire Jokin. Tzos nous accompagne jusqu'à l'entrée du centre. Avant de nous laisser partir, le Nain sort plusieurs présents d'une armoire. Marcus se voit offrir un labrys en fer qu'il accroche à sa ceinture. Steever récupère ses deux grands couteaux que les hommes de Tzos ont pris soin d'aiguiser. Cléia a droit à un bel arc en bois et son carquois, dont la finesse prolonge naturellement sa silhouette. Tommy reçoit une sorte de circuit imprimé qui produit un surprenant : « Trop cool ! Une sauvegarde du *Méta-monde englouti* ! » Enfin, Tzos me remet une dague et son fourreau avec le nécessaire pour le sangler. Nous remercions notre hôte avant de quitter le hall du centre.

En me retournant une dernière fois vers l'entrée des disciples, je m'attarde sur la gargouille figée dans la pierre qui affronte Tzos du regard. Le combat semble perdu d'avance.

11

Ilumi chérie

— Vous verrez, annonce Steever les yeux pétillants, Tromblin-Port est sublime. Ma famille ne s'y est pas installée par hasard.

J'apprends que Joshua, son cousin, y vit seul depuis que sa femme l'a quitté pour une vie de connexions intensives en Alpha-Soli. Il en est ainsi du chant des sirènes de la Fédération, si puissant qu'il va jusqu'à disloquer sans vergogne les couples les plus fidèles. Joshua doit appartenir à cette catégorie d'individus incapables de troquer leur vie simple et naturelle contre la promesse d'un lendemain connecté qui chante.

Pour regagner l'extérieur d'Emendul en restant au sec, nous empruntons un pont spatial reliant le cœur de la vieille ville à une plate-forme émergée en sa périphérie. Les artefacts fonctionnent à merveille et Tommy est toujours aussi surexcité dès qu'il s'agit d'utiliser leur mécanisme. Enfin à l'air libre, je me demande pourquoi Marcus ne m'a pas conduit jusqu'à cet endroit pour nous rendre au centre. Le trajet est bien plus direct que par les eaux. Peut-être la passion du gaillard pour la plongée touristique ? À moins que le pont ne fonctionne que dans un sens ? J'opte pour la logique de la deuxième hypothèse.

Alors que chacun revisite son attirail en se rétablissant du saut, Marcus grimace en s'étirant :

— Pouah, quelle saleté !

— Tu as pris un autre coup de vieux ? chambre Steever.

— Haha, très drôle ! Encore du JD tout craché ça, jouer avec le minutage des portails. Il va m'entendre à notre retour !

— Si on en croit la durée de traverse ramenée au diamètre efficient du pont et à la pression locale, le saut est pourtant bien normé…

— Quelqu'un peut bâillonner le môme ?

Steever éclate de rire.

— Ce n'est pas le moment, Tommy, papi Marcus récupère ! Laisse-le souffler un peu !

Pendant ce temps, Cléia étire méticuleusement ses articulations. De mon côté, la tête me tourne. L'expérience doit être plus traumatisante lorsque le trajet affronte des états atmosphériques différents. La plate-forme sur laquelle nous nous trouvons tangue un peu, ce qui accentue le phénomène. Étrange sol en métal ayant dû être érigé après la vague. Peut-être pour poser une sortie de pont stable depuis Emendul ?

— Qui configure les ponts ?

— Tu demanderas à JD ! peste Marcus. Lui et Tzos savent faire des merveilles, à ce qu'il paraît !

Une fois que tout le monde a récupéré, Steever reprend la tête du groupe. Il lève son index vers un plateau dégagé à l'ouest :

— Par-là !

Nous emboîtons son pas décidé. La frontière entre le pays d'Emendul et le Comté d'Altrate se dresse devant nous. La zone a été épargnée par la vague. Une végétation clairsemée met du relief sur une terre poussiéreuse et aride. Quelques touffes d'herbes jaunies égayent la pauvreté du paysage et forment un chemin vers une vallée plus verte et accueillante. Les arbres y offrent une densité douillette et tracent le lit d'une rivière qui s'étend à perte de vue. Steever se met à chantonner.

Ô toi, belle Ilumi de mon cœur !
En ton sein les méandres de mon humeur.
La vallée aux ardeurs englouties te révèle.
Ô toi Ilumi, élue de mon cœur, l'éternelle !

Le chant sonne faux mais personne n'ose intervenir pour lui infliger cette remarque.

— Le soleil commence à redescendre les amis, poursuit-il. Tromblin n'est plus très loin. Dépêchons-nous de trouver une route pour rejoindre la rivière !

La carte de la région, entraperçue au centre clandestin dans les mains de Tzos, me revient en tête. Je n'en ai pas retenu grand-chose, mais me souviens d'une configuration particulière. Celle d'une cité coupée en deux par un cours d'eau traversant. Ce doit donc être Tromblin-Port, compte tenu de la ressemblance géographique.

Cléia est la première à trouver un sentier praticable. Marcus grommelle toujours tandis que nous nous frayons un passage à travers les imposants cailloux qui jonchent la falaise. Le soleil s'affaisse déjà par-dessus les cimes des grands chênes et bouleaux qui se dressent devant nous. Les rayons rougeoyants de l'astre commencent à pénétrer les feuillages en rase-mottes. Je me laisse décrocher du trio de tête et profite d'être seul aux côtés de Cléia pour engager la conversation.

— La Bordure, hein ?

— Quoi ?

— Aurador. Tu as toujours vécu là-bas ?

Le visage de Cléia s'éclaircit. Je suis chanceux. Elle semble bien disposée.

— Pas toujours, mais j'y ai beaucoup appris.

— Ça ne te rappelle rien ?

Je pointe du doigt la rivière que nous longeons depuis maintenant une bonne heure. Perçant la végétation, des faisceaux de lumière virevoltent gaiement à la surface. On dirait des éclats de diamants fous qui rappellent ceux du lac du Glaçon, à l'est d'Emendul, dont les clapotis se teignent de reflets argentés à la nuit tombée.

Cléia sourit.

— Le Glaçon ? Toi aussi tu es du coin ?

— J'ai connu cet endroit.

— Ça ne te manque pas trop ?

— Comment ça ?

— Ces moments d'insouciance avant de grandir et d'apprendre que le monde n'est pas aussi simple qu'on croit…

— À vrai dire, je ne me souviens pas de grand-chose…

— Je vois… la vague, c'est ça ? Famille ? Parents ? Amis ? C'est le trou noir ?

— Complet. Et toi ? Tes parents vivent toujours en Emendul ?

— Je n'ai pas connu mon père. Ma mère, c'est compliqué…

Cléia se renfrogne. Je n'insiste pas et tente de changer de sujet :

— Au fait, tu m'as bien sauvé la mise hier ! Je ne sais pas ce que j'aurais fait sans toi…

Pas de réaction, ce qui ne m'empêche pas de poursuivre :

— Je ne te voyais pas au début mais ensuite… c'était vraiment toi ! Même attitude, même… tempérament.

— Tempérament ? reprend-elle d'un air dubitatif. Tu me connais si bien que ça ?

— C'est vrai mais…

— Mais quoi ? Tu m'as cernée de suite ?

— Non mais ça avait l'air si…

— Réel ?

— Oui, voilà. Pas comme les autres avatars de connexion. C'est comme si tu étais venue à mon aide. Comme si *tu avais su*…

Le visage de Cléia change, arborant cette fois une expression plus sérieuse.

— Acteya, écoute, il faut que je te dise un truc. Je…

— Ça va les tourtereaux ? On ne vous embête pas trop ?

Marcus a décidé de se rallier à nous et d'intervenir au pire moment.

— Vous traînez la patte, sacrebleu ! Qu'est-ce que je devrais dire moi ?

— Écoutez le papi et pressez-vous ! renchérit Steever. Regardez !

En bifurquant vers le sud, nous avons laissé derrière nous les falaises abruptes du Comté d'Altrate. Des rangées de bouleaux s'ouvrent à quelques centaines de mètres devant, en contrebas. Au milieu de ces haies d'honneur végétales se dresse un village à l'approche duquel la belle Ilumi disparaît, sans doute pour mieux ressurgir de l'autre côté. Tromblin-Port ne couvre pas un domaine aussi vaste que ce que j'avais imaginé. Le village est cerné par une haute clôture épaisse, constituée de rondins de bois qui convergent vers une porte gigantesque. L'entrée est scindée en deux par les eaux. Le tableau laisse croire que la rivière a fait germer la cité, tant l'harmonie qui s'en dégage a l'air parfaite.

Ô toi ma douce Ilumi !
Abreuve mes songes de tes remous incertains.
Purifie mon cœur des volutes infernales,
Qui se mêlent en silence aux embruns délétères.
Imagine un instant cet éclat,
Qui scintille et se perd.
Tu verras l'immensité renaître,
Et se confondre à l'infini.
Ô toi mon Ilumi chérie !

— C'est qu'il devient romantique ! s'écrie Marcus en réponse à la déclame de son compagnon. Si tu chantais juste, je t'épouserais !

Nous atteignons enfin Tromblin-Port, portés par cette humeur bon enfant. De près, la grande porte dévoile un certain côté majestueux. La façade est recouverte de glyphes qui paraissent raconter une histoire. Au sommet, les rondins de bois sculptés se terminent en rémiges d'aigle. La forme étrange d'un personnage au visage humain et au corps de rapace se détache au centre des gravures.

Arrivé à la porte, Steever s'agenouille et brandit ses deux couteaux :

Au retour je m'envole et je fonds.
Ma devise est la tienne, ô Koofa le malin !

Cette fois, la tirade de Steever n'a rien d'une chansonnette. Plutôt une tentative solennelle de réveiller ce qui nous guette derrière l'enceinte.

La réponse ne se laisse pas attendre et prend la forme d'un craquement horrible qui découvre une brèche à mi-hauteur de la porte. Un visage aux traits creusés apparaît à travers l'ouverture. De là où je me trouve, la tête semble posée sur le corps d'une statue à l'effigie d'une créature mi-cerf, mi-oiseau. Un mélange assez perturbant. L'homme recomposé beugle :

— Qui le demande ?

— De simples voyageurs. Nous venons voir Joshua Barme, mon cousin.

L'homme rachitique au regard vitreux se replie dans sa cachette puis revient quelques secondes plus tard équipé d'une sorte de registre. Il porte désormais un monocle sur son œil le plus mal en point.

— Barme, Barme… répète-t-il d'une voix nasillarde. Non ! Personne de ce nom-là à bord. Veuillez circuler !

Puis il referme sa fenêtre d'un claquement sec.

Après un léger instant de flottement, Steever se relève. Marcus éclate de rire.

— Dis donc, il a de la gueule ton point d'appui sur la route d'Alpha-Soli ! Tu l'as fait flipper le squelette, avec ton incantation !

— Ils ont… changé. Ce n'était pas lui la dernière fois.

— Et la *dernière fois*, ça remonte à quand ?

— À loin, vu la dégaine du type ! pouffe Tommy.

Agacé par l'hostilité de l'accueil, Steever range ses couteaux et décide de passer à une approche plus brutale. Il s'avance et martèle la porte de coups de poing :

— Hé oh ! On ne s'est pas tapé la traversée du Comté pour venir cueillir les champignons ! Dites à Joshua que Steever le demande. Vous m'entendez ?

L'attitude énergique de Steever produit son effet. Une voix plus grave que celle du vieillard acariâtre s'élève de l'intérieur.

— Étrangers, quittez les lieux sur-le-champ. Dernière sommation !

Marcus bouillonne sur place.

— Ils nous prennent pour qui, tes potes tromblinois ? Commencent à me gonfler…

Il se jette à son tour sur la porte, assénant un coup de pied si puissant que les plumes de l'enceinte tremblent sous l'onde de choc.

Un vrombissement sourd s'active à l'intérieur. Un bruit strident s'y superpose à la manière d'une turbine grippée reprenant du service. À peine naissant, le souffle retombe subitement en un silence inquiétant. Puis un grondement d'une plus grande intensité reprend le dessus. Une mécanique infernale tourbillonne de l'autre côté de la porte. Une multitude de voix sifflantes s'élèvent dans les airs, s'apprêtant à fondre sur nous.

— Essaim tonique ! À couvert ! s'écrie Steever avant de se précipiter vers un fossé à proximité, nous entraînant dans la même panique. En lisière de la forêt, les épais branchages font office de remparts de circonstance bienvenus. L'Essaim, masse volatile difforme, gronde frénétiquement et se place en vol stationnaire au-dessus de la grande porte. Finalement, après un bon quart d'heure d'immobilisme, la menace se dissipe d'elle-même.

— On est bien ? ose Marcus.

— Essayons une autre approche, rétorque Steever.

— On ne pourrait pas plutôt sauter l'étape où on finit tous en charpie pour rien et aller directement saigner du Dondre à Alpha-Soli ? Ton Joshua ne va pas disparaître, tu lui taperas la bise plus tard !

— On a besoin de lui pour pénétrer la Tour.

— Et depuis quand ça fait partie de l'équation ?

— Depuis que l'endroit est devenu l'un des principaux points d'entrée du Réseau. Le système de défense est solide.

— Et ton cousin peut nous aider ? Il a les clefs du domaine ?

— En quelque sorte. Il a participé à tout ça.

— Quoi ?

— Quand sa femme l'a quitté pour la connexion, il s'est enrôlé dans une équipe de maintenance pour leur permettre de survivre. Elle était tout pour lui…

— Il a vu l'intérieur de la Tour ? demande Tommy.

— Oui. Ses souvenirs seront décisifs.

Cléia montre un intérêt soudain pour le passé du cousin :

— Il a vu les connexions forcées de ses propres yeux ?

— Je ne pense pas. Elles sont trop récentes et c'était il y a quelques années déjà…

Cléia semble déçue comme si elle s'attendait à une autre réponse.

— Mais on a ces foutus camouflages, qu'est-ce qui pourrait nous arriver là-bas ?

— Les Accès Tournants, ajoute Tommy. Une recomposition aléatoire qu'on ne peut franchir que si on connaît la séquence programmée. C'est ça Steever ?

— Précisément. Sans séquence, on sera invisibles mais on n'ira pas loin. Les Accès ont été renforcés depuis l'avènement de la résistance. Il y a des données confidentielles là-bas, et c'est justement ce qu'on essaie d'aller chercher.

— Fini l'intrusion via les canaux annexes… soupire Tommy.

— Bon OK. Le plan est simple : on force le squelette à sortir de sa planque, on lui fait bouffer son registre et on capte ton cousin sur les Accès. Vous aurez tout le temps pour étaler votre science après. On attend quoi ? De moisir sur place ?

— Tu oublies l'Essaim, reprend Tommy. La seule façon d'entrer est de le désactiver avant.

— Et tu t'y prends comment, petit génie ?

— Impossible de l'extérieur. L'un de nous doit pénètrer la connexion de zone de Tromblin pour court-circuiter leur système de défense.

— Ce bordel est piloté par une connexion ? C'est possible ça ?

— Tu peux dire merci à Raptor, coupe Cléia.

— La Surcharge, hein ? Ça veut dire qu'ils sont plusieurs à activer ce bourdonnement depuis une connexion distante ? Le truc est bien réel pourtant !

— C'est justement ce que permet la Surcharge, enchaîne Steever. Projeter des corps physiques depuis un programme vers notre monde.

— Ah oui, les liens de l'espace !

— Ponts spatiaux, rectifie Tommy.

— En gros, des mecs de la sécu sont branchés à une appli destinée à nous emmerder, quoi. On les défonce. Problème réglé.

— Les caches de contrebande ! s'écrie Steever. Dix pièces que la Fédé y a déployé un routeur. On va entrer par-là !

— Tu nous mets au parfum ? C'est quoi encore cette histoire de routeur ?

— Avant que la Fédé ne déploie le Réseau jusqu'à Emendul, Tromblin était un sacré repaire de bandits : des tunnels souterrains à perte de vue, remontant dans les caves des baraquements miteux. Quand les Dondres ont débarqué, ils se sont probablement servis de ce labyrinthe pour y brancher un routeur.

Devant la mine impassible de Marcus, Tommy précise :

— Le truc qu'on installe pour amplifier la portée du Réseau entre deux villes.

Avant que Marcus ne s'emporte à nouveau, Steever reprend :

— Et les deux villes en question doivent être Alpha-Soli et Emendul, en quasi ligne droite !

— Ils ont sans doute condamné les entrées… ajoute Tommy.

— Mais il y en a une qu'ils n'ont pas pu trouver. Et si elle est encore là, c'est le jackpot les amis !

— Comme par hasard, tu connais l'entrée cachée… retoque Marcus. Tu ne te fiches pas un peu de nous là ?

— On va dire que le hasard fait bien les choses ! ajoute Steever en lui adressant un clin d'œil.

— On a surtout de la chance de t'avoir avec nous. La voix posée de Cléia calme tout le monde. Il n'en faut pas plus pour que Steever rougisse.

— Ne crions pas victoire trop vite, reprend-il, si ça se trouve, ils l'ont aussi trouvée. Bien que ça soit peu probable… Suivez-moi, je vous y emmène !

Tommy trépigne comme une puce épileptique :

— Dondres en approche !

Les artefacts crépitent de petits éclairs bleus. Marcus marmonne en tapotant son bracelet :

— Ce qui est con avec ces foutues pendules, c'est qu'ils te mettent en panique sans te dire par où tu vas te faire enfler.

En file indienne derrière Steever, nous nous mettons à courir, guettant avec tension l'instant où nous risquerions de tomber dans un guet-apens.

Après avoir longé un bon tiers de l'aile sud de Tromblin-Port, Steever stoppe la cadence.

— On y est. Cinquante foulées de la balustrade… Dix pas sur la gauche vers les fourrés perdus…

— Quelle précision, ironise Marcus.

— Là ! L'entrée du Bosquet Furieux ! Je vous l'avais dit !

— Le Bosquet quoi ?

— Rien. Un truc de gosse ! s'exclame Steever en riant.

Le crépitement des artefacts s'est espacé depuis quelques minutes. Fausse alerte, donc. Ce devait être une simple patrouille.

Le lieu est sensiblement plus touffu que la lisière des bois alentour. Une densité de feuillage qui conduit à un autre fossé dont l'accès est barré par des ronces enchevêtrées. Si une cachette se tient là, pas étonnant que les Dondres n'y aient vu que du feu. Steever ouvre le chemin, tranchant les broussailles aussi facilement qu'une motte de beurre. Le fossé s'enfonce vers le bois au sud de la ville. Steever arrête son massacre végétal, se saisit d'une branche épaisse et racle la terre en y ôtant les feuilles mortes amassées en plusieurs couches. Une trappe apparaît. Utilisant son râteau improvisé comme levier, Steever dégoupille le couvercle qui s'envole comme un bouchon de champagne. Il est bien là. Le tunnel souterrain caché qui remonte vers Tromblin-Port.

— Qu'est-ce qu'on attend ? annonce Steever avant de s'élancer dans la pénombre.

12

Enlèvement

Un air étouffant stagne à l'intérieur. La chaleur est telle que je sue déjà à grosses gouttes après seulement quelques hectomètres parcourus sous terre. Heureusement, Tommy a eu la bonne idée d'ajouter une fonction « lampe-torche » aux artefacts pour naviguer dans les ténèbres avec plus de facilité. Je manque de glisser plusieurs fois sur le sol humide, imprégné par un écoulement d'eau croupie. Des fissures dans la roche laissent ruisseler la pluie depuis la surface, qui s'accumule en flaques de boue par endroits. Des pierres s'arc-boutent au-dessus de nos têtes. La voûte ainsi formée indique la voie à suivre pour rallier la ville.

Régulièrement, Steever nous intime l'ordre de stopper notre progression d'un geste et semble guetter un signe pendant quelques secondes. Celui d'une présence dondre peut-être. Puis, rabaissant la main, il se remet en marche. Les pas lourds de Marcus heurtent le sol par à-coups, accompagnés par des bruits de clapotis. Le barda du guerrier émet des craquements comme s'il était sur le point de céder à tout instant. Le sac de Tommy n'est pas en reste. On y entend les gourdes s'entrechoquer gaiement. Le petit génie est en discussion passionnée avec Cléia à propos d'une de ses dernières découvertes « techno-connectiques ».

Au détour d'un virage, la pénombre s'estompe enfin. Les murs glissants apparaissent doublés d'une paroi immaculée.

— Nous y sommes, chuchote Steever. Les fondations périphériques. Encore un kilomètre et nous serons sous la ville.

À peine a-t-il prononcé ces mots qu'un bourdonnement s'enclenche. Puis un va-et-vient, comme le sifflement d'une lame géante découpant l'air en un cycle régulier. Tel un sonar, le bruit assourdissant ratisse les profondeurs autour de nous. J'imagine un puissant radar sondant les tunnels à la recherche d'intrus.

— On ne devrait pas s'inquiéter, là ? lance Marcus, paniqué. C'est quoi ce bordel ? Une simulation de chasse d'eau connectique ?

— Ça ne me dit rien qui vaille… ajoute Tommy.

L'absence de réaction de Steever trahit une méconnaissance évidente du phénomène, ce qui ne calme pas le guerrier :

— On ne va pas rester plantés jusqu'à ce que l'homme-squelette se rebiffe et nous balance son Essaim dans la gueule !

— Tu n'y es pas. Un Essaim a besoin d'espace pour se déployer, précise Tommy. Cette fois c'est plus… tranchant.

Le bourdonnement s'éteint soudainement. À la place, un sifflement aigu. Un larsen et des crachotements à peine audibles :

Gmbll…
Descendez…
Gmbll… Gmbll…
Dessous…

Quelqu'un diffuse des ordres qui se propagent par échos. S'ensuit un nouveau larsen ressemblant au râle d'un combiné qu'on raccroche, puis plus rien.

— On est repérés ! s'écrie Steever. Tommy, lance un scan !

Le geek sort de son sac un réceptacle dans lequel il place son artefact, qui se met à tourner comme une boussole furieuse. En fonction de l'orientation, le crépitement des éclairs change d'intensité. La couleur des arcs alterne entre un violet outremer et un bleu électrique. Tommy grimace.

— Ils sont nombreux. Une dizaine. Quatre cents mètres. Et ils arrivent vite !

Je me demande si un jour j'aurais droit à un cours particulier de déchiffrage des arcs électriques. Cléia bande son arme et se met en position défensive. Steever s'arme de ses longs couteaux. Marcus se tient prêt à dégainer.

— Par quel côté ?

— Attendez… Tommy marque une hésitation, les yeux rivés sur son artefact dont les crépitements fous incessants changent de rythme. Il y a deux groupes ! Au nord et à l'est !

— Qu'ils viennent ! lance Marcus en empoignant sa hache.

— Trop tard pour faire demi-tour ! ajoute Steever. Préparez-vous ! Tommy ! Derrière moi !

Je me saisis de la dague offerte par Tzos. Au fond, j'avais espéré ne jamais devoir l'utiliser. Une idée pleine de courage me vient en tête :

— On a le camouflage optique, non ? Pourquoi ne pas nous en servir ?

— Pas ici, rétorque Tommy. Pas assez de lumière, de diffraction.

— La prochaine fois petit génie, pense à prioriser des évolutions utiles !

L'imminence d'un combat a regonflé l'ironie de Marcus. N'ayant d'autre choix que d'attendre que l'ennemi se montre, nous nous disposons dos à dos, formant un cercle au milieu d'un espace un peu plus large que les chemins empruntés jusque-là. Cléia s'est positionnée face à l'embranchement nord, tandis que Steever s'apprête à bondir vers le passage est. Au cœur de la cavité souterraine, nul renfoncement ni aspérité ne laisse présager une attaque-surprise. L'assaut va être frontal. La rencontre, violente.

Steever récite une incantation que je devine être un appel à Koofa-Voli. Des milliers de foulées accourent vers nous.

CHOC !

Une voix puissante résonne depuis le nord. Relayée par son écho dans chaque tunnel afférent. Le bruit des pas de course stoppe net. Une vibration sourde se répercute autour de la cavité. Coup sur coup, plusieurs décharges soniques fusent, interdisant toute échappatoire.

— Des barrières de section ! s'écrie Tommy.

— Les charognards ! hurle Marcus.

Cléia décoche une flèche en direction de l'entrée que nous avons empruntée un peu plus tôt. Le projectile se brise au contact d'une nappe translucide qui se recompose en ondulant, dans une série de crépitements.

Steever relâche sa posture de garde, et se redresse.

— Ils veulent parler.

Marcus, agacé, fait tourner sa hache d'un geste nerveux :

— Ils parleront quand ils auront tâté de ça !

— Plus un pas ! commande Steever.

C'est alors que nous le voyons sortir de l'ombre. S'avancer seul. Le regard noir, perçant, à travers une capuche qui prolonge une tunique bleue. Poignets et chevilles enserrés dans des lanières en cuir, témoins d'une servitude non dissimulée. L'homme rachitique qui nous a refoulés à la porte de Tromblin-Port arbore désormais la stature d'un combattant maléfique. Il s'arrête au niveau de la barrière et, en silence, prend le temps de nous dévisager.

— Un Maître-Dondre… murmure Tommy à mes oreilles.

— Approche, qu'on en finisse !

D'un geste de la main, Steever arrête Marcus au moment où il s'apprête à bondir en direction de la barrière, et tente une médiation de la dernière chance :

— Nous ne sommes pas vos ennemis. Mon cousin nous attend. Laissez-moi m'entretenir avec lui une heure tout au plus et nous repartirons aussi vite que nous sommes arrivés.

— Je vous ai prévenus, répond le sinistre interlocuteur comme s'il n'avait rien entendu.

Steever change d'approche :

— Vous maîtrisez les barrières soniques. Vous auriez déjà pu nous tuer. Que voulez-vous ?

Un rictus déforme les traits du Maître-Dondre. À moins que ce ne soit un symptôme de sa décomposition faciale avancée. Il paraît amusé par l'audace et la sagacité de Steever qui a touché juste.

— Nous recherchons quelqu'un de… spécial. Et vous, vous n'êtes pas de simples voyageurs. Que faites-vous réellement ici ? Répondez ! Avant que je ne change d'avis sur votre compte !

— Je vous l'ai dit, reprend Steever, nous venons voir…

— Quelqu'un de *spécial ?* répète Tommy.

— Assez ! s'emporte le Dondre. Vous parlerez comme ils le font tous !

À ces mots, je resserre l'étreinte sur ma dague. Cléia se tient prête à exploiter une autre de ses flèches. Le regard fermé et concentré, Marcus réempoigne sa hache.

Le Maître-Dondre baisse la tête et joint ses mains comme s'il tentait de contenir une énergie invisible.

RÉDUCTION !

De chaque côté de la cavité, les barrières se mettent à bouger et à fondre sur nous. Cléia tente de les endommager, mais chacun de ses projectiles finit au sol. L'arme de Marcus se fracasse sur l'une des barrières, ne faisant vaciller que le guerrier en retour. Elles commencent à nous presser les uns contre les autres. Nous sommes maintenant dos à dos. Le pire est imminent. Les trois obstacles fusionnent en une seule entité qui s'opacifie en épousant nos corps. L'enveloppe se rétracte et prend la forme de lanières enserrant nos poignets et chevilles. Nous gisons, allongés sur le sol froid du souterrain. Immobilisés mais vivants.

Steever ne bouge pas une oreille. Marcus se débat comme un beau diable en affublant le Maître-Dondre de surnoms fleuris. Tommy se contorsionne sans réussir à se défaire de l'emprise. Cléia semble avoir accepté l'idée et se tient tranquille, son carquois plaqué dans le dos. Je tente de me dégager de l'étreinte mais chaque à-coup reçu par la matière contraignante n'a pour effet que de la tendre davantage, augmentant la pression qu'elle exerce sur mes membres endoloris.

Derrière leur chef victorieux, d'autres Dondres sortent de l'ombre pour venir cueillir leur butin.

— Emmenez-les au Berceau ! ordonne leur maître.

Les Dondres entreprennent de soulever nos corps ficelés. Je les avais imaginés en créatures affreuses, mais rien ne les distingue physiquement du commun des mortels.

Marcus continue de pester, si bien que pas moins de trois Dondres parmi les plus costauds se mobilisent pour parvenir à le porter sans trébucher. Un autre soldat prend soin de rassembler nos affaires qui ont été éparpillées lors de la réduction. Il les saucissonne rapidement en un paquet difforme qu'il charge sur un chariot à roulettes.

Le Maître-Dondre prend la tête du cortège qui avance à un rythme soutenu malgré les fardeaux récupérés en cours de route. Les couloirs humides et glissants n'en finissent pas.

Une autre unité dondre se joint au groupe. L'un d'eux, un petit homme chétif au crâne dégarni, vient à la rencontre de son chef qui ordonne l'arrêt de sa troupe.

— Maître Tork, je vous apporte des nouvelles de l'avant-poste. Aurador est le point de passage.

— Très bien, allez-y et ne m'attendez pas. Jorgen ! Timiald ! Partez devant et emmenez vos hommes. Je vous rattraperai quand j'en aurai fini avec ceux-là.

Les lieutenants acquiescent puis s'éloignent dans l'ombre. Mes compagnons et moi ne restons plus qu'avec une poignée de Dondres dont la moitié s'affairent à contenir les velléités de Marcus qui paraît peser un quintal, lui et ses injures finement ciselées.

La longue promenade souterraine s'achève par un corridor où deux rangées de torches plantées aux murs indiquent la voie à suivre. Une ambiance particulière qui me rappelle les sous-sols du bar de l'Éclipse. Par terre, un gravier grossier de part et d'autre duquel une rigole conduit une eau croupie, sans doute en provenance des égouts de Tromblin-Port.

Tork déverrouille une porte en fer qui découvre une sorte d'entrepôt. Des caisses et tonneaux en bois sont groupés par amas, délimités par des emplacements au sol marqués à la craie blanche. D'épaisses chaînes pendent en plusieurs endroits d'un plafond à poutres apparentes. Certaines reliées à des poulies. D'autres servant à tendre de gros filets dans lesquels du matériel s'entrechoque. Je ne distingue pas la nature précise de leur contenance mais devine aux grincements qu'il s'agit de pièces de ferraille. Depuis que Tork a refermé la porte, les filets se balancent en un mouvement de va-et-vient interminable.

— Où nous emmenez-vous ? demande Tommy.

Tork grimace à nouveau.

— Au Berceau ! Ça fait longtemps qu'il n'a pas sucé un esprit aussi jeune que le tien… Flick !

Le plus petit Dondre de l'unité abandonne son chariot contenant notre vestiaire et accourt.

— Oui, maître ?

— Range-moi ça. Section 2B. Et passe le message aux préparateurs. Qu'ils préchauffent les circuits. Le Berceau doit être opérationnel dans l'heure !

— À vos ordres !

Le soldat, pas plus âgé que Tommy, disparaît avec son chariot derrière une pile de caissons.

— Au transport !

Les Dondres se hâtent derrière leur commandant qui emprunte une sortie à l'est de la réserve. Un autre tunnel s'ouvre devant et débouche sur un quai étroit. Je ne rêve pas : une voie ferrée passe là, sous terre ! Quelques minutes s'écoulent, puis un wagon sort de nulle part. Je reconnais le conducteur. Flick est déjà de retour. Tork et ses acolytes montent après nous avoir regroupés à l'arrière et s'être assurés que nous ne pouvions nous échapper. Le train se met en marche. Marcus reprend de plus belle :

— Je vais tous me les faire ! Un par un ! J'espère pour eux que ces liens sont solides ! Je vais les broyer, je…

— Ils paieront, Marcus, sois-en sûr. Réfléchissons plutôt à un moyen de décamper avant d'arriver au Berceau.

— Ce n'est pas une comptine pour enfant qui va me faire peur ! Le Berceau… Qu'ils essaient de nous endormir un peu pour voir !

— Si c'est bien *ce Berceau*, notre mission s'achève ici… Steever ?

Tommy est sous le choc. À l'entendre, le Berceau n'est pas une sinécure.

— Ça se pourrait. Cette expérience avant la vague… Peut-être que la Fédé ne l'a jamais définitivement enterrée…

Je commence à m'inquiéter :

— De quoi parlez-vous ?

Tommy précise :

— Du Berceau de Spinoze. Un prototype basé sur l'étude du dérangement induit par l'atteinte de l'équilibre parfait. Mais si c'est bien cet engin, pourquoi n'a-t-il pas été détruit ?

— C'est qui ce Spinoze ? La colère de Marcus refait surface. D'un bond, il parvient à se dresser contre la porte scellée du wagon.

— Spinoze le Gourou, répond Tommy. Le psychopathe de l'équipe. C'est lui qui a construit ce supplice pervers.

— Pervers ?

— Pas qu'un peu ! On raconte qu'il a ajouté un mode spécial au Berceau. Un truc pas net, du genre torture sexuelle…

— Bah ! un taré du bulbe comme la Fédé en produit des milliers ! Quoi de surprenant là-dedans ?

— Spinoze est l'un des précurseurs du projet, ajoute Steever. Ce type est puissant. Sans aucun doute à l'origine de cette ambiance de fin du monde.

— Puissant ou pas, il peut toujours tenter de me faire plier ! J'en ai connu des supplices, et crois-moi, bien pires qu'un balancier à la con !

Cléia, qui s'est montrée discrète depuis sa capture, s'invite dans la conversation :

— L'orgasme imminent perpétuel. Croyez-moi, c'est bien moins sympa que ça sonne à l'oreille.

Marcus déglutit si fort qu'il nous donne l'impression d'étouffer. Tommy vire au rouge écarlate. Face au blocage général de l'assemblée, je me hasarde à relancer Cléia sur le sujet :

— L'orgasme quoi ?

— Imminent perpétuel, reprend-elle sans sourciller. Ce mode spécial dont Tommy parle. Il existe. Raptor a aidé Spinoze à isoler cet instant particulier. Lorsque ton plaisir est sur le point d'exploser en te délivrant d'une tension de plus en plus insoutenable… Hé bien, le Berceau peut te maintenir dans cet état, sans perte d'intensité, aussi longtemps que l'instructeur le souhaite.

— L'instructeur ?

— Le type qui se rince l'œil, coupe Tommy recouvrant un teint plus raisonnable. Celui qui pilote *l'expérience*, si on peut appeler ça comme ça.

— Et quel est le risque au juste ?

— Le risque ? Cléia semble surprise de la question. La folie, pardi ! Ils appellent ça le décrochage mental.

Je me décompose. Cléia ajoute :

— Ton esprit s'habitue à l'émotion extatique qui n'est pas censée être permanente, car ingérable pour ton corps. Ceux qui en sont revenus décrivent une réalité altérée. Ta perception du monde n'existe plus qu'à travers cet état. Tu deviens fou, au sens propre du terme.

Marcus sort de son silence :

— Tu m'as l'air sacrément bien renseignée, l'amazone !

— L'avoir vécu ne te rend pas plus fort, lui répond-elle sèchement, mais au moins tu sais à quoi t'attendre.

Marcus grommelle. Je n'en reviens pas. Voilà qui ne choque personne. Cléia a déjà eu affaire au Berceau. Son passé semble définitivement bien trouble.

— Mais tu n'es pas…

— Folle ? s'amuse-t-elle. Non, ça n'était qu'un test à l'époque. Rien de méchant.

Le train commence à ralentir. Nous avons quitté les tunnels depuis dix bonnes minutes. Après plusieurs secousses, le wagon s'arrête dans un fracas. Flick déverrouille la porte et ordonne aux Dondres qui l'accompagnent de nous saisir. Apparemment, il s'est senti prendre du galon le temps du trajet.

Un séisme nous secoue, plus sec et violent que les précédents. Puis une onde de choc ressemblant à s'y méprendre à celle qu'avaient dégagée les barrières soniques dans les bas-fonds tromblinois. À la différence près que, cette fois-ci, le Maître-Dondre n'y est pour rien. Tork, Flick et les quelques Dondres qui veillent sur nous se mettent en demi-cercle et s'accroupissent en formation défensive. Nous sommes forcés de les imiter. Au milieu de l'unité dondre, Tork reste debout, droit comme un i. Le maître tient son rang et prépare une incantation après avoir généré une barrière de protection.

— On nous attaque ! s'écrie Tommy avant de recevoir un coup de poing de Flick qui lui somme de rester dans le rang.

Marcus veut prendre la défense du jeune geek, mais est rabattu au sol par deux Dondres désignés pour annihiler ses sautes d'humeur.

Deux hommes s'approchent au-delà de la barrière. Vêtus de vestes en cuir, de pantalons cargo et de bottes de chasseur, ils ont l'air de militaires issus d'un autre temps, donnant l'assaut au milieu d'un champ de bataille. Le plus âgé, la cinquantaine, porte une moustache à moitié dissimulée par un foulard rouge moucheté qui enrobe son cou jusqu'à la bouche. Ses épais sourcils bruns donnent du relief à un visage rugueux, marqué par le caractère impitoyable de la vie.

— Joshua ! s'écrie Steever.

L'acolyte du cousin débarqué tient un grand bâton aux contours flous. Comme si l'accessoire hésitait à se dessiner précisément. Le soldat le jette en l'air avant de le frapper horizontalement d'un coup de pied énergique. Le bâton lévite à un mètre du sol en diffusant un halo lumineux. Une décharge similaire à celle de la barrière de Tork s'en échappe, formant une vaguelette dorée qui fonce à pleine vitesse sur les Dondres.

ROOOUSSS !

La décharge entraîne une secousse et la terre tremble à nouveau. Puis le bâton perd de son éclat et revient comme aimanté dans la main de son propriétaire. Le choc entre l'onde et la barrière produit une détonation sourde. Tork a l'air crispé. Cette rencontre inattendue lui demande un surplus de concentration. Il signe encore une fois et plaque sa main au sol d'un geste prompt :

CHOC !

La barrière de protection, dont la substance a commencé à faiblir, double d'épaisseur. L'homme au bâton n'obtempère pas et renouvelle l'attaque précédente.

ROOOUSSS !

La décharge fuse à travers le tunnel avant de se confondre en une vague éclatante qui brise la barrière. Tork grimace et recule d'un pas en se tenant la joue. J'aperçois un peu de sang, du moins une éraflure : le Maître-Dondre est touché.

— Flick ! Scanne-les ! hurle-t-il, le souffle coupé.

D'abord surpris, Flick se ressaisit rapidement et dégaine un appareil miniature semblable à une lampe de poche en forme de tube. Il plaque l'extrémité lumineuse contre la tempe de chacun de nous. Rien ne se passe jusqu'à Tommy, le dernier à subir l'étrange examen.

— Le jeunot est positif !

Tommy panique.

— Hey ! C'est quoi votre délire ?

— On l'emmène ! lance Tork. Puis, s'adressant aux Dondres restés en retrait. Vous autres, couvrez-nous !

Flick empoigne Tommy et le relève. Tork les rejoint tandis que l'unité dondre se presse au niveau de la barrière brisée.

Joshua et son ami fondent en courant vers eux. Le premier dégaine une épée qui fend l'air humide. Les Dondres font front le glaive à la main. L'homme au bâton manie son arme avec une dextérité impressionnante. Sans un mouvement superflu, chacun de ses coups fait mouche et assomme un ennemi. Il ne reste plus que trois Dondres entre eux et Tork. Enserrés dans nos liens, mes compagnons et moi ne pouvons pas bouger pour leur prêter main-forte. Nous regardons, impuissants, le Maître-

Dondre se saisir du pauvre Tommy qui se débat en vain.

— Lâchez-moi !

— On se retrouvera ! lance Tork. Flick sort une seringue de sa poche et pique le cou de Tommy qui perd connaissance dans l'instant, avant de disparaître. Une seconde plus tard, Tork et Flick se volatilisent à leur tour.

— Tommy ! hurle Marcus en roulant sur place.

Les lanières se désintègrent, nous libérant enfin. Marcus bondit vers l'endroit où Tommy s'est brusquement éteint. Étudiant le sol caverneux, il ne tient pas en place.

— Où l'ont-ils embarqué ?

Marcus se précipite vers le sac contenant les armes subtilisées par les Dondres, et arrache l'ouverture déjà mal en point pour y plonger violemment la main. Il en extirpe sa hache, fait volte-face et se lance dans une course folle vers les Dondres encore debout. D'un mouvement circulaire, il assène un coup au niveau des jambes de l'un d'eux. Le Dondre fauché, surpris par la violence de l'impact, hurle de douleur et tombe à genoux, dos à Marcus. Il a à peine le temps de se retourner pour découvrir son agresseur que ce dernier lui porte un coup fatal à l'épaule, tranchant son bras net. Le seul Dondre encore alerte en prend également pour son grade. Une unique frappe sèche au thorax a raison de lui. Dans son élan de rage, Marcus s'apprête à décapiter le malheureux. La main ferme de Steever saisit son poignet et l'empêche de terminer le travail :

— Il a eu son compte.

Forçant pour achever son geste, Marcus finit par renoncer. Ses yeux rougis s'humectent. Une lutte intérieure le consume. Les lèvres crispées, le regard flamboyant, il lâche son arme. Dans une mare de sang et après un ultime râle, le Dondre agonisant n'est plus. Marcus s'éloigne en marchant. Je veux le suivre. Steever me stoppe :

— Laisse-le. Il a besoin d'espace.

— Hé bien ! Ils étaient féroces cette fois ! Mais ce type, quelle furie !

Le compagnon de Joshua tend la main à Steever.

— Sen, à votre service !

Steever la lui serre en retour puis se tourne vers Joshua avant de l'enlacer copieusement.

— Josh ! Tu ne pouvais pas mieux tomber !

Joshua répond en lui tapant dans le dos.

— Ça faisait longtemps ! Qu'est-ce qui t'a mis dans ce pétrin ?

— Toi, pardi ! Et tu n'es pas seul à ce que je vois !

— Oui. Acteya et Cléia nous ont rejoints depuis peu. Et tu viens de voir Marcus dans ses œuvres…

— Que devient ce bon vieux Tzos ? Toujours si farfelu ? Dites-moi, le jeune qui vous accompagnait…

— Tommy. Il s'appelle Tommy, coupe Marcus revenant de sa promenade.

— Tommy, reprend Joshua. Pourquoi en avaient-ils après lui ?

— Aucune idée, répond Steever.

— Étrange. Les Dondres n'enlèvent pas les gens au hasard…

— Tu sais où ils l'ont emmené ? lance Marcus dont l'esprit semble s'être un peu apaisé.

— Les tunnels ne sont pas sûrs. Venez, on continuera cette conversation chez moi !

Marcus se saisit de son sac éventré et le jette en travers de ses épaules, manquant de m'assommer au passage.

— OK, dépêchons.

Puis, se tournant vers Steever, il ajoute :

— Que ton Koofa-Voli me donne sa force. Je vais les massacrer !

13

Ailleurs

La surface de Tromblin-Port n'est guère plus attrayante que ses profondeurs. Une nuit noire y règne. L'air est humide et chaud.

— Ne nous attardons pas, avance Joshua, les Sentinelles rôdent.

— Les Sentinelles ?

— L'Essaim ne représente que la partie visible de la menace. Les patrouilles intérieures sont bien pires.

— Mieux vaut ne pas s'y frotter ! ajoute Sen.

— Ce sont des Dondres téléguidés, précise Joshua. Et pas des plus finauds. Ces types cognent sur tout ce qui leur semble louche. Ils ne font pas dans la dentelle.

— Des Dondres téléguidés ?

— Pilotés par connexion depuis Alpha-Soli. Une histoire de Surcharge…

Mon regard croise celui de Steever.

— On a eu affaire à ce type de contrôle, coupe Steever.

— Où ça ?

— Emendul. Un gars a pénétré le registre d'une connexion pour se téléporter.

— Je vois.

Joshua et Sen bifurquent à l'angle d'une ruelle plus étroite que les précédentes. Marcus et Steever les suivent de près. Je profite du moment pour me laisser distancer et me porter à hauteur de Cléia. Contre toute attente, la Naïade entame la discussion en affichant une gravité inhabituelle :

— Acteya, il faut que je te dise quelque chose…

— Je t'écoute.

— Tu te rappelles notre rencontre au centre ? Tzos m'a présenté comme une nouvelle recrue…

— De l'école d'Aurador.

— Eh bien, je ne suis pas celle que tu crois.

— Qu'est-ce que tu veux dire ?

— J'ai été envoyé à Aurador en mission. Cléia baisse la tête comme soulagée de s'être libérée d'un poids, mais gênée.

Avant que j'aie le temps de réagir, Joshua sort du silence :

— Bienvenue dans notre humble repère !

Nous sommes face à une entrée minuscule, encastrée entre deux paliers, au cœur d'une ruelle bordée d'appartements mitoyens, plus hauts que larges. Cléia me jette un regard que j'interprète comme un « ne dis rien, je te raconterai la suite plus tard ». Je lui réponds par un hochement de tête complice.

— Vas-y, c'est toi l'artiste !

Sur invitation de Joshua, Sen s'approche de l'entrée du logement et sort de son blouson un crochet qu'il introduit dans la serrure.

— Vous n'avez pas les clefs ? lance Marcus.

— Bien sûr que si ! Mais les Sentinelles ont pris des dispositions. L'appartement n'est plus attribué.

Devant la mine perplexe de Marcus, Joshua poursuit :

— Les Sentinelles ont mis en place un système de contrôle pour mesurer les allées et venues des habitants. Toutes les serrures sont surveillées.

— Si c'est le cas, entrer par effraction va déclencher une alarme, non ?

— Aucun risque. Sen est un pro ! Il pourrait crocheter la porte dix fois les yeux bandés sans faire bouger une oreille dondre !

— On tente ? interrompt Sen en gloussant.

Puis il prend une profonde inspiration avant de commenter :

— C'est une question de respect, tu vois, il faut ne faire qu'un avec le mécanisme. Sentir jusqu'où tu peux t'immiscer sans aller trop loin… Tu t'impatientes ou tu flanches et paf ! Game over !

— Mais c'est chez vous… Rég ou pas, qu'est-ce que vous en avez à foutre ?

Steever lève les yeux au ciel :

— Appartenir à la résistance demande de la discrétion Marcus, au cas où tu l'aurais oublié.

— Ceux qui n'ont pas prêté allégeance ont vu leur logement réquisitionné ou condamné, ajoute Joshua.

— J'y suis !

Sen jubile. La porte s'ouvre sur un dernier cliquetis salvateur.

L'intérieur ressemble à un taudis poussiéreux. De part et d'autre du couloir de l'entrée, deux tableaux, dont l'un représente une jeune femme allongée devant un parterre fleuri sur fond de soleil couchant. La deuxième peinture affiche un navire tentant de retrouver son aplomb sur des flots déchaînés. En arrière-plan de cette lutte marine, une île luxuriante noyée dans le brouillard.

Joshua traverse le paysage en coup de vent vers un escalier en bois situé à l'autre bout. Je lui emboîte le pas dans les profondeurs de la bâtisse. En bas, une porte blindée. Les talents de Sen vont une fois de plus être mis à l'épreuve. Le cambrioleur s'approche et sort une clef en fer. Marcus pouffe.

— C'est tout ?

La porte présente des traces d'effraction. Les Sentinelles ont certainement dû forcer l'entrée avant de condamner les lieux. Le blindage qui jure avec le style intérieur boisé ne passe pas inaperçu.

Devant ma mine perplexe, Joshua sourit :

— Des bons millésimes, voilà ce qu'ils nous ont pris !

— Du nectar qu'on ne trouve que dans les meilleurs vignobles des Quatre Épis. Les salauds ! Ils se sont bien gavés !

Sen tourne la clef vers la droite. Cléia sursaute en fixant le cadran de son artefact qui émet une lueur écarlate et crépite d'éclairs jaune orangé :

— Qu'est-ce que…

— Préparez-vous ! annonce Sen avant de tourner la clef vers la gauche d'un coup sec.

Un flash intense jaillit de toutes parts. Le sol se dérobe. Je connais la sensation. Celle d'un saut spatial précédant la découverte d'un lieu insolite. Quelques secondes plus tard, le flash s'estompe et plonge l'endroit suspendu dans une obscurité totale. Peu à peu, la luminosité revient et dessine un décor nouveau.

La porte blindée n'a pas disparu. Nous l'avons traversée. Le saut nous a menés dans un bureau miteux qui débouche sur une bibliothèque. Sen et Joshua ne semblent vouer une passion prononcée pour le ménage, compte tenu de la couche de poussière qui couvre les étagères et les livres entassés un peu partout. Les murs sont recouverts de plans griffonnés, reliés les uns aux autres par de la grosse ficelle. Accolé à l'un d'eux, un escabeau bancal soutient une mappemonde sur pied au bord de la rupture. Juste au-dessus de l'assemblage, une étagère plie sous le poids d'une pile d'encyclopédies qui menace de s'effondrer. Une pyramide du savoir en quelque sorte, conservée à l'abri des regards indiscrets de la Fédération.

— Pas très joyeux, hein ? lance Sen qui croise mon regard inquisiteur. À part moi et Josh, personne ne met jamais les pieds ici.

— C'était quoi ça ? grogne Marcus. On n'ouvre plus les portes à l'ancienne, chez vous ?

Sen sourit.

— Tzos est venu configurer le saut avant que la Rég ne mette son nez dans nos affaires.

Cléia sort de son mutisme :

— Vous n'êtes que deux résistants à Tromblin ?

Sen approuve d'un hochement de tête, mais Joshua opine dans la direction contraire et ajoute :

— Nous ne sommes probablement pas les seuls.

— Comment ça ? intervient Marcus, qui commence à s'ennuyer ferme.

— Les opposants à la Rég gardent profil bas. Et ce n'est pas plus mal. Tout le monde semble appliquer les consignes de Tzos.

— Quelles consignes ?

— Rester calme, précise Sen. Ne pas s'exposer sauf en cas d'extrême urgence.

— Ce qui nous permet de naviguer entre les lignes ennemies dans les meilleures conditions, ajoute Joshua en adressant un sourire en coin à Marcus. Venez ! Installons-nous dans le salon pour causer.

Je longe le bureau, enjambant les feuilles déchirées qui jonchent le sol délabré. Marcus bouscule l'escabeau qui crisse horriblement et entre dans un mouvement de balancier. Heureusement, les réflexes du guerrier maladroit sont bons. Il agrippe l'un des barreaux, stoppant le va-et-vient naissant avant qu'il ne soit trop tard. La mappemonde vacille mais n'atteint pas le point de non-retour.

Joshua tire sur un ouvrage de la bibliothèque qui bascule en avant, retenu par un pied miniature astucieux. Un déclic précède le glissement du meuble qui s'ouvre en deux et révèle une porte cachée.

Un salon confortable avec fauteuils et banquettes s'offre à nous. Joshua s'éclipse dans une salle attenante. Il en revient quelques instants plus tard avec des bouteilles et des pochons de gâteaux. Marcus se jette sur les friandises et se sert un verre sans attendre. À peine a-t-il englouti une première gorgée qu'il ne peut réprimer une expression de dégoût.

— Eh oui, commente Joshua, tu devras t'en contenter. Les Sentinelles n'ont rien laissé dans la cave.

De l'eau ! Je m'en contenterai. J'apprécie le moment d'accalmie, n'ayant pas eu le temps de souffler depuis le départ du centre.

Après quelques minutes de repos, Joshua entame la séance :

— Maintenant qu'on est à l'abri des oreilles indiscrètes, on va pouvoir discuter ! Dis-moi, cousin, quelle est la vraie raison de ta venue ?

Steever pose son verre et annonce directement :

— On piste la Rég jusqu'à Alpha-Soli. Ils préparent un truc. As-tu entendu parler des Larmes ?

Sen prend la parole :

— Une patrouille de Sentinelles en a glissé quelques mots l'autre soir. Ils ont parlé d'une *source de pouvoir*… si ma mémoire est bonne.

— Et vous ne faites rien ? coupe Marcus. Vous restez là ? Tromblin est occupée ! Fichue ! Vous devriez rejoindre une cellule active d'Emendul. Des types comme vous peuvent se battre là où ça en vaut la peine !

— Il faut bien qu'une âme lutte encore contre la Rég entre ces murs. Tant que je serai en vie, je n'abandonnerai plus jamais les miens…

Je sens une grande émotion chez Joshua, dont les yeux brillent.

— Mieux que ça, ajoute Sen, on va les détruire de l'intérieur !

— Les détruire ?

— Les Sentinelles tomberont grâce au mouchard, précise Joshua.

Steever esquisse un léger sourire. Il sait où il veut en venir :

— Vous n'étiez donc pas dans ces tunnels par hasard ! Ça a fonctionné ?

Joshua acquiesce :

— On devrait pouvoir remonter la trajectoire précise de Tork. Partant de là, on aura des données fiables pour paramétrer l'intrusion définitive.

Je manque de m'étouffer. Non pas que les gâteaux au sésame, trop salés, m'assèchent la gorge — ils sont par ailleurs délicieux —, mais j'imagine la stupeur qui doit percuter le cerveau de Marcus à cet instant. Déjà que je n'y comprends pas grand-chose, le guerrier bourru doit réellement prendre son pied. Mais affalé sur la banquette, Marcus est occupé à reluquer Cléia et n'a pas l'air de s'inquiéter de la conversation. Tout va donc pour le mieux dans le meilleur des mondes.

— Et vous allez vous y prendre comment une fois le mouchard dans la place ? lance Marcus sans décrocher son regard de la Naïade.

Je manque de m'étouffer une seconde fois. Sa jugeote est plus affûtée qu'elle n'y paraît.

— Je vais vous montrer. Sen ! Active le moniteur !

— On traque en direct ?

— Envoie les données en cours de calcul. Si Alpha-Soli est le point d'origine, Tork doit déjà être arrivé là-bas.

Sen pianote sur un clavier qui déclenche l'ouverture de plusieurs trappes. Un écran géant plaqué sur un support sphérique descend du plafond et une paire d'enceintes surgit des murs latéraux. Une console à trois écrans sort du sol et se stabilise juste devant Joshua à mi-hauteur du salon.

— Un labo intégré ! s'écrie Cléia en jetant un regard glacial à Marcus qui feint l'absence involontaire.

— De dernière génération ! précise Sen, fier de susciter l'émoi parmi ses invités.

— Après son repli, Tork a commis l'erreur qu'on attendait. En embarquant précipitamment votre ami, il a oublié de le déspécialiser. Leurs traces ont fusionné lors du saut.

L'explication qui semble limpide pour Joshua n'en est pas moins confuse pour la majorité de l'auditoire. Aussi, il précise devant la circonspection générale :

— Le bâton de Sen ne décharge pas qu'une énergie offensive nourricière. Elle transfère aussi un code maison localisant.

— C'est grâce à ça que vous pouvez suivre les Dondres ?

— Généralement non. Leurs interfaces annihilent tout marquage.

— Une sécurité voulue par la Rég, coupe Sen.

— Si je comprends bien, intervient Marcus, vous comptiez sur la capture de l'un de nous pour que votre fichu plan fonctionne ?

Avant qu'il ne s'emporte, Steever pose une main sur l'épaule du guerrier et s'adresse à son cousin :

— Nous ne sommes pas les premiers, n'est-ce pas ?

Joshua opine avant de baisser la tête.

— Depuis la vague, plusieurs cellules de résistance ont vadrouillé jusqu'à Tromblin. Pensant que la ville était encore libre. Toutes sont tombées dans le même guet-apens.

— Le Bosquet Furieux ?

— Un piège idéal. Les Sentinelles sont au courant et laissent ceux qui connaissent l'endroit approcher…

— Pour mieux se faire attraper, coupe Steever d'un ton grave, mesurant sa responsabilité d'avoir conduit le groupe dans un traquenard.

Marcus soupire et s'avachit à nouveau :

— Au moins, son enlèvement n'aura pas été vain…

Puis, se ressaisissant soudain, il s'écrie :

— Mais vous pouvez le localiser ! Où est-il, maintenant ? Est-il encore en vie ?

Joshua se racle la gorge et reprend :

— On va voir ça ensemble, le temps que le moniteur chauffe…

Je campe sur l'idée étrange d'une canne ensorcelée intelligente. Comment un simple bout de bois a-t-il pu placer un traqueur sur Tommy ?

— Vous avez programmé un bâton ?

Joshua sourit.

— On a placé un programme spécial dans l'onde déchargée. Tork réabsorbe la structure d'une barrière dès qu'il la libère de son lien connectique. En percutant la surface entre-temps, on peut y injecter n'importe quel code. En théorie.

— Et c'est quoi cette histoire de spécialisation ?

— Déspécialisation, précise Sen. Un contrôle manuel qui retire toute spécificité au flux énergétique transmis à la cible d'un pont spatial.

— Pour faire simple, coupe Joshua, les Dondres réinitialisent leur enveloppe énergétique avant chaque saut. Même rétrograde. Ce qui évite les parasitages fluctuants.

Marcus se crispe.

— Parasitages…

— Les transferts d'énergie sont devenus légion lors des affrontements. Certains peuvent perturber les sauts.

— Jusqu'à entraîner la mort du sauteur, ajoute Sen.

— La mort ? Vous voulez dire que Tommy…

— J'ai le signal ! s'écrie Joshua.

L'écran géant s'allume et affiche une cartographie morcelée. Sur la gauche, on peut voir un double cercle représentant l'enceinte de Tromblin-Port. Je reconnais la route rocailleuse qui nous a conduits depuis Emendul. Un trait bleu sinueux part du bas du chemin pour venir percuter Tromblin en son centre, puis se perd vers le nord : la « belle Ilumi » de Steever. Mais ce qui attire mon attention est une ligne rouge en pointillé qui joint Tromblin-Port à une zone située plus à l'est, en bordure d'un haut relief.

— C'est Alpha-Soli, ça ? demande Marcus en montrant du doigt la terminaison de la ligne, qui s'arrête au-dessus d'un losange superposé à la frontière du massif.

Joshua met l'animation en pause et opère un zoom sur la zone concernée.

— Non, c'est le Passage. L'unique point d'entrée pour les Monts Dorés. S'il a emprunté cette voie, Tork est bien retourné à Alpha-Soli, ça ne fait aucun doute.

— La trace ne va pas plus loin ? interroge Steever.

— Au-delà, on perd le signal. L'endroit brouille les communications. Aucun mouchard ne peut outrepasser la sécurité.

— On trouvera un moyen, coupe Sen empli d'optimisme. Quand notre code sera au point, on pourra même localiser l'endroit exact où Tork prend son petit déjeuner, au centimètre près !

— Et à quoi ça vous servira ? demande Marcus agacé. Battez-vous au Demenrod, ce sera plus utile que faire mumuse avec des programmes informatiques !

Une fois de plus, Steever semble désespéré que son ami s'emporte si facilement. Joshua ne se démonte pas et continue à défendre son projet :

— Avec des données plus précises, on pourrait connaître l'emplacement des salles de contrôle et de Surcharge Connective. Peut-être même pirater le Berceau pour le retourner contre la Rég, et abattre la Haute Tour…

— Ça nous laisse un espoir de récupérer les connectés de force, ajoute Sen.

— Vous voulez dire que vous pourriez les débrancher… sans effet secondaire ? demande Cléia dont les yeux pétillent d'un intérêt soudain.

— Je n'ai pas dit ça, répond Sen.

— Connectés de force ?

Le concept sonne étrangement à mes oreilles. L'attitude de Cléia change comme si elle avait parlé trop vite, emportée par ses émotions. Je n'ai pas oublié sa confidence dans les ruelles de Tromblin-Port. Pourquoi a-t-elle caché ses véritables desseins à la résistance ? Cette mission qu'elle m'a avouée, en quoi consiste-t-elle ? Je dois l'isoler pour obtenir des réponses.

Marcus revient à la charge :

— Oui le bleu, pour une fois, on est d'accord ! Qu'est-ce que c'est encore que cette histoire ?

Joshua lance un regard à Steever qui lui répond par un hochement d'épaules.

— Vous ne savez donc pas ce qui se trame là-bas ? ajoute Joshua. La vague n'a pas uniquement inondé une partie de la vallée. Ce n'était qu'une réaction épidermique. Il s'est produit quelque chose de plus grave…

— L'Emprise, coupe Sen.

Steever réagit de manière épidermique lui aussi, et ouvre grand les yeux comme s'il s'était pris un coup de massue en plein abdomen.

— Impossible ! Ce n'est qu'une hypothèse farfelue, rien d'autre !

C'est bien la première fois que je le vois aussi décontenancé.

— On l'a appris en interceptant un communiqué en provenance d'Alpha-Soli la semaine dernière. Une fusion s'est bel et bien produite.

— Les Larmes ! s'écrie à nouveau Steever. Ça ne peut pas être une coïncidence !

— Ho messieurs ! Est-ce qu'on pourrait tous être dans la confidence ?

Marcus est au bord de l'explosion. Steever le bouscule :

— La connexion d'emprise ! Le rattachement de toute forme de vie au réseau ! Instantanément. Comme ça. Pouf !

Marcus grimace, raclant le moindre recoin de ses pensées, il cherche à associer les mots de son ami à un concept connu.

— Rappelle-toi le rapport de Tzos sur la Fédé. L'Emprise, Marcus ! Le contrôle total !

Soudain, la mine du guerrier s'éclaircit.

— Le projet volé il y a un an ? Ce décryptage foireux à peine audible ?

— Précisément ! Steever se tourne vers Joshua. Mais alors ça signifie… Ta femme…

Joshua baisse la tête.

— Elle était déjà perdue de toute façon…

— Si l'Emprise était réelle, on ne serait pas là à discuter, non ?

Marcus bâille si fort qu'il manque de tomber en arrière.

— Heureusement, elle n'a été que partielle, répond Sen. Il n'empêche, les connectés dans les tours ne reverront peut-être jamais le monde réel.

— Mais vous aviez dit pouvoir les débrancher ! lance Cléia.

— J'ai dit qu'on en gardait l'espoir. Sans ça, autant baisser les bras tout de suite !

— À vrai dire, coupe Joshua, la techno nous dépasse. Si ces fameuses Larmes sont en cause, nous devons en apprendre plus. De quoi sont-elles constituées ? Comment fonctionnent-elles ? Aujourd'hui on reste aveugles. Et pas à l'abri d'une nouvelle tentative qui aboutirait à un contrôle total cette fois !

— C'est la raison de notre venue, ajoute Steever. On a besoin plus que jamais de ton aide Josh. Ta connaissance des accès sur place. Toi seul peux nous infiltrer à Alpha-Soli. Toi et Sen, venez avec nous !

— Je ne retournerai pas là-bas. Plus jamais.

— Je comprends, ajoute Steever dans un soupir avant de se tourner vers Sen en quête d'un soutien qui ne vient pas.

— Joshua a besoin de moi. Mais on va vous aider.

— En nous guidant par radio ? ironise Marcus.

— Le signal ne franchirait pas le Passage… Sen marque une pause avant de poursuivre : vos artefacts. Je vais y intégrer les codes d'accès. Ça devrait marcher !

Les bâillements de Marcus sont de plus en plus appuyés. Joshua met fin à la projection. Les trappes avalent le matériel puis se referment en séquence.

— Il se fait tard, ponctue Joshua. Cette demeure n'offre pas le confort d'une auberge, mais vous pouvez y passer la nuit tranquille. Sen et moi vous apporterons ce qu'il nous reste de provisions dignes de ce nom.

— C'est là-haut que ça se passe ! ajoute Sen en se levant. Si vous voulez bien vous donner la peine.

Comme Cléia et Marcus, je ne me fais pas prier. Mes poignets sont douloureux, comme si les lanières des Dondres les pressaient encore. Seul Steever ne bouge pas, songeur et inquiet de ce qu'il vient d'entendre. Joshua sent le doute chez son cousin et se veut rassurant :

— À l'aube, tu sauras comment accéder au cœur de la ville. Je te dirai tout ce que je sais. S'ils n'ont pas changé le mécanisme, ce sera un jeu d'enfant !

— S'ils n'ont pas changé… ?

— Improbable. J'ai maintenu le système pendant des mois. J'ai eu le temps d'y voir l'investissement que ça représentait pour la Fédé. Peu de chance qu'ils aient tout refondu du jour au lendemain.

— Je te crois sur parole.

Steever lui adresse un sourire retenu mais n'a pas l'air convaincu, toujours choqué d'avoir appris pour l'Emprise. Il se lève pour nous rejoindre à l'entrée de la bibliothèque.

— Vous êtes prêts ? Je vous préviens, le sens arrière donne parfois la migraine…

— On sait, on sait, grogne Marcus.

Sen s'approche de la porte et y insère la clef en fer. Cette fois, le mouvement est inverse et la serrure paraît résister davantage. Les artefacts crépitent et l'aspiration rétrograde œuvre, nous propulsant au pied de l'escalier.

La planque de Joshua est spacieuse : deux chambres, un salon, une salle d'eau et un coin cuisine entourent le corridor de l'entrée. Plus qu'il en faut pour héberger une poignée de voyageurs imprudents. Marcus est le premier à désigner son emplacement pour la nuit en se jetant sur la banquette du salon comme un gros sac. Face au choix cornélien s'offrant au trio restant, Sen prend les devants et invite Cléia à disposer de l'une des chambres. Puis, s'adressant à Steever et à moi :

— Vous partagerez l'autre. Vous verrez, elle est royale. Pour ma part, j'ai encore du boulot. Je vous rappelle que je dois encoder une séquence d'accès. D'ailleurs, j'ai besoin de vos appareils, messieurs.

Sen s'éclipse après avoir récolté les dispositifs. Marcus semble à peine calculer la demande et lui tend machinalement son artefact avant de se retourner en grognant, comme à son habitude. Il est déjà loin. Sen repasse la tête à travers l'entrée du salon :

— J'oubliais ! La douche crachote et parfois l'eau chaude se coupe. Si ça arrive, relancez la chauffe en débranchant l'alim du générateur, attendez une minute et reconnectez-le. J'ai rempli le garde-manger si vous avez un creux. N'en abusez pas, nos réserves ne sont pas illimitées. Ciao !

Il redescend l'escalier au pas de course.

— Premier à la douche ! lance Steever avant de s'échapper par le corridor.

C'est l'occasion rêvée. Je dispose enfin d'une fenêtre de tir pour tenter d'en savoir plus sur Cléia. Je suis décidé à lui soutirer tout ce qu'elle cache derrière ses jolis yeux.

Je frappe doucement à la porte de sa chambre. La Naïade apparaît dans l'entrebâillement. Elle s'est défaite de son attirail de chasseresse et ne porte plus qu'une tenue composée d'une courte tunique aux reflets bleu marine sur un pantalon noir fin qui laisse entrevoir le bas de ses chevilles. Pour lier les deux, un large ruban gris en soie lui presse délicatement la taille. Comme je m'éternise sur sa silhouette avec maladresse, elle sourit :

— Entre.

Je m'exécute. La chambre est décorée d'une étagère à livres arborant des bougies consumées. Une douce lumière orange tamisée baigne la pièce. À l'opposé du coin lecture, une table de chevet en bois présente une lampe d'appoint dont l'abat-jour étouffe sous une fine couche de poussière. Cléia est assise sur un matelas aux draps froissés, surplombé de veilleuses. Au-dessus de la tête de lit torsadée, sur le mur tapissé d'un uni jaunâtre de mauvais goût, domine une peinture dans un cadre majestueux. La composition est digne des plus belles galeries du musée historique d'Emendul. Elle représente un soldat courant à pleines enjambées dans un espace rocailleux jonché d'armements abandonnés. À l'horizon, une cité en flammes à l'orée d'une forêt, témoin impuissant d'une destruction sur le point de l'anéantir. L'homme esseulé ne fuit pas le champ de bataille mais paraît au contraire s'élancer vers un but. Son regard est ferme et déterminé.

— Le courage, avance Cléia. C'est une allégorie du courage.

— Ah bon ? Et comment tu sais ça ?

— Parce que c'est écrit à côté, rétorque-t-elle en pouffant.

Une légende est inscrite à droite de l'œuvre sur un fin carré de métal cloué au cadre. Je m'approche pour vérifier :

Allégorie du courage.
Conquête du second souffle.
— Dimitri II le Spécifique.

Dimitri II le Spécifique ? Quel nom pompeux ! Les artistes du coin ont-ils tous un melon pareil ?

Cléia marque un point. J'accepte son invitation et m'assieds à ses côtés. La Naïade engage la conversation :

— Je te dois une explication.

— Qui es-tu ?

— Cléia. Celle que tu connais. Enfin, je ne t'ai jamais menti.

— Mais tu ne m'as pas tout dit !

Elle me saisit la main.

— Je suis persuadée que tu es quelqu'un de confiance. Toi seul peux savoir. Mais tu dois me jurer de ne rien dire aux autres, ils ne comprendraient pas…

Je la regarde dans les yeux avant de m'en détourner, l'air douteux.

— Promets-le-moi !

— Oui. OK. Ça restera entre nous.

Une promesse peu appuyée qui semble malgré tout rassurer la mystérieuse Naïade.

— Voilà, je suis… Dondre.

Je recule d'un bond au bord du lit. Si c'est une blague, ce n'est pas drôle du tout !

Devant ma réaction brutale, Cléia tente de reformuler :

— Attends ! Ce n'est pas ce que je veux dire… Enfin si, je suis Dondre mais pas comme tu le crois… on est du même côté !

Elle complote avec l'ennemi ! Une espionne. Voilà qui est Cléia, la beauté enfumeuse !

— Je sais que ce n'est pas facile à comprendre… mais tu es le seul à le savoir ici.

— Et c'est censé me rassurer ? Tu leur envoies des infos, c'est ça ? Voilà pourquoi Tork nous a attrapés si facilement !

— Non ! Je te jure que je n'y suis pour rien ! Écoute, Dondre ne veut pas dire que je suis le mal incarné. J'ai fait des choses pas franchement cool… mais ça n'a jamais été de gaieté de cœur !

— Ah oui ? Et… c'était bien toi à l'Éclipse, hein ? Pourquoi tu ne m'as rien dit après ? Tu nous espionnais au centre avec Marcus !

— Je t'ai sauvé la peau !

— Sauvé ?

— Tu as oublié River ? Le type a failli te démolir ! Si je n'étais pas intervenue…

— Qui me dit que ce n'était pas une ruse ?

Soudain, une pensée troublante m'envahit : mon souvenir de l'avant-vague à la fête des artificiers d'Emendul… se peut-il ? …

Comme si elle lisait dans mon esprit, Cléia répond à ce qu'elle devine me traverser la tête :

— Rassure-toi, je m'en suis sortie. Ce n'était qu'une connexion… mais les feux étaient mémorables !

Je reste médusé : c'est elle que j'ai tenté de sauver de la vague ! Je me souviens de la douceur de notre étreinte avant que la panique ne se répande sur la structure…

Oscillant entre gêne et colère, je balbutie :

— C'était… toi ?

— La Rég me commandait de me rapprocher de cibles choisies. Ce soir-là, j'ai rejoint ta connexion…

— Tu t'es donc jouée de moi !

— Ce n'est pas ce que tu crois !

Je me remémore à nouveau le baiser et décide de le chasser rapidement de mon esprit.

— Depuis quand tu apparais comme ça dans la connexion des gens ?

— Aurador.

— L'école ?

— Une couverture, ajoute Cléia d'un ton signifiant « ce que je dis est sérieux ». J'y ai subi des expériences, et depuis j'ai cette… faculté.

Ma colère redescend à mesure que Cléia m'oppose davantage de gravité.

— Des expériences ?

— Précisément. À cause de Gery Marchal.

— Raptor ?

— Il a mal tourné. Après avoir vendu son concept de Surcharge à la Fédé, il s'est mis à travailler pour eux, reniant la plupart de ses idéaux qui le rendaient… intéressant. Et quand je dis travailler, je ne parle pas d'un emploi de bureau au calme. Il était plutôt dans l'expérimentation… oui *l'expérimentation*, c'était ça son truc.

— Il était à Aurador lui aussi ?

— Oui. Au début, Raptor était modéré, mais il s'est radicalisé. Il m'a appris à me battre, à affûter mes sens. Tout ce qui me permet d'être encore vivante aujourd'hui, je le lui dois.

— Tu dis qu'il a changé ?

— À cause du pouvoir, et de l'argent. On ne refait pas les hommes.

Cléia marque une pause comme pour laisser passer un souvenir particulièrement douloureux.

— Sa violence est devenue sans limite. Seul le résultat de ses expériences comptait. Il a aidé la Rég à perfectionner le Berceau, et j'étais aux premières loges pour les tests.

— …

— On ne m'a pas laissé le choix ! C'est à cause de ma mère…

— Ta mère participe à tout ça ?

— Non ! … Enfin, si ! … Mais je ne savais pas qu'elle était impliquée. Juste qu'elle avait un poste important chez Avenir Tendance…

— Le développeur des applis connectées ?

— Une couverture aussi. En vrai, elle siégeait au conseil de la Fédé. Elle était Gourou. Je l'ai découvert quand la Rég a ordonné de séquestrer les dirigeants.

— La Rég ? Donner des ordres ? Ce n'est pas censé n'être qu'un programme ?

— Bien plus ! Une IA en apprentissage supervisée à la base. Mais elle est devenue autonome. C'est en rapport avec les Larmes…

Cléia en sait beaucoup sur les Larmes. Pourquoi n'a-t-elle rien confié à la résistance sur le sujet ?

— Que connais-tu des Larmes ?

Elle se lève et entrouvre la porte, vérifiant que personne ne risque de nous surprendre. La douche de Steever ne va pas durer éternellement. Après avoir refermé, Cléia revient sur ses pas.

— Avant d'être connectée de force, ma mère m'a parlé d'une source d'énergie dangereuse qui avait libéré la Rég. Les Larmes en sont la source. Une source qui n'a pas été fabriquée par des cerveaux de cette planète.

Devant mon regard interrogateur, elle ajoute :

— Je sais ! Ça a l'air complètement dingue !

Je veux lui demander si elle y croit vraiment, mais je me retiens pour ne pas risquer de la blesser. Peut-être que sa mère n'était pas dans son état normal et lui a raconté n'importe quoi sous influence… Comment peut-on croire un Gourou sur parole, de toute façon ?

— J'ai été envoyée en mission pour trouver des Dilueurs, reprend-elle. Je n'ai pas eu le choix, mais j'ai gardé mon libre arbitre !

— Des Dilueurs ?

— Des gens capables de décharger les Larmes pour en libérer l'énergie, on les surnomme ainsi.

La logique de ses explications m'échappe : c'est bien beau de s'être extraite du joug de la Rég, mais comment y est-elle parvenue ? Si c'était si simple, pourquoi plus de Dondres ne se sont-ils pas rebellés de leur condition d'esclave ? Je tente d'en savoir plus :

— Tu prétends ne plus répondre aux ordres de la Rég ?

— Les inoculés n'ont pas le choix… mais j'ai une interface malléable !

— Et ?

— En prenant le contrôle, la Rég a rattaché les Dondres inoculés à son commandement. Déjà interfacés, ils n'ont pas leur mot à dire et ne peuvent s'en affranchir !

— Mais… toi ?

— INO-3B malléable. Comme pour Tommy, cette version piratée me permet de court-circuiter le rattachement permanent au Réseau. J'ai mis un peu de temps à le comprendre mais, maintenant, la Rég me pense fidèle et dévouée alors qu'il n'en est rien. Tu peux me croire !

— Pourquoi tu me dis tout ça maintenant ?

— Je sais que je peux te faire confiance…

Devant mon regard qui traduit un « ça ne me suffit pas », elle ajoute :

— Tu es un Dilueur. Comme ton père.

— … Qu'est-ce que tu me chantes ?

— Ton père était un Protecteur, enfin, c'est ce que les Dondres racontent.

— *Protecteur ?* ... De quoi ?

— Je n'en sais rien ! Il s'est peut-être rendu compte de l'effet des Larmes et a décidé de les protéger ? Vu comme ça, ça me paraît plutôt une bonne idée, non ?

Je ne réponds pas, songeur. Les mots de River me reviennent en tête.

« *Fils du Protecteur* ».

Cléia poursuit :

— Tu n'es pas d'ici, Acteya. Je me suis juré de ne rien te dire, car je savais que la nouvelle t'affecterait… mais la Rég est allée trop loin, tu dois savoir. En développant le Réseau, la Fédé est entrée en contact avec un peuple extérieur qui a négocié sa venue en échange de bons procédés… tu es l'un d'eux.

— N'importe quoi ! C'est une ruse de la Rég pour t'embrouiller… et tu marches !

Cléia baisse la tête.

— Je savais que tu ne me croirais pas, mais ça ne fait rien. Les infos que je te donne viennent de ce que j'ai entendu sur le terrain et de ma mère…

— Et tu crois les idioties d'un Gourou sur parole ?

Cette fois, les mots sont sortis tous seuls. Je m'en aperçois trop tard et me sens mal, malgré le poids des inepties que j'entends de la bouche d'une Dondre clamant sa repentance.

— Le Gourou idiot s'appelle Laenaia.

La voix de Cléia s'est quelque peu éraillée. J'ajoute, embarrassé :

— Ce n'est pas ce que je voulais dire… Sais-tu où ils l'ont…

— Connectée ? Peu importe ! Elle n'en reviendra plus.

— Comment peux-tu en être sûre ? La connexion d'emprise…

— Les a tous rattachés de force.

J'imagine la scène, une vision d'horreur me traverse : les germes d'une connexion permanente habitaient déjà les porteurs d'interface INO-3B. Du pain bénit pour la Régulation qui a pu les réduire en esclaves sans le moindre effort.

— Excuse-moi, je ne voulais pas manquer de respect à ta mère. Mais… pourquoi Tommy ?

— C'est un Dilueur aussi. Je l'ignorais jusqu'à ce qu'ils nous scannent tout à l'heure.

— Dans ce cas, ils auraient dû m'emmener aussi. Ton raisonnement ne tient pas !

— Tu oublies les interfaces. Tommy a une INO-3B. L'inoculation agit particulièrement sur son organisme, qu'elle soit malléable ou non. Ce n'est pas le cas pour toi, je me trompe ?

— J'ai un cyclique.

— À l'ancienne ! s'amuse Cléia.

— Ça me suffit.

— Ça t'a surtout évité le pire ! Si Tommy n'a pas cédé au Berceau, ils l'ont sans doute rattaché à une connexion d'emprise jusqu'à ce qu'il craque pour de bon…

— Dans quel but ?

— Pour qu'il leur obéisse au doigt et à l'œil et les aide à décharger les Larmes.

— Tommy ignore qui il est ?

— Je n'en sais rien… On lui posera la question quand on l'aura sauvé.

— Tu crois qu'il reste un espoir ? …

— L'INO-3B malléable est résistante. Il faut empêcher que la Rég réunisse les Larmes. Une nouvelle décharge de cette énergie serait synonyme de fin du monde. Après ce qu'ils ont fait à ma mère, je refuse de me rendre sans combattre ! On entrera à Alpha-Soli, on trouvera Tommy et on le sortira de là !

Je suis surpris de sa détermination, mais elle a raison. La vague a tellement ravagé la surface qu'une seconde, de plus grande ampleur, ne sera pas supportable. Être rattaché au Réseau pour l'éternité ne m'enchante guère. Je dois me battre aussi. Mais avec quelles armes ? Une dague ne me permettra pas de sauver le monde de la folie connectique. Je ne suis pas le soldat courageux dépeint par « *Dimitri II L'égocentrique* » mais il faut essayer. Et puis, tant que Cléia est à mes côtés, que peut-il m'arriver ?

Le plancher du salon craque. Steever est de retour. Je me lève. Cléia me retient par le bras.

— Tu gardes ça pour toi, hein ?

J'acquiesce brièvement avant de me défaire de l'étreinte. Je dois réfléchir. Une alliée Dondre, une mère Gourou, une intervention extérieure, un concentré d'énergie annonçant la fin du monde, et puis quoi, moi dans cette histoire… un Dilueur ? Venu d'ailleurs ? Soit Cléia est complètement timbrée, soit la résistance va avoir du pain sur la planche.

Je me sens rattrapé par la fatigue. Après avoir quitté Cléia sans mot superflu, je tombe nez à nez avec Marcus qui tâtonne dans la pénombre.

— Alors, t'as concrétisé, le bleu ? Ne me dis pas que vous vous êtes quittés sans un bisou… Mmm… Mmm…

Le mime est répugnant. Je me détourne en direction de ma chambre, feignant de n'avoir rien entendu.

— Ouh ! Je ne sais pas ce qu'il se passe entre vous et je ne veux pas le savoir ! Mais ne viens pas pleurer sur l'épaule de tonton Marcus quand le vent tournera !

— Aucun risque.

Je referme la porte de ma chambre qui claque un peu trop fort. Steever, en train de nettoyer ses bottes, se retourne au son du fracas.

— Eh bien ! Encore une sortie remarquable de Marcus ?

Il est vrai que mon attitude est disproportionnée. Mais les révélations de la Naïade se bousculent dans ma tête. J'entreprends de me calmer. Cléia peut-elle me déstabiliser à ce point ? Une Dondre ! C'est une Dondre !

— Je suis… fatigué.

— Une bonne nuit de sommeil et il n'y paraîtra plus ! Soyons d'attaque pour demain. La partie est loin d'être gagnée.

— Et après ?

— Après ?

— Je veux dire, après Alpha-Soli, si on retrouve Tommy… quel est le projet ?

— Le *projet ?* Si ce que dit Joshua est vrai, la Rég ne s'arrêtera pas avant d'avoir déclenché l'Emprise totale. Elle en a après les Larmes, sans doute en grande partie la cause de ce merdier… Il va falloir les trouver avant eux ! Peut-être même les détruire… mais quoi qu'il en coûte, je me battrai jusqu'au bout. Que Koofa-Voli me donne sa force !

Je me saisis du sac que me tend Steever. Il contient du linge de toilette et du savon.

— Tiens ! Je suis sûr que ça te plaira !

Steever me donne une tenue composée d'un pantalon marron en toile légère et d'un sweat-shirt à capuche couleur crème sur lequel on peut lire l'inscription « *Delta fini* », rappelant la typographie du « *gros bêta* » dont je m'étais retrouvé affublé chez Jokin. Je ne comprends décidément rien à l'humour geek, mais les habits sentent bon la lessive et n'ont pas trop soufferts du voyage. Voilà qui me suffit amplement.

— Merci.

— Et à ton retour, ne claque pas la porte comme un bûcheron isféréen !

Ce soir-là, je prends l'une des meilleures douches de ma vie. Mes membres endoloris finissent par retrouver de la vigueur et, sous l'effet apaisant de la chaleur, je me mets soudainement à y voir plus clair : il est évident que je ne suis pas d'ici. Au fond, je l'ai toujours su.

14

Altération

Au petit matin, le salon ayant accueilli le lourd fessier de Marcus s'est métamorphosé. Quand j'y pénètre, les quatre hommes de la compagnie siègent autour d'une table qui a remplacé le canapé : un nouveau conseil s'est réuni. Seule Cléia manque à l'appel.

— Elle aussi a craqué ! me lance Marcus en balayant du regard sa chambre vide.

Steever me salue et me cède son fauteuil le temps d'apporter un tabouret depuis l'autre bout du salon. Le buffet matinal est déjà bien entamé et moins copieux qu'au centre clandestin.

— Cléia est sortie se balader et nous rejoindra tout à l'heure. Je l'ai déjà briefée. Sen, je te laisse le soin de répéter les consignes à nos invités.

Joshua se rassied et prend une poignée de fruits secs. Sen distribue nos artefacts. Les aiguilles ont été remplacées par des nouvelles, plus larges, légèrement inclinées. En y regardant de près, je remarque que l'écran a été renforcé par une pellicule transparente. Un blindage ? Le mécanisme est sensiblement plus lourd.

— Avec ça, vous êtes parés à passer les zones sécurisées les doigts dans le nez ! J'y ai ajouté une puce synchronisée sur la séquence des Accès Tournants. Une fois sur place, vous serez automatiquement identifiés sans problème.

Steever affiche un certain scepticisme :

— Je croyais que les Accès Tournants se réinitialisaient de manière aléatoire… Comment peut-on les pirater avec un simple artefact, dont le mécanisme est figé dans le marbre ?

— On entend dire que c'est aléatoire, mais il n'en est rien.

— Tu peux me croire, ajoute Joshua, les accès ont été implémentés au lancement du programme de sécurité de la Fédé. La protection est complexe mais suit un schéma déterminé. Sen et moi en avons décodé le noyau.

— Tu m'en diras tant ! Marcus s'amuse à jeter le dispositif en l'air plusieurs fois avant de le passer au poignet. La vache ! Il pèse, l'engin !

Sen reprend :

— J'ai vu que vous les aviez déjà modifiés. Un camouflage optique de grande qualité. Bravo ! Mais…

— Tu ne l'as pas endommagé, j'espère ?

En évoquant les travaux de Tommy, la susceptibilité de Marcus refait surface. Sen marche sur des braises.

— Non, rassure-toi, tu pourras toujours l'utiliser. Enfin, jusqu'au Passage…

— Quoi ? On devra se trimballer à poil dans la gueule du loup ?

Joshua tousse et reprend le fil :

— On a essayé de le faire cohabiter avec la mise à jour mais ça n'a pas marché… Dès que l'artefact entrera en synchronisation dans la zone de contrôle, vous serez à découvert. Le camouflage ne pourra être réactivé qu'une heure après dans le meilleur des cas. C'est la durée minimale nécessaire aux artefacts pour se réinitialiser. Si on avait plus de temps, on pourrait réaliser d'autres tests…

— Mais on n'en a pas, coupe Steever. Merci à vous deux pour votre aide dans cette affaire. Franchir le Passage nous permettra d'atteindre Alpha-Soli sans encombre, du moins je l'espère ! Pour en revenir, ce sera sans doute une autre paire de manches… On improvisera, c'est à ça qu'on est doués ! N'est-ce pas, Marcus ?

Le guerrier grogne avant de croquer dans un morceau de galette, soufflant des miettes partout sur la table.

— Je vais vous conduire au Transporteur, ajoute Joshua. Sen nous couvrira d'ici, au cas où les Sentinelles s'exciteraient un peu trop.

— Le Transporteur ?

— La navette reliant Tromblin à l'entrée des Monts Dorés. Ouverte au public, mais extrêmement surveillée. Je connais un moyen d'entrer à bord sans se faire repérer.

Marcus frappe la table des deux poings :

— Allons-y ! J'ai faim de Dondres ! Puis il se lève d'un bond en équipant son sac, y accroche sa hache et prend la direction du corridor.

Sur ces mots non contredits, Steever et moi regagnons notre chambre et réunissons nos affaires. Sen nous souhaite bonne chance avant de se retrancher au sous-sol.

Dehors, Cléia nous attend, assise sur les vestiges d'un ancien puits scellé. Elle est déjà prête et joue avec sa mèche, pensive.

— Suivez-moi et restez discrets ! Il est encore tôt, mais les Sentinelles ne connaissent pas les grasses matinées.

Joshua descend la ruelle qui nous a conduits la veille jusqu'à l'appartement. Nous sommes sur nos gardes, silencieux, concentrés.

Après avoir dévalé plusieurs centaines de mètres en direction du centre-ville, nous arrivons sur un long quai bifurquant à l'est, qui se prolonge à perte de vue.

— Ilumi ! Elle traverse ici ! Steever paraît reprendre quelques couleurs.

— On va la suivre jusqu'à la porte extérieure. Le Transporteur se trouve de l'autre côté.

Inquiet, je sors de mon silence :

— C'est moi où les rues…

Joshua lève la main pour interrompre la progression du groupe.

— Sont vides ? anticipe-t-il.

Je hoche la tête en guise d'approbation. Tous paraissent étonnés. Marcus ne peut s'empêcher de réagir :

— Qu'est-ce que tu nous chantes, le bleu ? Ça grouille par ici !

Je ne comprends pas la remarque. Depuis notre départ, nous avons croisé trois ou quatre badauds au maximum et le quai brumeux devant nous ne semble accueillir âme qui vive.

Joshua sort de son calme :

— Bon sang ! Vous ne m'avez pas dit qu'Acteya était du monde extérieur !

Cléia et moi nous échangeons un regard paniqué.

— Eh merde. J'ai pensé à tout sauf à ce cas de figure… Joshua se tourne vers moi et me pose la main sur l'épaule avant d'ajouter : ils t'ont eu.

Je déglutis.

— Bon, on a quitté le repère depuis moins de… hum, disons… dix minutes… Il nous en reste donc une vingtaine avant le scellement… Dépêchons !

Je panique :

— Le… scellement ?

— Tu bascules peu à peu dans une réalité alternative. Bientôt, on aura tous disparu et tu seras seul. Les Sentinelles viendront t'y cueillir. Mais on ne va pas les laisser faire !

— Qu'est-ce que c'est encore que ce charabia ? peste Marcus.

Joshua coupe court à la discussion :

— On causera en route. Ne traînons pas !

Nous hâtons le pas en longeant un parc studieux, bordé de massifs fleuris, coincé entre deux groupes de maisonnettes. Devant la circonspection générale, Joshua précise :

— Les allées et venues de Tork nous ont apporté leur lot d'informations. On a appris qu'une négociation avait eu lieu entre la Fédé et un monde extérieur avant que tout ne dégénère.

— Avant la vague ?

— Bien avant. Sen a enquêté là-dessus, mais ses recherches n'ont pas donné grand-chose.

— Dans quel but ?

— Aucune idée, mais ça vient du Réseau. Sa croissance a ouvert une brèche vers un *ailleurs*, un système connectique plus étendu…

Une douleur violente me transperce le crâne. Je trébuche et me prends la tête entre les mains. Cléia et Marcus se précipitent à mes côtés. Steever et Joshua aux avant-postes reviennent sur leurs pas.

— Qu'est-ce qui se passe ? demande Cléia, tentant en vain de me consoler alors que je souffre le martyre.

— Une décharge fragmentaire ! s'exclame Joshua. J'ai déjà vu ça quand les Sentinelles ont déployé les pièges d'altération pour la première fois.

Puis, s'adressant à Steever :

— C'est là que j'ai compris que le monde extérieur n'est pas un mythe. Des étrangers vivent parmi nous depuis des années, et on n'a rien vu venir !

Je tente de me relever. La douleur s'estompe puis revient par salves, comme des coups de poignard. Je m'agenouille à nouveau.

— Qu'est-ce qu'on peut faire ?

— Sortir de la zone d'influence au plus vite, avant que ça empire ! On doit à tout prix l'éloigner du routeur !

Joshua me prodigue quelques conseils :

— Écoute-moi bien, Acteya. Tu dois lutter de toutes tes forces. Bientôt, on va disparaître un à un, mais ce ne sera pas fini ! Quoi qu'il arrive, dirige-toi toujours vers l'est. Ne t'arrête pas. Quand on aura atteint le Transporteur, ton mal de crâne sera de l'histoire ancienne et tu quitteras l'Altération pour de bon. Rappelle-toi. Vers l'est. Quoi qu'il arrive…

15

La Traque

La migraine s'est enfin évanouie. Je suis seul. Mes compagnons ont disparu. Autour, la ville baigne dans une brume épaisse. Des volutes tourbillonnantes s'élèvent à la surface de la rivière, assombrie par les émanations lugubres. Un vent léger provoque des clapotis qui sonnent dans une atmosphère fraîche et humide. Je me répète les derniers mots de Joshua : « Vers l'est. Quoi qu'il arrive… » L'est, en ligne droite devant moi. Pas d'obstacle en vue. Un cap qui ne devrait pas être trop ardu à tenir. Sans tergiverser davantage, je me dirige vers le pont le plus proche. Un silence de mort rôde. L'angoisse de ne jamais réchapper de l'Altération surgit en moi. Et si je restais bloqué dans cette réalité alternative pour toujours ?

En arrivant au niveau de l'embranchement du pont, plusieurs sifflements retentissent. Entrecoupés de crissements et chuchotements quasi imperceptibles tout d'abord, les signaux se transforment. Ils s'amplifient et se répétent. Je m'arrête net. Sur la rive opposée, un homme chancelant semble convulser. La brume s'écarte et découvre deux autres individus, recroquevillés et tremblants eux aussi. La vision est terrifiante. Je reste figé, pris aux tripes par ce spectacle horrifique. Ces créatures sont-elles les fameuses Sentinelles ? Se jetteront-elles sur moi si je bouge ? Leur immobilisme laisse penser qu'elles ne m'ont pas encore vu.

Un nouveau sifflement, plus proche cette fois, fend le néant. Je tourne la tête vers le croisement des ruelles adjacentes, à ma gauche. Dissimulé dans la pénombre, un homme est adossé à un mur, les bras croisés. Ses yeux rayonnant d'un bleu surnaturel me fixent sans ciller. Il porte une combinaison près du corps, laissant deviner une musculature affûtée. Bien qu'il n'ait pas l'air armé, le soldat arbore un sifflet aux reflets argentés. Le dispositif entoure son cou et revient sur le devant, dressé sur une sorte de pince qui place l'objet à portée de souffle.

Une vibration, je sursaute. L'artefact s'est allumé et émet une série de *bips*. Le cadran affiche un message :

Cours !
Sen.

Comment Sen peut-il me contacter dans l'Altération ?

Le siffleur sort de sa réserve et s'avance d'un pas sûr. Je décide de ne pas prendre racine et pique un sprint vers l'est. Je n'ose regarder par-dessus mon épaule avant d'avoir atteint un deuxième pont, quelques centaines de mètres plus loin. Des coups de sifflet plus marqués retentissent. Un tremblement secoue la berge et le pont ondule sous l'effet d'une force qui le piétine. Je ralentis l'allure pour reprendre mon souffle et vois avec effroi les trois créatures fondre sur moi. Les muscles saillants, à pleines enjambées, comme des bêtes affamées et enragées.

Pas le temps de cogiter. Je m'élance à nouveau, vers le nord cette fois, laissant le pont démoniaque derrière. Joshua m'a dit de ne pas changer de trajectoire, mais c'est un cas de force majeure. Je dois semer la vermine dans les ruelles. Je n'ai pas le choix. Ma connaissance des lieux étant nulle, il me reste à miser sur ma capacité d'improvisation et la chance. Mon artefact bipe à nouveau :

Qu'est-ce que tu fous ?

Je sens la présence du siffleur. Derrière moi, des grincements ou grognements, je ne sais plus très bien. Les créatures suivent ma trace et n'ont pas l'air de faiblir.

Bifurquant en sortie de ruelle, je manque au passage de me vautrer dans un caniveau jonché d'ordures et découvre un monument imposant, bordé de colonnes. Accolé à l'une d'elles, un menu hangar dont le toit forme un clocher. Redoublant d'efforts avant que mon cœur ne finisse par éclater, je contourne l'endroit et m'y réfugie par une fente découpée dans l'entrée arrière de la chapelle.

Je reprends enfin son souffle. J'attends, scrutant la rue en contrebas en espérant que mes poursuivants passent leur chemin.

Reste là, je vais les distraire.
À mon signal, vers quai sud.
Ensuite, à la porte !

Les distraire ? Comment Sen peut-il les distraire ? Lui qui opère depuis une cave distante de plusieurs kilomètres ! Et il n'est même pas dans cette réalité !

Je patiente depuis déjà deux longues minutes sans distinguer le moindre signe du siffleur ou de son bestiaire. Ne donnant pas beaucoup de crédit au message de Sen, je déplace délicatement la planche disposée pour me barricader et entreprends de dégager la voie. À peine ai-je mis un pied dehors que mon traqueur reparaît, seul, posté à quelques mètres de la planque. Je me replie discrètement dans l'ombre en retenant mes gestes pour ne pas attirer l'attention et me prends à espérer que Sen me vienne en aide. La frontière de Tromblin n'est pas loin, mais si ce que Joshua m'a dit se vérifie, je n'ai plus beaucoup de temps avant de rester à jamais prisonnier de cet enfer. Et après ? Même si j'atteins l'objectif, comment vais-je sortir de là ? Un frisson se propage en moi. Qu'est-il advenu de mon corps dans le monde réel ? Joshua et les autres me voient-ils toujours à l'agonie ?

Un flash venu de nulle part illumine la pénombre citadine. Le siffleur s'agenouille et pousse un hurlement. Ses yeux défaillent, leur éclat bleu faiblissant dans des clignotements continus avant de s'éteindre.

Entrées-sorties brouillées. Go !

Sen est-il derrière tout ça ? L'Altération est une sorte de programme après tout. Il est peut-être parvenu à pirater la bête…

Je sors de ma cachette et me faufile derrière le malheureux qui tâtonne, hagard, au milieu de la ruelle. Je rejoins la rivière au pas de course. Des picotements me parcourent l'échine. De nouveaux flashs bouleversent l'Altération. Les premiers sont particulièrement gênants et éblouissants, puis l'intensité lumineuse s'estompe rapidement. Mais à mesure qu'elles se répètent, les perturbations deviennent de plus en plus appuyées. L'une d'elles finit par m'étourdir. Je glisse sur la chaussée et tombe à l'eau. Par chance, le dénivelé entre le bord du quai et la surface d'Ilumi n'est pas très élevé. Je parviens à me hisser hors de la rivière avec le peu de force qu'il me reste dans les bras. Dans ma chute, j'ai cru apercevoir un changement dans l'univers, mais je n'en suis pas sûr. Peut-être est-ce le fruit de mon imagination. Le début d'une emprise définitive de l'Altération qui me joue des tours. La sensation de picotements s'amplifie et ne s'interrompt plus. En me redressant, trempé de la tête aux pieds, je vois une grande porte en face. J'y suis !

L'univers autour de moi crépite et se meut en une somme de formes indicibles. Un dernier flash puissant, puis Tromblin-Port s'anime à nouveau. Les ombres noyées se multiplient et deviennent silhouettes. Au bout de quelques instants d'errance dans les ténèbres, les formes humanoïdes se transforment en visages familiers.

Cléia est penchée au-dessus de moi et me tient dans ses bras. Son parfum est délicieux : une odeur de peau naturelle, douce et chaude, accompagnée de quelques notes vanillées. Marcus et Steever sont assis sur de grandes marches qui conduisent à un bâtiment recouvert d'épaisses vitres en verre. Le premier s'étire bruyamment en scrutant l'horizon, le second consulte une carte. Joshua n'est pas avec eux. J'ai l'impression d'émerger d'un douloureux cauchemar :

— Han !

Marcus finit de grogner et se retourne :

— Tu l'as dit, petit ! C'était moins une !

— Te revoilà ! ajoute Steever.

— Où est… Joshua ?

— En repérage. Il sera de retour d'une minute à l'autrc.

Je me redresse du banc aménagé avec quelques linges en guise de lit et me défais de l'étreinte de Cléia. Un frisson inattendu me surprend : tout chez elle respire l'évidence. Pas de charme fugace, lisse, inodore que chacun peut développer moyennant quelques efforts sur sa condition. Mais une imperfection agréable, apaisante. Une complémentarité bienveillante et excitante à la fois.

— Le voilà !

Joshua descend les marches en grande pompe, suivi de près par Marcus. Sa joie est immense de me voir sain et sauf. Steever s'approche de moi :

— Je t'avais promis qu'on ne te lâcherait pas, tu es de la famille maintenant !

— Sen, il…

— T'as bien aidé, n'est-ce pas ? coupe Joshua. Sans lui, les Sentinelles te cuisineraient à l'heure qu'il est !

— Ce type… aux yeux bleus… le siffleur…

— Un Pilote d'Aliénés ? Eh ben, ils n'y sont pas allés de main morte !

— Un quoi ?

— Pilote d'Aliénés, répète Joshua. Des Sentinelles féroces. Des chasseurs psychopathes. Mais trop sûr d'eux, ça les perd en combat rapproché !

— Comment ça ?

— Les Sentinelles sont des têtes brûlées. Certaines font du zèle et vont plus loin que les ordres de la Rég en prennant plaisir à asservir des connectés. Si tu as vu un Pilote d'Aliénés là-dedans, c'est que la Rég a de sérieux soupçons sur Tromblin. Ces types ne sont pas envoyés pour camper n'importe où !

— Il pilotait… trois créatures. Elles me poursuivaient…

— Grâce aux sifflets ! s'exclame Joshua. C'est donc vrai, ils ont réussi à porter un Contrôle Mental dans une Altération… Ils sont allés trop loin !

— Contrôle Mental ? Le même principe que la Dilution ?

— Dans les deux cas, tu deviens un légume…

Steever s'adresse à moi :

— Comment te sens-tu ?

— J'ai du mal… je suis vraiment de retour ?

— L'effet de la transition, ajoute-t-il. Ça va passer. Tu es resté longtemps là-dedans. Il faut que tes sens retrouvent leurs repères. Tu peux remercier

Sen ! Grâce aux modifications de ton artefact, il a pu te localiser sans problème et identifier le point faible du piège.

— J'étais dedans depuis…

— En principe, tu aurais dû y rester. Mais Sen a réussi à allonger in extremis la durée de la période d'empreinte. Ce qui nous a laissé le temps d'atteindre la gare. Tu lui en dois une !

— Les picotements…

— Vont passer aussi. Entre nous, je n'ai vu personne en réchapper sans séquelles… Ton organisme doit-être des plus coriaces !

— Content de te revoir, l'ami ! s'époumone Marcus. Et si on allait détruire de la Dondresse mal famée ! On décolle ?

L'attention cordiale du guerrier contraste avec sa propension habituelle à la raillerie crasseuse : il est donc capable de mixer les deux.

Je m'appuie sur Steever pour me relever. Cléia m'aide également. Je me sens mieux. Les picotements ne sont presque plus perceptibles et, même si le souvenir glaçant du siffleur me tourmente encore, je suis soulagé de retrouver mes amis. Je leur dois la vie.

La gare est un vaste espace recouvert d'un dôme géant. On dirait que toutes les espèces esoliennes y ont trouvé refuge : Tromblinois côtoient guerriers et Ficelles dans des salles afférentes à de larges quais, dont les extrémités sont dotées de longs coussins gonflables. Le regard de Marcus se perd en direction d'un groupe de Naïades qui gloussent en commentant les allées et venues d'un couple atypique.

L'homme à l'origine des quolibets ne résiste pas à l'attente de l'embarquement. Il remet sans cesse en place ses lunettes rondes, en secouant sa tête de bambin, animée de tics qui expriment une anxiété non dissimulée. Sa compagne, affligée, redouble d'efforts pour le convaincre de stopper son manège. Mais c'est peine perdue : il ne l'écoute pas et gesticule encore plus à la moindre de ses invectives. Il bouscule une Ficelle dans son agitation. Une dispute éclate. Comme si le tableau n'était pas suffisamment dramatique, la femme s'en mêle en tirant son homme par le bras et en lui hurlant dessus. Un agent doit intervenir pour les séparer. Quel joyeux spectacle !

La face interne du dôme de la gare est presque entièrement recouverte de publicités à la gloire de la connexion, ventant les qualités des interfaces dernier cri et des applications sensorielles nouvelle génération. Mais l'annonce la plus remarquable est celle d'Avenir Tendance : on y voit une composition de captures d'écrans, issues de leurs programmes les plus célèbres. L'affiche surplombe un message censé émoustiller le consommateur :

D'un univers à l'autre sans changer de connexion. La continuité connectique !
Vous en avez rêvé ? Avenir Tendance l'a fait !
Bientôt disponible dans vos salles habituelles.

Une mention, plus petite, est inscrite en dessous :

Accès exceptionnel à la bêta ouverte pour les détenteurs d'une INO-4B conductive.

Joshua désigne un engin volant en approche :

— Là-bas, le quai numéro trois !

Le transport avance au ralenti dans un tube en verre géant s'échappant de la gare par le hall.

— Voilà votre navette ! reprend Joshua.

— Allons-y ! s'écrie Marcus, qui s'ennuie déjà de la faune locale.

— Minute ! coupe Steever. C'est trop facile… Josh, tu ne nous as pas dit qu'il y aurait des Sentinelles ?

— On a de la chance aujourd'hui, ils sont à la maintenance du routeur. Les effectifs de contrôle sont réduits, mais on entrera quand même par les couloirs d'alimentation, par précaution. La voie est libre, dépêchons ! La navette ne va pas rester à quai longtemps.

Joshua nous entraîne au sud de la gare, longeant des conteneurs et un poste d'aiguillage. Il nous fait pénétrer dans un couloir de maintenance caché dans la pénombre tout en vérifiant que personne ne nous observe. De là, un escalier mène à un sombre pont souterrain qui débouche sous le train volant. En levant la main, je touche les rails gravitationnels encore tiédis par leur récent arrimage. Une crasse noirâtre les recouvre.

— Marcus, tu veux bien ?

Le plus en muscles de la compagnie s'exécute et ouvre le sas en actionnant un levier en forme de demi-lune, soudé à la paroi.

Une fois que nous sommes tous entrés, Joshua recule d'un pas et se poste au seuil de la navette.

— Ma route s'achève ici.

Puis il s'adresse à Steever :

— Rien ne pourra t'arrêter ! Fais-leur en baver, tu veux ?

Steever salue généreusement son cousin et lui promet des retrouvailles festives. Une fois le sas refermé, il soupire :

— On y est pour de bon.

Marcus se veut rassurant :

— Et on va réussir ! Malheur aux Dondres qui oseront se mettre en travers !

Cléia imite le guerrier :

— Tant qu'il me restera un souffle, mes flèches pleuvront sur l'ennemi. Jusqu'au bout !

J'apprécie l'élan solidaire en essuyant le restant de suie qui me recouvre les mains, puis conclus sans enthousiasme :

— Dimitri II le Spécifique n'avait pas tort, il va nous en falloir du courage.

16

Arthur Clim

Nous nous entassons dans un espace resserré à l'arrière de la navette, servant à stocker toute sorte de matériel. Des coffres remplis de clefs, marteaux, burins et ferraille en tous genres. Une échelle pliable, un escabeau et des restes de mécanismes obscurs en passe d'être jetés ou recyclés.

La pièce débouche sur une vaste soute, alimentée aux quatre coins par une ouverture qui permet à un tapis roulant de circuler. Dessus, des bagages soigneusement étiquetés glissent en quête d'un emplacement libre. Un système de détecteurs valide le rangement de chaque attirail dans l'espace disponible le plus proche. Après un temps d'analyse, si les dimensions ne correspondent pas, celui-ci reprend sa route jusqu'à la découverte du créneau optimal. Seul inconvénient : les détecteurs fonctionnent grâce à un lourd dispositif de caméras et de système de pesées quadrillant l'endroit. Impossible d'atteindre la porte opposée sans se faire repérer en perturbant le processus.

— Il vaudrait mieux que nous restions ici le temps du voyage, déclare Steever ayant pris la mesure du danger.

Au même moment, le sol se met à vibrer. La navette décolle juste après que les tapis roulants se sont repliés et les ouvertures refermées. Je m'attendais à mener une partie de cache-cache avec le personnel de bord, mais il n'en est rien.

— On peut se servir du camouflage, non ? Allons botter le cul fripé des Dondres touristiques en première !

Steever coupe court à l'excitation de son ami :

— Non ! Ne prenons pas le risque d'être découverts avant d'avoir atteint les Monts Dorés. L'enjeu est trop important.

Puis il ajoute en soupirant :

— Je sais que ça te démange…

Marcus se renfrogne sagement. Pas sûr qu'il ait réagi de la même manière si la remarque était venue de moi ou Cléia.

Nous avons quitté le quai numéro trois depuis déjà deux heures. Bien qu'aucune ouverture ne permette d'évaluer à quelle hauteur nous évoluons, j'imagine la navette transpercer les nuages, coussins flotteurs déployés, filant à pleine vitesse dans un tunnel de verre géant. Je ne me souviens pas avoir eu vent d'un projet de transport aérien si complexe. La Fédération a dû accélérer ses recherches, à moins que cet essor ne soit le fruit de l'émancipation soudaine de la Régulation. En tant qu'IA dématérialisée, elle doit être étonnemment puissante pour réaliser un tel chantier en si peu de temps.

Pendant que Marcus s'occupe à affûter sa hache et que Cléia joue avec sa mèche rebelle, Steever tente de répondre à mes interrogations. Il tire la plupart des informations de son cousin avec qui il a tenu une grande discussion le matin même, à propos des nouvelles orientations stratégiques de la Régulation. Joshua les a interceptées de son espionnage à distance et des contacts qu'il a gardés de l'époque où il travaillait encore pour l'ennemi. L'évolution des transports en fait partie. J'apprends que ce que je croyais être un tuyau de verre continu est un chemin aéroporté, défini par une sorte d'inflexion gravitationnelle contrôlée. Le verre n'est qu'un guide physique utilisé pour les entrées et sorties en gare. Entre les deux, rien de plus qu'un auto-guidage atmosphérique des plus classiques. Les Dondres ont rendu possible le déploiement de chemins aériens en usant de routeurs à édification temporaires. Une fois la translation de flux figée dans l'espace, ces derniers sont retirés pour servir ailleurs à créer un nouveau chemin ou une extension connectique au sol.

Soudain, une secousse. Puis une seconde, plus prononcée encore. La troisième est suivie d'une décélération perceptible.

— On arrive ! s'écrie Steever. Venez, que je vous explique.

Marcus range son arme au tranchant irréprochable et Cléia recoiffe sa mèche entortillée avant de nous rejoindre dans le sas, à l'entrée de la soute.

— Je vais vous répéter ce que Josh m'a dit ce matin. On va devoir redoubler de vigilance.

Le moteur gronde toujours mais le train, sifflant, est désormais presque à l'arrêt.

— À partir de maintenant, on doit enclencher nos artefacts en mode invisibilité. On va donc se perdre de vue et on ne pourra plus communiquer. Regardez bien et n'oubliez pas un mot de ce que je vais vous dire.

Steever expose un plan gribouillé à la main :

— Nous sommes ici, explique-t-il en pointant du doigt un petit carré sous lequel est écrit « *Gare de la HT ouest* ». Trois sorties à cette gare, mais seule l'une d'elles présente un défaut que l'on va exploiter. Celle-ci, au nord, est en maintenance à cause d'une détection magnétique défectueuse. Oubliez les deux autres. Même invisibles, on se ferait prendre.

— Comment ça ? lance Marcus.

— A cause des détecteurs de poids. Et pas de ceux qu'on peut enjamber facilement, même avec de l'élan. Ils quadrillent la zone sur une dizaine de mètres. Impossible de passer par les côtés.

— Et au nord alors ? Pas de détecteurs ?

— C'est notre chance. La gare est construite sur un terrain en pente qui n'a pas permis la mise en place des détecteurs de ce côté. La contrepartie, c'est que les Dondres y sont plus nombreux…

— Ton cousin est bien renseigné ! raille Marcus.

Steever ne relève pas et poursuit :

— Une fois dehors, on atteindra le grand hall. C'est de là que les intrus sont jetés dans le vide extérieur. C'est aussi de là qu'on accédera au Passage.

— Et qu'on perdra le camouflage, coupe Cléia.

Steever acquiesce.

— Croisons les doigts pour que Sen n'ait pas fait n'importe quoi avec les artefacts. Ici, et là — il montre deux lignes parallèles sur le plan —, les Accès Tournants. C'est à l'intérieur que tout se joue…

— Et qu'est-ce qui nous attend *à l'intérieur* ?

— Aucune idée.

— Tu n'as pas mieux que ça ?

Comme Steever ne répond pas, mesurant lui-même l'inconnu dans lequel il va plonger, Marcus enchaîne :

— Ton cousin nous envoie au casse-pipe ! Génial !

Steever sort de sa torpeur passagère :

— Si Josh a raison et que Sen a fait du bon boulot, nos artefacts réagiront aux Accès. Avec suffisamment d'anticipation pour nous indiquer comment les franchir.

— Attends, attends l'ami. Tu ne sais vraiment pas à quoi ça ressemble dedans ?

Steever range le plan sans répondre.

— Quoi ? s'emporte Marcus. Joshua a récuré l'endroit pendant des années et ne t'a rien dit du tout ? Ça nous fait une belle jambe d'avoir un artefact boosté à la camelote tromblinoise, si on ne sait pas comment s'en servir !

Steever paraît gêné :

— Tout ce que je sais c'est que Sen a… codé une séquence qui produit des… effets par...

mimétisme… oui, c'est ça… lorsque l'artefact se trouve près des Accès. En vrai, même lui ne sait pas…

— Comment ça, il ne sait pas ?

— Super… soupire Cléia, dépitée à son tour.

— La séquence est branchée sur les écrans des artefacts qui devraient afficher des instructions quand on y sera…

Puis, baissant la tête, il ajoute :

— C'est ma faute, je suis désolé, j'aurais dû vous en parler avant, mais je ne voulais pas que la mission avorte. Sen et Josh n'ont aucun intérêt à nous envoyer au charbon, je leur fais entièrement confiance !

— J'espère que ton Koofa-Voli nous appuiera de là-haut, sinon on finira par rôtir dans le barbeuc des Dondres avant minuit !

Marcus, agacé, envoie valser un caisson du pied et ajoute dans un ultime cri de rage :

— Putain de mission suicide !

— Joshua a été agent de maintenance ? demande Cléia. Il a dû vivre la traversée des Accès…

— Ils n'existaient pas encore à l'époque. Si ça peut vous rassurer — Steever lance un regard en coin à Marcus qui ne tient pas en place —, la séquence qu'ils ont décodée a été captée il y a moins d'une semaine, après une dernière révision de sécurité du Passage. L'info est fraîche.

J'additionne mes craintes à celles de l'équipe :

— Qui passe par ces Accès, d'habitude ? Ça a l'air bien risqué…

— Seulement une poignée d'agents habilités, avec des invités plus ou moins triés sur le volet.

Depuis que la Rég a pris le contrôle, Alpha-Soli et ses environs vivent coupés du reste du monde.

— Et si on n'arrive pas à traverser ?

Marcus semble avoir accepté l'idée de ne peut-être pas survivre aux prochaines heures.

— Désintégrés.

Le guerrier fait les gros yeux.

— Je sais, c'est violent, mais il paraît que c'est indolore.

— Joyeux. Bon ! Et si par miracle on se retrouve tous les quatre de l'autre côté, qu'est-ce qui nous attend ensuite ?

— Le cœur des Monts Dorés. À partir de là, on devra marcher jusqu'à la Haute Tour en Alpha-Soli. La route sera difficile, un vrai bourbier. Les Dondres y seront sans doute en nombre et armés. Ils ne nous feront pas de cadeau.

— La Haute Tour ?

— Le QG de la Fédé. Le siège de la Rég aujourd'hui et des infos qu'on cherche sur les Larmes. Tommy doit se trouver là-bas.

— Le chemin est encore long ! s'écrie Marcus en s'étirant. En tout cas, ça a été un plaisir de vous connaître, messieurs dames !

Le guerrier doit être bipolaire, tant il était capable d'entrer en furie l'espace d'un instant, avant d'ironiser sur la situation la minute suivante. Une façon comme une autre de dédramatiser une mort certaine, après tout.

Les grondements du moteur cessent. La navette s'arrête pour de bon.

— Dans les Monts Dorés, des tunnels courent le long des flancs. Prenez à l'est. On se rejoindra près du premier poste de surveillance. Josh m'a parlé d'un ancien plan de culture en friche. L'endroit est bâché sur toute la longueur. Ce sera notre point de rendez-vous. Bonne chance !

Steever active son camouflage et commence à disparaître. Il ajoute ces derniers mots avant de se fondre totalement dans le décor :

— Ne traînez pas !

La porte du sas s'ouvre comme par magie puis des bruits de pas de plus en plus lointains. Marcus active son artefact :

— On se revoit de l'autre côté, les jeunes !

Pendant que le guerrier s'éloigne, je m'approche de Cléia :

— Je m'excuse d'avoir réagi comme ça hier soir, je…

Elle pose un doigt sur ma bouche.

— Je ne t'en veux pas. Je sais ce que ça coûte d'apprendre qu'on n'est pas celui qu'on croit être… On en reparle plus tard.

Puis, elle franchit le sas avant d'enclencher son artefact et de s'évaporer à son tour.

Je me retrouve seul, hésitant. Dehors s'étend un monde hostile inédit. Mais je me suis engagé dans la résistance et ne renoncerai pas maintenant. Je suis allé trop loin pour abandonner. La curiosité est définitivement un vilain défaut. Une motivation supplémentaire me pousse à agir : les réponses sur mon identité sont peut-être enfouies là-bas, dans la Haute Tour, et il n'y a qu'une façon de le savoir… Et puis, il y a Tommy. S'il est encore vivant, je le trouverai.

L'artefact enclenché crépite et vibre de manière inhabituelle avant de s'éteindre. Je tapote l'écran à plusieurs reprises, défais l'appareil de mon poignet, l'inspecte, le remets en tentant de l'activer une fois encore. Rien. L'engin a rendu l'âme. Il ne manquait plus que ça.

— Est-ce que je peux vous aider ? Monsieur ?

Un homme chauve, la cinquantaine, vêtu d'une veste bleue sur laquelle on peut lire « *Philippe Dumont — Entretien Secteur J-2* » vient de franchir le sas à ma rencontre.

— … Philippe Dumont. Tout va bien, merci. Je… on m'a chargé d'inspecter le… stock. J'allais finir…

Pris de cours, je balbutie et ne dégage pas une crédibilité exemplaire. L'homme paraît suspicieux :

— Dans cette tenue ?

Le sweat à capuche n'appartient pas au vestiaire habituel d'un inspecteur du rail. J'aurais dû m'en douter avant d'ouvrir la bouche.

Soudain, les yeux de l'agent s'écarquillent :

— Mes excuses ! J'ignorais que la *section Delta* était en reconnaissance aujourd'hui ! Si vous avez besoin de quoi que ce soit, je suis à l'aiguillage.

Puis il repart en coup de vent.

Intérieurement, je me fends d'un rire nerveux à la compréhension de l'improbable situation qui vient de me sauver la mise : plus fort que le camouflage optique, le « Delta fini » ! L'inscription sur mon sweat, à moitié masquée par mon sac, n'affiche que le mot « *Delta* ». Par chance, il doit s'agir d'un grade d'importance au sein du service !

J'enjambe la marche du sas. Sur ma droite, le quai s'étend en longueur et remonte vers un escalier donnant sur le hall principal. De là, je devrais pouvoir accéder à la sortie nord. Mais comment vais-je pouvoir passer incognito, sans camouflage ?

Ma rencontre fortuite me donne une idée. Je m'élance vers le bureau d'aiguillage, en prenant bien soin de ne laisser paraître que le « *Delta* » salvateur. Philippe Dumont et moi allons avoir une petite conversation. Sur une partie du quai peu animée, je rattrape l'agent au moment où il regagne son poste. J'accélère le pas pour me placer juste derrière lui, puis annonce d'une voix autoritaire :

— Monsieur Dumont, j'ai besoin que vous me rendiez un petit service.

— Philippe, je vous prie, entre collègues ! Je vous écoute, monsieur…

— A… Arthur… Clim…

Quel nom débile ! Tu n'as rien trouvé de mieux Acteya ?

— Une anomalie à signaler ?

— Du tout. Disons que… ça me gêne de vous demander ça, Philippe. Voyez-vous, ce matin, en prenant mon service, j'ai oublié d'emporter une tenue de rechange. Et j'ai une réunion importante dans moins d'une heure. Si je m'y rends accoutré de la sorte, je crains de faire grincer quelques dents. Vous savez à quel point les patrons sont pointilleux…

— Vous êtes nouveau ici ! (Je me décompose intérieurement.) Tenez, voici la clef du vestiaire, prenez ce qu'il vous faut. Mais rapportez-moi le tout demain, sans faute !

Je souffle.

— Merci Philippe, vous me sauvez la vie ! C'est noté, demain, sans faute.

— Derrière, sur votre droite.

Je pénètre dans un vestibule étroit.

— Quand vous aurez fini, ressortez par la porte du fond. Je dois fermer le poste d'accueil.

Je remercie mon nouvel ami avant qu'il ne prenne congé. À l'intérieur du vestiaire, l'odeur est étouffante. Pas une seule grille d'aération. J'essaie de faire abstraction des effluves d'air vicié et finis par trouver un interrupteur qui enclenche l'allumage d'une rangée de néons blancs soudés au plafond. Sous mes yeux apparaît un contraste saisissant : d'un côté, sur un long banc, un tas difforme de vêtements salis par des journées de travail intensif à reluquer le rail en long, en large, en travers. De l'autre, une dizaine de tenues repassées et pliées, prêtes à l'emploi.

Je n'ai pas osé aller jusqu'à demander l'équipement capable de me soustraire aux contrôles, de peur que la question n'éveille les soupçons du bon Philippe. Aussi, je prends le temps d'étudier chacun des uniformes en quête d'un indice, si minime soit-il : les panoplies vont du bleu de travail à l'ensemble veste anthracite, chemise blanche et souliers cirés. J'ai besoin d'une tenue discrète pour me fondre dans la masse. Et si je me trompais ? Les gens d'ici ont peut-être l'habitude de se vêtir de haillons ?

L'étagère servant de présentoir aux habits dissimule un tiroir. Il est rempli d'un vrac d'étiquettes et de badges. Je l'ouvre entièrement et découvre des piles de cartons rectangulaires. Certains porte-noms affichent encore celui de leur ancien propriétaire, sur fond de motifs indiquant des services qui ne m'évoquent rien. Deux d'entre eux portent la marque « *Philippe Dumont* » qui, en plus d'être responsable de l'entretien du « *Secteur J-2* », conduit une « *Navette intérieure du Rond-point* » quand il ne s'attelle pas à effectuer des « *Mesures de parallélisme sol-air* ». Bingo ! Je trouve ce que je cherche : un carton vierge porteur du précieux sésame « *Agent de recherche — Section Delta* ». J'inscris « *Arthur Clim* » au-dessus de mon nouveau titre puis me retourne vers les tenues. Mis à part le bleu de travail, seule une veste en coton épais, couleur kaki et bardée de poches, dispose d'un emplacement pour un badge aux bonnes dimensions. Un accoutrement parfait pour un agent de recherche ! Je trouve un pantalon assorti. En revanche, côté chaussures, aucune paire ne me correspond. Tant pis ! Mes baskets feront l'affaire. J'abandonne mes propres vêtements sur le tas de linge puant et m'échappe des lieux.

L'issue indiquée par Philippe donne sur une petite cour. J'adopte un pas décidé pour ne rien laisser entrevoir de ma vraie identité. Cheminant le long d'un hangar, je croise des regards qui ne me prêtent pas trop d'attention, validant le camouflage Arthur Clim. J'ose même demander la direction du poste de contrôle nord à un garde en patrouille. Sans se faire prier, il m'indique l'endroit dans la seconde, me saluant au passage après avoir jeté un coup d'œil à mon badge. On ne plaisante pas avec la section Delta !

Je suis surpris de voir tant de civils se presser parmi les voyageurs. Une faune locale presque en tous points similaire à celle de Tromblin-Port, à ceci près que l'ambiance est différente : le décor, déjà, est moins charmant que la voûte animée tromblinoise. D'épais murs froids bordent la gare. Ni affiche ni écriteau n'indique un chemin à suivre ou promeut un quelconque événement. Le plafond de l'édifice est lugubre, participant à l'obscurité générale que tentent de percer des lampadaires disposés le long des quais et dessinant les axes intérieurs.

Je me fraye un chemin jusqu'à une petite place centrale. Là, sont ancrés au sol des bancs ordonnés en cercles concentriques. Au milieu, une statue de marbre représente un homme vaillant au corps athlétique, recouvert d'un bermuda plissé et d'une veste criante de réalisme. Le regard du personnage est fier, dirigé droit devant, vers l'horizon. Il est figé en plein élan, un chapeau à ruban dans la main droite et un bâton dans la main gauche. Je m'approche pour étudier la sculpture de plus près. Une inscription est gravée à sa base : « *Trevor l'aventurier* ».

Je ne m'éternise pas. Mieux vaut ne pas être pris pour un touriste. Je laisse derrière moi les bancs chargés de voyageurs. En suivant les lampadaires, je trouve enfin la sortie indiquée par Steever. Un frisson me monte dans le dos : devant moi, deux gardes armés de masses télescopiques portent grenades et menottes à la ceinture, le brassard de la Fédération en évidence. Mais c'est un troisième larron qui me glace le cœur : le regard bleu vif, parcourant la file de prétendants au Passage, guettant le moindre signe suspect. Prêt à porter son sifflet aux lèvres dès la première incartade… Une Sentinelle ! Ici !

Seule bonne nouvelle au tableau : aucun signe des aliénés à l'horizon. En quoi peut bien lui servir un sifflet sans bestiaire à rameuter ?

Aucune trace non plus de Steever, Cléia ou Marcus. Ils doivent déjà être partis. Comment ont-ils pu franchir ce dispositif de sécurité ?

Je remarque un espace entre les barrières positionnées, pour limiter le passage, et les gardes postés de chaque côté. Ils ont dû se faufiler par ici. Forcément, avec un camouflage en état de marche, ce doit être un jeu d'enfant !

En m'approchant de la file d'attente, je fais une halte à proximité d'un kiosque à journaux. De là, je ne vois aucun moyen de franchir le Passage sain et sauf. Les gardes ne seront pas dupes et finiront par comprendre qu'il n'existe aucun « Arthur Clim » dans la section Delta. Je serai alors précipité dans le monde extérieur. À moins qu'ils ne découvrent mes origines et me proposent un traitement pire encore…

— Hey, toi ! Là… avec… la… veste… verte !

La voix entrecoupée provient de nulle part, comme diffusée à partir d'une sono mal réglée. Je balaye les alentours du regard sans en trouver la source, m'attardant sur une Ficelle qui s'interroge en retour sur mon attitude de chien perdu. Une jeune fille manque de me percuter en courant vers son père qui fait la queue pour le Passage.

— Psst ! Ici !

Juste sous mon nez, un journal s'élève à un bon mètre du sol. Soudain, je suis happé par une force invisible, qui me bascule vers l'arrière de la boutique et me plaque contre le mur adjacent. Cléia perd son camouflage et sort des ténèbres.

— C'est moi ! lance-t-elle joyeusement. Je me doutais qu'il se passait un truc. Tu mettais trop de temps !

— Où sont les autres ?

— De l'autre côté des Accès à l'heure qu'il est. Et toi ? Qu'est-ce que tu fabriques dans cette… tenue ?

— L'artefact ne fonctionne plus. J'ai dû trouver autre chose.

— *A.R.T.H.U.R C.L.I.M*, épelle-t-elle en lisant mon badge.

Puis elle ajoute en pouffant :

— Clim ? Tu n'as pas trouvé mieux que ça ?

— Je ne vois pas ce qu'il y a de drôle.

— T'en fais pas, on va passer ensemble !

Cléia m'attire dans le prolongement du kiosque jusqu'à la file d'attente.

— Sans camouflage ?

— On va utiliser le mien.

— À deux, ça peut marcher ?

— Pas totalement mais ça devrait suffire.

— Comment ça, *pas totalement* ?

— L'artefact n'est pas assez puissant pour rendre invisibles nos deux corps en intégralité.

Puis, saisissant fermement ma main, elle ajoute :

— Surtout, ne me lâche pas !

Cléia active le dispositif, elle disparaît jusqu'aux cuisses. Ses jambes élancées restent bien visibles.

Je vois mes bras se fondre dans le décor, puis mon buste. Le camouflage progresse jusqu'à ma taille avant de s'arrêter net, dans les mêmes proportions que pour ma coéquipière. Génial. Deux paires de jambes dans la nature. Quoi de plus discret ?

Au-delà de notre cache, la file d'attente toujours si dense et les deux gorilles de la Fédération. Par chance, la Sentinelle est occupée avec un prétendant au Passage récalcitrant, agacé par la durée interminable des contrôles.

— Maintenant !

Cléia m'attire vers les barrières. Nous prenons garde de maintenir nos membres à découvert sous le champ de vision de la milice. Pendant que les Dondres fouillent un couple de Ficelles, nous nous faufilons dans leur dos.

Le Passage est composé d'un large corridor débouchant sur une salle gigantesque. Deux autres accès mènent des visiteurs au compte-gouttes. Nous nous trouvons à l'endroit où les contrôles en gare se rejoignent. La différence d'ambiance est flagrante : le brouhaha a cessé. Dans cette salle, peu d'élus.

— Cet endroit…

— Conduit au cœur des Monts Dorés, coupe Cléia. Les Accès sont juste là !

La Naïade pointe du doigt des sas circulaires qui s'activent automatiquement à notre approche. On dirait les ouvertures des *Mondes Ouverts du Tétarando*, un programme qui me revient subitement en mémoire. La simulation place le connecté dans le rôle d'un commandant devant ponctionner les ressources de l'univers avant qu'un ennemi des plus agressif — les Zborgs — ne détruise son vaisseau collecteur. L'engin regorge de sas similaires que le joueur peut décider de sceller, dès lors qu'il souhaite confiner les Zborgs à un secteur précis pour les mettre en quarantaine et éviter qu'ils ne propagent leur folie destructrice. Peut-être que *Les Mondes Ouverts du Tétarando* a inspiré le design des Accès. À moins que ce ne soit l'inverse.

— Quoi qu'il arrive, Acteya, promets-moi d'aller au bout.

— Qu'est-ce que tu racontes ?

— Si on s'en sort, n'abandonne jamais ! La Rég ne doit pas gagner. Tu devras trouver un moyen de la détruire.

— Détruire la Rég ? Je ne sais même pas à quoi elle ressemble ! Si elle peut renverser la Fédé et contrôler les Sentinelles, je ne crois pas qu'on fasse le poids…

— Ne dis pas ça ! Et puis, tu ignores encore tout de tes capacités…

— Comme celle de lever le petit doigt pour anéantir ce que la Fédé a mis des décennies à construire ?

L'ironie comme ligne de défense. Cléia hoche la tête, dépitée, l'air de dire « espèce d'idiot ».

— La traversée risque d'être délicate. Ne me quitte pas d'une semelle !

Déjà que je ne sais pas à quelle sauce je vais être mangé dans cet ersatz de vaisseau tétarandien, voilà qu'un nouveau handicap vient s'ajouter à l'équation en la personne de Cléia. Sans elle, je n'aurais eu aucune chance de passer, mais j'angoisse à l'idée de perdre le contact ou, pire, la voir pulvérisée dans les Accès… La désintégration dont parlait Steever est-elle si instantanée et indolore ?

Je me souviens que mon vaisseau collecteur était souvent colonisé par les Zborgs sur son aile est. De là où je me trouve, si la grande salle est située à l'endroit du poste de pilotage, l'ennemi doit établir ses quartiers derrière le sas de gauche, attendant qu'on libère l'accès aux commandes du vaisseau.

— Passons à droite !

Cléia est surprise d'un allant si impromptu mais ne bronche pas. Le sas s'ouvre dès que nous atteignons une marque au sol indiquant : « *Accès aux Monts Dorés — Strictement interdit hors habilitation spéciale.* »

Je déglutis un peu trop bruyamment. Cléia me serre fermement la main.

— Tant qu'on reste ensemble, rien ne peut nous arriver.

Le sas se referme derrière nous, dans un râle de caoutchouc crissant sous des gémissements étouffés.

17

La Solution Zborg

L'intérieur est définitivement d'un autre temps : un tunnel se déroule dans le prolongement du sas, vers les profondeurs de ce qui ressemble comme deux gouttes d'eau à un couloir du vaisseau collecteur. Nous avons à peine avancé d'un pas sur le sol poussiéreux et froid que Cléia sursaute.

— Regarde !

Son artefact s'est allumé. Je me penche sur son bras pour tenter d'en comprendre la signification. Après une longue vibration, le cadran central pivote pour laisser place à un écran digital inédit. Une mise à jour de Sen sans doute.

L'écran présente une grille à la façon d'un jeu d'échecs. Sur le damier, un point rouge clignote, accolé à l'une des extrémités. De l'autre côté du plateau, un petit cercle lumineux lui rend la pareille. Des lignes épaisses joignent deux cases au milieu. Phénomène surprenant, ces liaisons se déplacent aléatoirement, disparaissant de temps en temps pour ressurgir entre deux nouvelles cases un peu plus loin. Parfois, une ligne change d'aspect et crée une sorte de *case en trop,* puis fusionne avec une forme géométrique adjacente, la faisant grossir temporairement. Dès que la tumeur ainsi constituée est assez imposante, elle se scinde en plusieurs morceaux, pour donner naissance à de nouvelles cases de surfaces égales, ce qui assure au damier une structure stable.

— C'est une carte ! s'écrie Cléia. Le point rouge, c'est nous !

— Et le cercle lumineux ?

— La sortie ?

— Le chemin entre les deux n'est pas clair…

— On dirait que le terrain change en permanence.

— Qu'est-ce que ça veut dire ?

— On ne va pas tarder à le savoir.

Cléia désigne le tunnel s'affaissant à quelques mètres devant nous.

— Si on est le point rouge, reprend-elle, la première case se trouve là, en bas.

Nous avançons jusqu'au bord de la descente qui n'augure rien de bon : une échelle, collée à même la paroi de ce qui semble être un précipice sans fond. Impossible d'aller plus loin sans devoir plonger dans l'abîme.

— Je passe devant, annonce Cléia.

Je la retiens avant qu'elle ne s'engage sur l'échelle. Cléia s'arrête, un pied déjà posé sur le premier barreau et lève les yeux vers moi :

— Tu vois un autre moyen ? Une fois en bas, on fera un point sur la carte.

Pas convaincu, je relâche mon étreinte et regarde la Naïade s'enfoncer dans les ténèbres.

En bas, le sol est plus froid qu'à l'entrée du labyrinthe. J'hume un air sec. Celui d'une climatisation tournant à plein régime. Dès le premier pas, la pièce s'éclaire d'un coup. La luminosité change si brusquement que je mets une bonne minute à m'habituer. Je me trouve toujours au cœur du vaisseau de mon souvenir. Une paroi métallique forme un passage vers un mur grillagé, arraché à sa base par endroits. Un quartier zborg !

Mauvaise nouvelle : dans la simulation, les grilles arrachées étaient souvent synonymes de quarantaine rompue. Le signal précédait généralement la fin de la partie, l'ennemi étant parvenu à s'extraire du confinement pour porter un coup fatal au vaisseau.

Je prends peur. Pas tant pour le danger que représentent des Zborgs fictifs en liberté, mais pour un constat plus glaçant encore : je suis seul. Aucun signe de Cléia. Où est-elle ? Tombée sur un piège invisible ? Emportée par un Zborg enragé ?

La panique me submerge.

— Cléia ! Cléia !

Pas de réponse. Un silence de mort règne, contrastant avec la force déchirante qui a tordu le grillage. *Réfléchis. Elle était juste là, devant toi. Elle n'a pas pu disparaître comme par magie. Il y a forcément un indice...* Mis à part l'échelle et le mur grillagé, la pièce semble hermétique. L'éclairage puissant provient d'une ligne de néons incrustés dans la partie haute des parois, à la manière d'une frise. Au-dessus, une ouverture de quelques centimètres fait également le tour de la pièce, propulsant cet air trop sec. Je dois me trouver sur la première case du damier.

Je scrute la terre tamisée au sol : aucune trace de pas en dehors des miens. Comment est-ce possible ? Seule explication logique : la Naïade n'a jamais mis les pieds ici et a atterri *ailleurs*. Ces Accès ne sont peut-être pas qualifiés de « tournants » par hasard… Je me rappelle les mots de Steever : *« Nos artefacts réagiront aux Accès. Avec suffisamment d'anticipation pour nous indiquer comment les franchir »*. Voilà qui prend tout son sens : Cléia est arrivée ici avant moi. Le temps que je la rejoigne, la configuration des lieux a changé, l'obligeant à suivre les indications de son artefact. Elle n'a probablement pas eu le choix. Mais alors, comment vais-je trouver la sortie, maintenant ? Les jointures mouvantes sont-elles des chemins sûrs ou, au contraire, des pièges mortels ?

Je dois me rendre à l'évidence : la seule issue se trouve derrière ce grillage. J'espère juste ne pas tomber sur un précipice sans fond ou une créature infernale. En approchant de la zone délicate, j'observe le métal tordu qui paraît comme arraché du sol par une force démesurée. La grille ne peut se soulever davantage et je dois la franchir en rampant, en prenant garde de ne pas y laisser un bras ou une jambe.

La partie suivante du vaisseau est plongée dans un épais brouillard. Une poix humide sinistre. Le bruit de fond de la climatisation a disparu. L'atmosphère étouffante ne souffre plus ici d'aucun renouvellement. J'avance en tâtonnant, au bord de la nausée, et m'aperçois que l'endroit n'est pas carré, comme la représentation cartographique des lieux prévue par l'artefact le présageait. Je me trouve dans un long couloir infini, plongé dans une pénombre inquiétante. Les rangées de néons puissants d'*avant-la-grille* ont laissé place à de fines bandelettes lumineuses, dont la plupart crépitent, agonisantes.

Soudain, la terre se met à trembler. Je suis projeté au sol. Le vaisseau tétarandien bascule dans un bruit de tonnerre. Le tunnel opaque se redresse dangereusement. En moins d'une minute, le plan s'incline de près de quarante-cinq degrés. Je tente de m'agripper à la moindre prise, mais ne trouve rien pour éviter l'inéluctable et dévale le couloir en sens inverse. Mes pieds décollent du sol, accélérant ma chute. J'ai le réflexe de contracter mes muscles à temps, mimant une position fœtale qui me permet d'atténuer l'impact. Je percute de plein fouet la grille que j'avais laissée derrière moi et qui se situe désormais à l'horizontale en dessous. La bascule du vaisseau s'arrête. Par chance, je suis indemne, mais mes jambes souffrent. Je me relève à la force des bras et observe un phénomène étonnant : le retournement du vaisseau a causé une rétractation et une déformation de l'espace. Désormais, le couloir interminable forme une voûte au-dessus de ma tête. Sous la grille suspendue, supportant difficilement mon poids, je découvre avec horreur que de l'eau innonde rapidement la pièce.

J'essaie de me maintenir immobile pour éviter que la grille, qui grince péniblement, ne cède. Je lève les yeux à la recherche d'une issue.

— Acteya ! Par ici !

Une mèche folle apparaît dans une ouverture située à mi-hauteur entre ma position et le haut de la voûte. Cléia me tend une corde.

— Attrape ! Vite !

Que fait-elle ici ? Théoriquement, elle devrait mener son propre chemin aléatoire dans les Accès Tournants. A-t-elle trouvé un moyen de braver la mécanique ? En tout cas, elle tombe à pic !

À bout de forces, je saisis la corde et me hisse en râlant. L'eau me frôle déjà les pieds et continue d'engloutir le vaisseau tétarandien à grande vitesse. La présence inopinée de Cléia et surtout le désir ardent de ne pas finir noyé au milieu de nulle part, me permettent de retrouver la force nécessaire pour grimper. Je donne tout ce qu'il me reste pour me glisser dans le trou de souris abritant ma bonne étoile. Un ultime effort après lequel je m'effondre, le souffle coupé. Cléia referme hermétiquement le tunnel métallique pour que l'eau ne nous atteigne pas, ajoutant en regardant son artefact :

— Plus que quelques secondes avant la réinitialisation, ça va encore secouer !

— Qu'est-ce que tu fais là ?

— Tu ne t'attendais pas à me recroiser de sitôt, hein ? Disons que je t'ai retrouvé au bon moment ! J'ai été prise au piège ici lors de la dernière bascule. Par chance, le destin nous rapproche quand il faut.

— Le destin ? À d'autres ! Quand on est entré là-dedans, je croyais…

— Qu'on allait paisiblement traverser main dans la main ?

— Mais si on peut s'y retrouver, ça veut dire qu'on peut croiser d'autres types paumés ?

— À croire que les Accès ne sont pas si aléatoires que ça.

Cléia marque une pause, reluquant le cadran à son poignet.

— On est sacrément veinards ! Regarde !

Je me rapproche et rejoins son constat, acquiesçant avec une moue partagée entre étonnement et soulagement. Sur le damier, le point rouge indiquant notre position n'est plus qu'à une encablure du point lumineux de l'hypothétique sortie. Les jointures entre les cases continuent à se mouvoir de façon désordonnée, mais le phénomène ralentit. Près de l'endroit où nous nous trouvons, les embranchements vers les cases adjacentes sont moins nombreux. L'une d'elles réduit à vue d'œil et a presque entièrement disparu pendant que sa voisine grossit dans la recomposition du damier. Cette dernière crée un nouveau chemin vers le point lumineux qui oscille de bas en haut dans un mouvement continu.

— C'est notre sortie !

Cléia me tire par le bras et m'entraîne dans un sprint vers l'autre extrémité du tunnel. À peine remis de mon ascension, je peine à suivre le rythme imposé par la Naïade et dois puiser dans des ressources cachées pour ne pas lui céder trop de terrain.

— Plus vite ! On ne doit pas la rater !

Cléia déboule contre une trappe marquant la fin du parcours, qui commence à s'élever. Le vaisseau rebascule ! Plus que quelques mètres… Je m'agrippe à Cléia avant que l'endroit ne devienne trop penché et me précipite en arrière vers la zone noyée. Un rebord nous permet d'éviter temporairement la dégringolade. Derrière nous, le tunnel ne présente pas la moindre aspérité. Une chute à cet instant aurait la fâcheuse conséquence de nous briser les os.

— Elle ne s'ouvre pas !

Cléia lutte frénétiquement. À mesure que le tunnel pivote, la trappe se surélève davantage, rendant les tentatives de la Naïade de plus en plus vaines. Bientôt, nous serons entraînés dans une chute terrible.

Soudain, un déclic.

— Ça y est ! s'écrie Cléia en poussant la trappe d'un coup sec.

Je m'agenouille et me demande par quelle magie je résiste.

— Sur mon dos ! Grimpe !

L'un de mes pieds commence à glisser et je dois m'employer à le maintenir sur le rebord qui présente une inclinaison inquiétante. Je suis au bord de la rupture et ne tiendrai plus très longtemps. Cléia escalade mes épaules et parvient à se hisser à travers l'ouverture.

— Acteya !

Cette fois, mes pieds lâchent pour de bon. Le rebord cède et explose en plusieurs morceaux. Dans un ultime élan réflexe, je lève la main en direction de Cléia, mais mon geste manque d'appui et ne me propulse pas assez haut… C'est alors qu'une poigne ferme et gantée m'attrape et m'attire en dehors du précipice. Il était moins une !

Je suis assis, les jambes ballantes à travers l'ouverture qui surplombe désormais le tunnel figé à la verticale. En relevant la tête, je reconnais la mine familière d'un grand gaillard.

— Marcus !

Je lui saute au cou, les larmes aux yeux.

— Ça va petit… mais il était moins une !

Je veux le remercier, mais encore sonné et sous le choc, les mots ne sortent pas.

— Ne t'en fais pas, reprend Marcus, tu me paieras une mousse quand on se sera tirés d'ici !

J'en tremble. J'ai failli mourir deux fois en l'espace de quelques minutes et, coup sur coup, mes amis m'ont sauvé de justesse. Me remettant à peine de mes émotions, je découvre stupéfait la dernière case du damier : une sorte de plate-forme de pierres en demi-cercle. Chose étonnante, elle n'est pas rattachée par le sol mais *flotte* dans un espace sans horizon : aussi haut ou aussi bas que se porte mon regard, je ne vois qu'un précipice infini. De l'autre côté du vide, en face, un voile translucide balaye de long en large une zone d'une centaine de mètres.

— Le point lumineux !

— Grrr ! peste Marcus en tapotant son artefact. Saleté de camelote ! Non ! Non ! Pas ça ! Pas maintenant !

— Le mien aussi, ajoute Cléia. Plus aucun signal.

— Il va m'entendre, le Sen, si on se recroise un jour ! Pour débiter du jargon technique, il y a du monde ! Mais pour pondre un truc opérationnel…

— Ça nous a quand même amenés jusqu'ici !

— Oui et ça prépare le café aussi ! En attendant, ça ne nous dit pas comment on se débrouille pour sauter jusque là-bas ! Même si on trouve un moyen de rejoindre cette satanée fenêtre, comment savoir si on ne sera pas désintégrés au passage ?

— Attendez !

Je revis une sensation similaire, comme un air de déjà-vu. Le souvenir est troublé, mais je le sais sans me l'expliquer : la réponse se trouve dans les *Mondes Oubliés du Tétarando*. C'est ça ! La seule façon pour un Zborg de s'échapper de la zone de quarantaine : le *saut aveugle !* C'est clair à présent : je n'incarne pas le commandant du vaisseau, mais un Zborg ! Dans la simulation, l'unique issue possible pour une créature prisonnière est de parvenir à s'affranchir de la peur — ce qui n'arrive jamais en réalité, puisque les Zborgs se révèlent être de vraies poules mouillées une fois capturés. C'est un biais scénaristique connu des joueurs qui ne se privent pas de l'exploiter pour remporter plus facilement la victoire, car un Zborg captif l'est de manière définitive ! Mais alors, dans cette situation, comment m'en sortir ? Si Steever n'a pas succombé aux bascules et a atteint ce point avant nous, il a dû trouver une solution sans connaître forcément l'expérience tétarandienne… À moins que la configuration des lieux ait été pour lui différente… Peut-être qu'il n'en a pas réchappé… *Trêve de spéculation Acteya ! Sors-toi cette idée de la tête, réfléchis !*

Face à moi, la fenêtre translucide semble déboucher sur un *extérieur*. Le cœur des Monts Dorés est à portée d'un saut surhumain. Le mouvement de va-et-vient, de moins en moins prononcé, converge en un point central. Je décide de prendre mon courage à deux mains :

— Vous me faites confiance ?

— Qu'est-ce que…

Marcus paraît étonné de la question.

— Est-ce que OUI ou NON vous me faites confiance ?

Cléia, plongée dans une intense réflexion, lève les yeux vers moi et sent que je ne plaisante pas.

Un vrombissement secoue la plate-forme. Elle se rétracte sous nos pieds. Si nous ne trouvons pas une solution rapidement, nous sommes fichus !

— Écoutez, je sais que ça va vous paraître dingue, mais je sais comment sortir d'ici.

— Le bleu, je suis tout ouïe !

— Tenez-vous à moi !

Cléia est la première à saisir ma main, sans hésitation. Marcus n'est pas si confiant :

— Euh, je sais qu'on est sur le point de crever mais c'est quoi ton plan, mon gars ? Ne me dis pas que…

Il s'interrompt tout seul. Plongeant son regard dans le mien. S'ensuit un de ces instants suspendus dont aucun mot ne saurait enrichir la compréhension. Comme si le côté critique de l'action l'obligeait à me prendre au sérieux, pour une fois. Il me saisit la main à son tour.

Je respire un grand coup tandis que le demi-cercle au sol ne forme plus qu'une bande rocheuse de quelques mètres :
— Quoi qu'il arrive, n'ayez pas peur.

Je saute dans le vide en direction de la fenêtre qui vient tout juste de se stabiliser, entraînant Cléia et Marcus avec moi. Défiant les lois de la gravité, nos corps sont projetés en avant et transpercent le voile lumineux qui se rétracte instantanément derrière nous.

18

Retrouvailles

La fenêtre émet un bref crépitement avant de se refermer violemment. Un grand mur lisse, couleur crème, marque le prolongement de la barrière translucide. La paroi est soudée à même la roche comme si la montagne avait fusionné avec la dernière case du damier.

— Rappelle-moi de te faire confiance plus souvent ! s'écrie Marcus en assénant une tape amicale sur mon épaule.

Cléia sourit face à l'attitude du guerrier. Pour la première fois depuis que nous sommes arrivés en gare du Passage, je me détends un peu :

— Arthur Clim dispose de ressources bien cachées !

— Qui ça ?

— Rien, retoque Cléia en m'adressant un clin d'œil.

— Bien ! Épargnez-moi les détails !

Puis Marcus plonge tête la première dans sa besace écorchée, qui a souffert de la traversée. Il grommelle en fouillant :

— Ce fichu virage, j'y ai perdu la moitié des provisions !

— Virage ?

— Avant que je te sauve les miches, ça bougeait dans tous les sens et ce n'est pas passé loin ! C'était moi où abandonner les rations… Je n'ai pas hésité !

Je m'approche et partage le triste constat.

— Tu as réussi à sauver les biscuits, mais nous n'avons plus d'eau… La route jusqu'à Alpha-Soli est encore longue. Te souviens-tu de ce qu'a dit Steever ?

Marcus referme le sac qui, à défaut de ressembler encore à quelque chose, présente au moins une étanchéité opérationnelle.

— De la Dondresse à en pleuvoir ! T'as la mémoire courte, le bleu !

— Le tunnel de maintenance, c'est ce qu'on cherche, ajoute Cléia.

— Là !

Je désigne une ouverture à quelques encablures devant nous, au sud.

Jusqu'au renfoncement repéré, le sol est recouvert d'une herbe sèche et de cailloux tranchants qui proviennent des hauteurs. Des filets, disposés le long des flancs de la montagne, sont par endroit abîmés, étirés et déchirés par les éboulements. La vallée ne se trouve pas loin.

Être en extérieur me secoue un peu. Après mon sauvetage miracle dans les Accès Tournants, me tenir là, au grand air, me procure un sentiment de quasi-invincibilité. Je suis plus que jamais déterminé à en finir avec la Régulation.

— Gaffe où vous marchez ! prévient Marcus. On dirait des lames de rasoir ces machins !

J'ai vu juste : l'ouverture creusée à même la roche débouche sur une vallée intérieure en contrebas, noyée dans la brume.

— Un désert ! peste Marcus en envoyant voltiger les cailloux comme un enfant capricieux. C'est tout ce qu'il reste de cette vallée ! Ces saletés de Dondres n'apportent que misère et chaos !

Au moins, l'endroit est resté praticable. La vague n'a pas été assez forte pour franchir la montagne.

— Regardez !

Cléia montre quelque chose en hauteur. Une inscription peinte à la main, indiquant le nombre *12* au-dessus de notre sortie. Marcus nous rejoint en sautillant après s'être pitoyablement planté le pied dans le sol.

Je recule de quelques pas jusqu'à me trouver dos au précipice. Les flancs des Monts Dorés encadrent les Accès Tournants face à moi. Sur une ligne allant d'est en ouest, une série continue de peintures marquent l'emplacement d'autres sorties. Sur la gauche ressortent les nombres *13*, *14*, *15*. La suite se perd dans une structure géante soutenant une partie du massif. Un escalier descend de la montagne, rejoint notre niveau et prend la direction de l'imposante construction. Sur la droite, les origines de la séquence ne sont pas davantage visibles. Cléia compte jusqu'à six sorties tandis que Marcus en dénombre trois, portant logiquement les inscriptions *11*, *10*, et *9*. Une différence d'appréciation entraînant une altercation que je m'efforce de désamorcer avant que Marcus n'en vienne à franchir le point de non-retour et que Cléia ne finisse par lui sauter à la gorge.

— Steever peut être sorti n'importe où. Les tunnels de maintenance doivent être en bas. Allons-y !

Marcus et Cléia m'emboîtent le pas le long de l'escalier qui nous mène droit vers la structure. Le guerrier me dépasse, me barre la route avec ses bras et s'accroupit.

— Des Dondres. En bas !

Un groupe de six individus nous précède et semble se diriger vers le même objectif.

— Comment savoir si ce sont des Dondres ?

Ma naïveté touche Marcus qui me colle son artefact sous le nez.

— Quand l'horloge crépite comme ça, le bleu, tu peux être sûr que les gaillards ne sont pas de ton côté !

J'en profite pour sortir le mien et le passer au poignet. Des éclairs bleutés valident ces propos condescendants. Je m'interroge : si Cléia est une Dondre, pourquoi l'artefact ne réagit-il pas à son contact ? L'interface malléable brouillerait-elle le signal ?

— Suivons-les ! reprend Marcus en se relevant brusquement. Restez dans l'ombre et surveillez vos arrières. Ils peuvent surgir de partout.

Nous avançons prudemment. Heureusement, les Accès Tournants ne sont pas très fréquentés et aucun autre groupe étranger ne croise notre route jusqu'au pied de la structure. Les Dondres qui nous devancent s'y sont engouffrés quelques minutes plus tôt. L'édifice n'est pas gardé. En face, une arche dessine un tunnel se perdant vers l'est. Cléia nous avertit de l'approche de Dondres par l'arrière.

— Vite ! s'écrie Marcus en se jetant sous l'arche avec vigueur. On va être pris en tenaille !

Je commence à en avoir assez des tunnels. Cette planète n'est-elle formée que de passages sombres et mystérieux ? Se peut-il qu'au moins une fois, le chemin à prendre soit rassurant et dégagé ? Je m'engage à la suite de Marcus. Cléia ferme la marche.

Le tunnel est court et débouche sur une salle jonchée de tonneaux éventrés. De l'autre côté de la pièce, une porte en bois fermée laisse poindre une lueur douce en son seuil. Le rougeoiement est accompagné de tintements de couverts, de grincements et d'envolées verbales assez fleuries :

— L'ami ! Ressers-moi de cette limonade ! Elle s'arrange !

— C'est toi qui t'arranges ! Tiens, recette maison ! Tu m'en diras des nouvelles !

— C'te pisse infâme ? Pouah ! Une pinte plutôt ! Une !

— Tu devrais goûter, ça te ravalerait le gosier !

— C'est pas le gosier que j'vais te ravaler !

Une taverne ! Définitivement, le pire endroit pour passer incognito. Mais aussi l'unique moyen d'accéder à la vallée. Derrière nous, des bruits de bottes se font de plus en plus pressants et résonnent avec fracas dans le tunnel. Les Dondres vont nous cueillir d'une minute à l'autre. Pas le choix, nous devons entrer.

— Mettez vos camouflages ! commande Marcus, activant le sien avant de disparaître. Cléia et moi l'imitons. Bien qu'ingénieux, voilà un réflexe qui a le défaut de nous rendre invisibles aussi entre nous. Comment allons-nous nous repérer à travers un bar rempli de Dondres éméchés ?

— Attendez qu'ils entrent. On passe juste après, chuchote Marcus. Surtout, ne faites pas de vagues.

En provenance de Marcus, le conseil est cocasse.

Deux Dondres nous ont suivis. L'un d'eux, un énergumène joufflu et bedonnant au teint grisâtre, tambourine sur la porte.

— Eaddoc ! hurle-t-il.

Les yeux de son ami, d'un bleu perçant, me rappellent la Sentinelle de Tromblin-Port. Pourtant, même si l'allure est similaire, je ne vois pas de sifflet. Un béret en travers cache en partie une étonnante et épaisse chevelure noire. Les deux hommes sont vêtus d'un uniforme qui porte l'inscription « *UNWX-32* » au dos.

Un cri leur répond de l'intérieur :

— Lenceo ? Les gars ! Matez un peu qui nous vient des Quatre Épis !

La porte s'ouvre d'un coup sec, et un homme maigre arborant un tablier tâché de récents débordements liquoreux apparaît.

— Entrez !

Le tavernier fronce les sourcils en découvrant qu'il n'est pas seul.

— Geza ? Qu'est-ce que tu fous là ? Tu ne devais pas escorter les nouvelles troupes au Demenrod ?

Je n'entends pas la réponse du chevelu qui a le mérite de produire son effet. Eaddoc reprend :

— Allons, allons. Entrez et venez goûter ma dernière trouvaille !

La porte présente l'espace suffisant pour se glisser à l'intérieur. Je m'y faufile, sans savoir si Marcus et Cléia sont déjà entrés. Le tavernier referme à double tour.

L'endroit est crasseux. Un repère de bons vivants dépravés, étrangers aux rudiments de l'hygiène. De chaque côté de la pièce enfoncée dans la roche, une cheminée diffuse un feu vif qui ne faiblit pas. L'âtre laisse échapper des lueurs joyeuses entrecoupées d'ombres crépitant d'enthousiasme. La taverne est rustique. Sans doute construite lorsque la Fédération commençait à s'isoler du monde extérieur par le Passage. Je repère une sortie de chaque côté du bar. L'une révèle un escalier en descente vers la cave. L'autre annonce sa nature par un écriteau cloué au-dessus. En prenant garde de ne pas heurter les tables pour que ma présence reste dissimulée, je m'en rapproche suffisamment pour y lire : « *Maintenance — Niveau 2* ». L'accès au tunnel dont parlait Steever !

Hormis Eaddoc, Lenceo et Geza, une quinzaine de Dondres profitent de leur venue pour se saouler et s'invectiver dans une véritable cohue. Le vacarme contraste avec le calme relatif qui régnait sur les flancs des Monts Dorés. Les Dondres sont en majorité des hommes dont l'âge oscille allégrement entre vingt et quarante ans. Tous ne portent pas l'uniforme, certains étant peut-être là uniquement pour se détendre. J'aperçois un petit groupe de femmes en marge de la zone la plus imbibée d'alcool. Attablées à l'un des rares emplacements épargnés par les bousculades, deux d'entre elles rient aux éclats dans un commérage engagé ciblant des hommes accoudés au bar. L'un d'eux ingurgite gorgée sur gorgée à un rythme sidérant. Il se livre à un jeu à boire avec son voisin, pensant épater la galerie et séduire ces dames qui se gaussent face à l'exercice pitoyable. Les yeux de la troisième Dondre féminine sont vides, perdus vers une échappatoire qui n'existe pas. Elle ne rit pas et se contente d'émettre un sourire forcé lorsque l'une de ses consœurs lui jette un regard ivre, comme pour tenter de l'entraîner dans son projet de débauche.

Je repère les deux larrons qui échangeaient vivement sur la limonade avant mon entrée dans la taverne. Après un débat enflammé sur le « goût pisseux », ils en sont à la teneur en sucre. Les insultes fleurissent toujours. Compte tenu de leur état, c'est presque un miracle qu'ils n'en soient pas encore venus aux mains. Le débat est arbitré par le bon Eaddoc qui ne semble pas neutre dans l'affaire.

Un nom connu au bataillon m'interpelle :

— Raptor ! C'est fini ? Tu ne frappes plus, maintenant ?

Le tavernier a quitté son bar et approche le nouvel arrivant, encadré de près par un couple de Sentinelles.

Le brouhaha infernal baisse de volume. *Raptor*. Ce nom signifie quelque chose pour les Dondres, malgré la quantité de liqueur absorbée avoisinant le seuil critique. Le concepteur de la Surcharge Connective est ici. À son évocation par Cléia, je l'avais imaginé en rat de laboratoire, bien habillé. Le genre à soigner autant son apparence que l'état de son compte en banque. Ou à défaut du stéréotype du scientifique immoral retourné par l'ennemi, en bureaucrate à la démarche ennuyeuse et convenue. En réalité, c'est tout le contraire : l'homme de taille moyenne, la quarantaine, mal rasé, arbore un crâne dégarni par une calvitie avancée. Son accoutrement semble sortir tout droit d'une décharge : un pantalon large, ballant et usé jusqu'aux chevilles, des chaussures aux semelles dépassant de chaque côté comme si elles voulaient s'échapper de leur épave décousue, et un haut de survêtement dont la capuche est à moitié arrachée, pendouillant dans le vide. Raptor ressemble davantage à un adolescent négligé ayant mal vieilli qu'à l'ingénieur le plus célèbre du coin. Heureusement pour lui, les Sentinelles qui l'accompagnent lui redonnent un semblant d'importance. Sans ça, n'importe qui le prendrait pour un vulgaire camé à la GOOT.

Soudain, un sifflement retentit. Une Sentinelle s'écroule, une flèche plantée au milieu du front. Un deuxième souffle frôle la joue de Raptor. Le dernier projectile fuse à travers la taverne et se perd vers l'entrée, restée béante depuis l'arrivée des trois hommes. La Sentinelle encore debout plaque Raptor au sol en hurlant.

— Eaddoc ! Lumière !

Les feux s'éteignent comme par enchantement. Une explosion de braises ardentes jaillit des cheminées puis la pénombre envahit la pièce. Pris de panique, les Dondres se dispersent, certains se jetant à la cave, d'autres fuyant vers le tunnel extérieur. Je tente de me frayer un chemin à travers les tables renversées, percute un Dondre et tombe à terre. Je me coupe la main avec du verre brisé. Un faisceau bleu balaye la salle comme un radar. La Sentinelle peut-elle nous repérer malgré notre invisibilité ? Agenouillé contre un banc, je m'habitue à l'obscurité. Une lueur diffuse en provenance de l'entrée rend la pénombre moins poisseuse. Mon camouflage n'est plus actif ! Je tente de le relancer, en vain. À quelques mètres de moi, accroupie en direction du faisceau qui ne l'a pas encore découverte, Cléia bande fermement son arc, prête à expédier Raptor dans l'autre monde. Elle le cherche du regard. Ses mains tremblent. J'essaie de lui faire signe, mais ne parviens pas à capter son attention. À cet instant, un seul homme se trouve dans sa ligne de mire. S'est-elle aperçue qu'elle n'est plus camouflée ? Si elle tire à nouveau, elle se découvrira et la Sentinelle sera sur elle en un instant !

Soudain, un cri enragé émerge du silence pesant et fond sur la Sentinelle. J'ose un coup d'œil au-dessus des restes enchevêtrés de la taverne. Juste à temps pour apercevoir une épaisse silhouette, lancée à toute allure, percuter l'origine du faisceau. Le choc produit un bruit affreux, accompagné d'un violent déchirement qui fend l'espace. J'observe l'ombre vive prendre de l'ampleur puis se projeter à nouveau vers le sol où persistent des crépitements brouillons, entrecoupés de flammèches bleutées. Un ultime coup porté à la Sentinelle, qui expire dans un râle glaçant.

— Je l'avais, je…

Cléia n'est pas dans son état habituel, tétanisée par l'irruption de Raptor. En déduire que le souvenir est encore douloureux serait un euphémisme. Je ne l'ai jamais vue si excédée et déstabilisée. Une brûlure intérieure s'est ravivée en elle, la consume. Des larmes de colère perlent sur ses joues crispées, rougies par l'adrénaline. D'un geste lent, j'abaisse l'arc tendu vers le néant et l'enlace spontanément, comme pour lui apporter un insuffisant réconfort. La respiration de Cléia est saccadée, son pouls vif tambourine pour évacuer un relent de haine étouffante.

— Il était juste là, j'aurais pu…

Je presse sa tête contre ma poitrine, comme si j'espérais éponger une partie de sa panique. La Naïade n'émet aucune résistance. Le flot de haine incandescent laisse place au vide. Pas celui de l'apaisement, mais le contrecoup saisissant d'un moment où la raison s'échappe brutalement, sans prévenir.

Pendant cet intervalle hors du temps, la silhouette foudroyante s'est rapprochée. Marcus traîne sa hache, repue d'avoir fait son œuvre.

— Mais qu'est-ce qui t'a pris, enfin ? J'avais dit pas de grabuge…

Tenant toujours Cléia contre moi, je m'interpose en levant la main comme pour arrêter les vociférations de la brute, qui nous a tout de même sauvé la vie. Marcus n'a pas pour habitude de se laisser dicter son comportement. Pourtant, il ne bronche pas. Le teint blafard accompagné du regard assassin de Cléia suffit à anéantir son envie de s'affirmer en donneur de leçons. L'instant est grave.

Marcus enchaîne en s'éloignant vers l'entrée de la maintenance :

— Ils se sont fait la malle mais ne tarderont pas à revenir avec des renforts. Ne traînons pas !

Puis il éclate de colère, balançant son labrys à travers les tables qui se trouvent à proximité :

— Tu auras ta vengeance, Cléia. Je te le promets !

Comme un pantin dénué d'étincelle vitale, la Naïade se laisse relever. Je l'aide à ranger son arme. Je lui saisis les mains. Elles sont moites mais ne tremblent plus. Sans un mot, elle se laisse guider à travers les tas de planches arrachées.

En nous engageant dans le tunnel qui annonce la direction du point de rencontre avec Steever, nous signons de manière éloquente : nous sommes en guerre. Une guerre sale, sans pitié. Et ils devront composer avec nous.

19

Nuits douces

La sortie prolonge la taverne par un large corridor débouchant sur une myriade de petites salles : des box miniatures stockant principalement matériel d'entretien, bois à brûler et mobilier adéquat pour remplacer le chaos laissé chez Eaddoc. J'aperçois même une infirmerie. De toute évidence, cet endroit a aussi été le théâtre d'un épisode mouvementé : malgré un carrelage excessivement brillant, témoignant d'un récurage récent, des traînées écarlates imbibent le sol. Balais et éponges ont été entassés dans un coin à la va-vite. Une serpillière humide, mal essorée, laisse transpirer un liquide douteux à la consistance d'un fluide semi-coagulé. À côté, une grosse poubelle déborde de draps et de serviettes maculées.

Loin d'être perturbé par ce tableau tout droit tiré d'un film d'horreur, Marcus décide de s'attarder. Il nous entraîne à fouiller l'endroit à la recherche de médicaments pour remplacer les premiers secours dont il s'est délesté dans les Accès Tournants. Armoires et placards à pharmacie sont passés au peigne fin. Je réalise la plus belle prise en découvrant un sac à dos rempli du nécessaire d'urgence : bandelettes stériles, compresses antiseptiques, pommades, antalgiques, pansements, sérums physiologiques… Marcus s'en empare et en vide le contenu dans sa besace, puis me lance les biscuits restants pour que j'en remplisse mon nouvel accessoire. Ce sont nos seuls vivres. Peut-être existe-t-il une cantine dans le coin pour renflouer nos provisions ? Cléia ajoute au butin médical une paire de ciseaux chirurgicaux, un scalpel et deux petites bouteilles en plastique d'alcool à 90.

— Une seule, on est complet ! retoque Marcus en jetant l'autre contenant vers la poubelle.

Elle manque sa cible, et explose en éclaboussant le carrelage.

— Ça ne vous surprend pas ?

Marcus fronce les sourcils :

— T'as un truc à dire sur ma capacité à mettre dans le mille, le bleu ?

Je soupire.

— Pas ça ! Regardez autour de nous ! Depuis notre départ de la taverne, pas un chat. Une zone de maintenance n'est pas censée être plus… habitée ?

— C'est vrai, on se croirait en quarantaine ! Si ça se trouve, des scientifiques en scaphandre vont surgir pour nous gazer et nous découper en morceaux ! Tu finiras peut-être dans cette poubelle !

Le cynisme de Marcus est plutôt limite. Les fuyards dondres ont sans doute déjà alerté la Régulation. Je crains que ce profond silence n'y soit pas étranger.

Au-delà de l'infirmerie, le couloir se poursuit sur d'autres pièces hermétiquement fermées par un système magnétique et de grandes portes en acier.

— Voilà où ils planquent l'argenterie ! s'écrie Marcus qui tente d'en forcer une, sans succès.

Au bout du couloir, une galerie court à perte de vue. Le chemin semble suivre les Accès Tournants par l'intérieur des Monts Dorées. Face à nous, deux ascenseurs et une sortie menant à un escalier de secours, dans lequel s'engage Marcus. Il s'interrompt en nous voyant hésiter à choisir la voie rapide.

— On va éviter de se faire cueillir facilement après notre tapage de tout à l'heure. Tu as raison, le bleu, le silence ne va pas durer éternellement. Ça pourrait nous sauter à la gueule là-dessous !

Il marque un point. Cléia et moi changeons d'avis et emboîtons ses pas en prenant garde de faire le moins de bruit possible. Si Marcus nous épargne une réaction capricieuse, notre descente vers la vallée pourra peut-être passer inaperçue. Et par chance c'est ce qu'il se produit : pas une Sentinelle, pas un Dondre dans les parages. À croire que l'ennemi a deserté depuis l'altercation à la taverne.

L'escalier débouche sur un hall d'hôtel. Un ancien relais réaménagé pour les Dondres locaux. Des bornes connectiques aux supports branlants et aux câbles sectionnés sont disposées le long des murs, dans le prolongement d'une grande entrée vitrée. Les vestiges d'un centre de connexion désaffecté. J'ai du mal à imaginer une foule de connectés se pressant ici, au cœur des Monts Dorés. Peut-être que la construction des Accès Tournants a rendu l'endroit propice à une transformation en zone de transit pour voyageurs avertis. L'ancien centre conserve des stigmates de son passé : de hauts guichets devaient accueillir les clients des Nuits Douces, l'une des chaînes hôtelières les plus célèbres de la région dont le déclin a succédé à l'essor de la Fédération. Une sombre histoire de spéculation et de rachat, à ce qu'on raconte.

Tandis que Marcus jette un œil intéressé au contenu des placards de décharge, ces rangements qui regorgeaient jadis d'effets personnels confisqués aux connectés pris en défaut du règlement intérieur, un homme encapuchonné vient marteler la baie vitrée.

Marcus s'écrie :

— Il est là ! Increvable, comme toujours !

L'intrus relève sa capuche. C'est Steever. Son passage dans les Accès Tournants a eu raison de son vieil accoutrement. Il porte désormais une tunique marron qui le recouvre de la tête aux pieds.

Marcus se rue sur la porte magnétique qui s'ouvre à son approche. Steever se jette dans les bras de son ami.

— Vous êtes passés ! J'ai eu peur…

— Mais comment...

— J'ai fait pour franchir le portail ? Ha ! On va dire que j'ai eu la bonne inspiration au bon moment ! répond Steever en embrassant Cléia et me gratifiant d'une accolade.

— T'as sauté dans le vide comme ça ?

— De quoi tu parles ? C'est plutôt ce sable mouvant qui me colle encore aux bottes…

Du sable mouvant ? L'expérience aléatoire des Accès n'est donc pas un mythe.

Étonné de voir son ami rappliquer avant l'heure, Marcus ajoute :

— On ne devait pas se retrouver dehors, près de cette… friche ?

— C'est l'endroit que Josh m'a indiqué. J'en viens, mais ce n'est plus un lieu sûr.

— Et comment t'as su qu'on allait débouler ici ?

Steever sourit.

— C'est toi qui me poses la question ? Vu ce que tu leur as mis au Sirop Central, ça n'a pas été difficile de comprendre que vous étiez sortis des Accès !

— Sirop Central ?

— La taverne où Raptor s'est pointé. Par la fureur de Koofa, vous avez mis un sacré bazar !

Jetant un regard en coin à Cléia qui n'a pas bronché à l'évocation de son tortionnaire, Marcus se rapproche de Steever et lui susurre à l'oreille :

— Vas-y mollo avec ça, vieux. Ce qu'il s'est passé là-haut a réveillé un truc. Joue la fine si tu veux mon avis…

Cléia interrompt les messes basses :

— C'est bon, Marcus. Elle se tourne vers Steever. J'ai été surprise mais ça n'arrivera plus.

Sa voix est sombre, le ton sec. Son intervention n'appelle aucun commentaire. Marcus retourne vers le vestiaire et les placards à décharge. Je veux en savoir plus sur l'irruption prématurée de Steever :

— Si l'alerte est donnée, pourquoi ne croise-t-on aucun Dondre ? Est-ce que dehors…

— Le désert, coupe Steever. D'ici à Alpha-Soli. C'est la raison de ma venue. Il faut que je vous prévienne pour les rayons, mais ce n'est pas le pire. Même si on passe à travers, on va devoir atteindre le QG par la surface…

— Un peu d'air ne va pas nous faire de mal ! Marcus fait mine de s'étirer. Tous ces tunnels m'ont filé la gerbe !

Cette histoire de rayons m'inquiète. Steever semble bien rencardé sur ce qui nous attend au-delà de la maintenance. La traversée de la vallée ne sera pas plus une sinécure que ne l'a été le franchissement des Accès. Je relance Steever :

— Des rayons ?

— Un système anti-intrusion piloté depuis Alpha-Soli. Je ne sais pas exactement quelle technologie se cache derrière, mais c'est un modèle de défense récent déployé par la Rég. Les rayons rasent la surface autour de la ville et réduisent en poussière les malheureux qui passent au travers !

— En poussière ?

Steever toussote, gêné d'être pris à extrapoler un peu trop :

— Ça ou autre chose. On manque de témoignages sur la question…

— Tu les tires d'où tes renseignements au juste, vieux ? Du manuel de survie de la région ?

Marcus parvient à soutirer un sourire retenu à Steever, dont le cœur n'est pourtant pas à la légèreté.

— Sen a intercepté pas mal d'infos utiles et Josh me les a envoyées. Depuis notre départ, Tork s'est repointé à Tromblin et a causé un carnage.

— Ils vont bien ? demande Cléia.

— Leur repère n'a pas été localisé. Ils sont confinés chez eux. Les patrouilles de Sentinelles ont doublé !

— Attends, attends, coupe Marcus. Comment tu as pu parler à Joshua avec ce brouillage je-ne-sais-quoi ? Je croyais que les signaux radio ne passaient pas ?

— Dans les Accès seulement. Depuis votre arrivée remarquée, j'ai perdu le contact. La sécurité est montée d'un cran et le brouillage s'est étendu à la vallée.

— Où est Tork maintenant ?

— En fuite par les rampes souterraines vers Alpha-Soli. Un repli préventif a été ordonné.

Marcus est pris d'un rire nerveux :

— Repli préventif ?

— C'est comme ça qu'ils l'appellent dans leur protocole. Une action défensive lorsqu'une menace inattendue est détectée.

Un regain d'excitation s'empare du guerrier :

— Ha ! C'est nous la menace, maintenant ! Le message est passé !

Une idée me traverse l'esprit. J'en frissonne rien que d'y penser, mais un élan pragmatique me pousse à partager :

— Où sont ces rampes ? On peut y passer nous aussi ?

Steever coupe court l'idée du voyage souterrain :

— Les capsules qui y transitent ne peuvent transporter que des Dondres à la signature vérifiée. Impossible de pirater le système sans l'aide de Josh.

— Mais autour de ces capsules, il doit bien y avoir un moyen de passer, non ?

— Le circuit est fermé. À l'intérieur, c'est de la propulsion à grande vitesse sous vide. On n'y survivrait pas. Puis il ajoute devant ma mine déconfite : j'en ai touché deux mots à Sen avant qu'on soit coupés. Il m'a affirmé qu'à moins d'avoir une identification dondre sous la peau, rien ne peut passer.

Je pense à Cléia. Peut-être son interface hackée… Non ! Rien n'est moins sûr. La Rég a dû sécuriser cette faille avec le temps.

— Bon ! peste Marcus. On va marcher ! C'est à combien Alpha ? Dix bornes ?

— Multiplie ça par huit au moins, répond Steever sans l'ombre d'une émotion.

— Tu me charries, là ?

Après avoir encaissé la nouvelle, Marcus ajoute :

— Allons dézinguer du Dondre apeuré ! Je les entends d'ici claquer des fesses, les peureuses !

Steever remarque mon nouveau sac :

— Vous avez fait le plein ?

— De quoi rafistoler ton cœur fragile si nécessaire ! Mais côté bouffe, c'est pas la folie.

— On va avoir besoin d'eau pour traverser.

— Mauvaise pioche, l'ami. On est à sec.

— L'avant-poste du Dernier Cercle. On y trouvera des provisions.

Devant la béatitude générale, Steever précise :

— C'est tout près du hangar où l'on devait se retrouver. Le dernier campement de la zone qui ravitaille la région. J'aurais préféré éviter d'y mettre les pieds, mais on ne va pas avoir le choix.

Un placard résiste à Marcus. Après l'avoir frappé à plusieurs reprises — ce qui naturellement ne vient pas à bout du cadenas qui en bloque l'ouverture —, il le saisit à deux mains et tire dessus d'un coup sec. L'un des bords cède mais le verrouillage reste intact. Marcus se tourne vers Steever en brandissant un morceau de métal tordu arraché.

— Il y a forcément de la flotte ici ! Trouvons un robinet avant de déguerpir !

— Je parlais d'eau potable, Marcus. Les sols de la vallée sont toxiques. Tout ce qui sort des nappes phréatiques doit être dépollué en surface. La station d'épuration de la maintenance a rendu l'âme depuis longtemps.

Marcus me donne un coup de coude complice, l'air de dire : « Il a vraiment avalé un manuel de survie, le bougre ! »

— En clair ?

— Même si on trouvait de l'eau ici, elle serait si chargée en métaux lourds que ça te brûlerait le gosier !

— Mais le Sirop Central, l'infirmerie… Comment se débrouillent les Dondres ?

— L'avant-poste du Dernier Cercle, répète Steever. C'est là qu'ils se ravitaillent. Sans lui, la région serait morte.

— Ils ont une station de filtrage là-bas ?

— La dernière qui fonctionne encore dans le coin.

— Elle alimente aussi Alpha-Soli ?

— J’avoue que tu m’en demandes un peu trop.

Marcus se résigne enfin à laisser le vestiaire en paix et s’élance vers l’entrée du hall en criant :

— Vous avez entendu, les enfants ? Allons rendre une visite de courtoisie à cet avant-poste !

20

Le Dernier Cercle

Alors que la silhouette des Nuits Douces se perd dans l'ombre de la montagne, je questionne Steever pour assouvir ma soif de curiosité :

— Pourquoi ce nom du *Dernier Cercle* ?

— J'ai entendu dire que lorsque la Fédé s'est installée à Alpha-Soli, elle a mis en place une organisation concentrique autour de la ville. Le Dernier Cercle formait la limite extérieure de protection de la cité.

L'heure est déjà bien avancée et le soleil retombe sous les hautes crêtes des Monts Dorés à l'ouest. Lorsque l'astre rejoint la frontière de ces monstres du décor, son doux rayonnement se propage de sommet en sommet. Le découpage des roches ressurgit à l'horizon, baigné d'éclats d'or dans un halo diffus rouge orangé. Un spectacle onirique dont je me délecte en silence, avant que la disparition du soleil ne replonge la vallée dans une atmosphère sinistre. Voilà pourquoi on les appelle Monts Dorés. Steever avait parlé d'un désert et il n'exagérait pas : la couche brumeuse s'est évaporée, révélant un sol nu composé d'une terre craquelée. De longues crevasses rendent la vallée difficilement praticable.

— Les stigmates de l'exploitation par la Fédé, commente Steever.

Incontestablement, l'organisation des Gourous est devenue un sérieux danger pour la planète. Je me demande quel projet justifie d'appauvrir une région de la sorte. L'édification des tours de connexion a dû nécessiter une intensification des forages. Plus rien ne respire la vie. Dans ce paysage désolé, aucune racine ne peut puiser de quoi faire naître un arbre, une plante ou même une mauvaise herbe. Comme les témoins défaits d'un passé douloureux, des volutes de fumée s'échappent vivement par endroits des entrailles asséchées. Elles dansent sur la scène aride puis se dissipent dans les bourrasques d'un vent chaud tourbillonnant. Chaque pas en avant renvoie l'écho d'un craquellement naissant. Comme si la terre agonisante gémissait encore.

Marcus a l'air déterminé, Cléia est silencieuse. Les artefacts ne crépitent pas, confirmant l'absence d'âme qui vive dans les parages. Sous nos pieds, des grondements se font parfois entendre, laissant présager d'une circulation ennemie en sous-sol. De faible intensité, les râles sourds semblent relier la ville et les Nuits Douces.

Une nuit sans étoiles s'apprête à tomber sur une sombre masse au-devant. Plus nous nous en approchons, plus la structure ressort de la pénombre. Comme une excroissance germant sur une peau malade. De part et d'autre de la tumeur, une ribambelle de bubons s'étendent en arc de cercle. Des restes de fondations, des morceaux de murs porteurs ayant survécu à une violente épreuve. L'empreinte des flammes y est gravée à même la pierre.

Steever souligne ce théâtre d'apocalypse :

— Par Koofa, nous y sommes. Le Dernier Cercle !

L'édifice central, à l'allure d'un hangar géant fortifié, est étonnement bien conservé au milieu du champ de ruines. Pas une trace de brûlure ne défigure son imposante stature parmi les restes calcinés de l'avant-poste dondre. Pour y entrer, Steever nous oriente à travers l'une des nombreuses tranchées dessinant une sorte de douve protectrice. Vu de ces sillons creusés dans la terre décrépite, le hangar ressemble à un château dont l'architecte aurait déplacé le donjon. Celui-ci se trouve, tel un bloc pointant vers les cieux, à une centaine de mètres à vol d'oiseau plus au sud. C'est la partie visible de la station d'épuration.

— Personne. Ils ont flippé, cette bande de branquignols ! s'écrie Marcus.

— Des gens ont souffert ici, ajoute Cléia.

— Pas autant que les Cramifères, concède Steever, mais oui, ça ne fait aucun doute.

— Les quoi ?

Marcus s'interpose.

— Les Cramifères, le bleu ! Des pauvres types qui n'ont rien demandé à personne. Exterminés, pillés par la Fédé !

— Au nord des Quatre Épis, précise Steever. De là où commence le Demenrod jusqu'à la cité

Ivronse. Ils ont été saignés à blanc. Ce qu'il s'est passé ici n'a peut-être pas de lien direct, mais l'effet est proche : plus aucune étincelle de vie. Et cette stérilité, cette mort, partout…

La nuit tombe et l'obscurité gagne du terrain.

— Il va nous falloir des torches ! lance Marcus, dont le raclement des semelles devient de plus en plus intempestif.

— Pour attirer le rayon sur nous ? objecte Steever. Sûrement pas !

— Tu vois un rayon dans le coin, toi ?

Marcus s'agace d'un rien. Une preuve de plus que la patience n'est pas son point fort.

— Oui, c'est bizarre. D'après Sen, le Dernier Cercle devrait être à portée d'Alpha-Soli.

Entre l'insouciance de Marcus et les explications hasardeuses de Steever, je me rassure en donnant du crédit à la seule chose qui m'importe à cet instant : je suis encore en vie. Après avoir survécu à un piège d'Altération et aux Accès Tournants, ce n'est ni un obscur Dernier Cercle ni l'évocation d'un rayon destructeur qui risquent de me faire pâlir ! Tommy a été enlevé il y a déjà plus de quarante-huit heures. Un délai suffisant au Berceau pour que le plus téméraire des Esoliens craque. Qu'a-t-il de si spécial pour que les Dondres s'y intéressent ? Est-il comme moi ? Vient-il d'ailleurs ?

La tranchée a été aménagée pour permettre l'accès au hangar. Des tracés de fortune rompent la continuité par endroits et grimpent en direction de l'édifice. Construit dans une sorte de métal noir, d'aspect huileux, comme un assemblage de strates horizontales, le bâtiment a résisté au milieu du chaos. De longues cordes aident l'escalade glissante et périlleuse. Je m'accroche à l'une d'elles et me hisse à la suite de mes compagnons. Nous parvenons face à une porte rectangulaire de la taille d'un homme moyen. Elle est fermement scellée et Sen, le chef cambrioleur, n'est pas avec nous. Je pose la main sur la façade suintante. Même si elle en présente l'aspect, la matière est enduite d'une huile qui ne colle pas. Un blindage ignifugé ? Cette fois, aucune épingle habile ne pourrait venir à bout de l'ouverture. La porte est encastrée dans un renfoncement hermétique qui ne laisse paraître aucune faille. Pas une serrure, pas une écorchure à exploiter. J'anticipe Marcus tambourinant à s'en rompre les poignets, mais il ne s'y emploie que dans mes songes les plus extravagants. Le guerrier reste stoïque devant ce casse-tête et semble avoir rangé son orgueil.

— En principe, elle ne s'ouvre que de l'intérieur, déclare Steever en posant une main sur la porte.

— Laisse-moi deviner, raille Marcus, tu vas nous l'ouvrir par télépathie ?

Steever sourit.

— Mieux. Regarde.

Il décroche un de ses longs couteaux et le positionne à quelques centimètres du sol, lame vers le bas.

— Ça ne doit pas être bien loin… là !

D'un geste brusque, Steever percute le sol avec la pointe du couteau, puis creuse un fin sillon en dessinant une sorte de triangle dont l'arête la plus longue barre l'ancrage de la porte. Freinant son geste à mesure qu'il se rapproche de l'aboutissement de son œuvre, il semble plongé dans la quête d'un mécanisme miraculeux. Soudain, il enfonce encore plus sa lame qui se retrouve plantée aux deux tiers. Un râle en provenance de l'intérieur puis un grincement précèdent l'ouverture lente de la forteresse. Marcus reste ébahi. Ce à quoi l'auteur du miracle répond :

— Une trappe enterrée, rien de magique ! Merci Sen les bons tuyaux !

— Refais-nous ce coup-là pour libérer Tommy et, promis, je te dédicace une chanson perso ! Et ce ne sera pas sur la belle Ilumi, crois-moi !

Marcus pénètre le sanctuaire, pendant que Steever essuie sa lame avant de la joindre à sa jumelle impeccable.

À l'intérieur, le hangar vide baigne dans la pénombre. Seule une lueur diffuse, en son centre, émane des profondeurs. Encore une entrée vers les enfers. Steever et Marcus prennent la tête et, d'un signe, nous demandent de nous accroupir tout en s'approchant à pas de loups pour éviter de déclencher un piège. Un puits géant bordé d'escaliers en colimaçon s'enfonce face à nous. Le long de la paroi, des torches brûlent sur un matériau qui ne dégage aucune fumée.

— Ils planquent des vivres là-dessous ? lance Marcus à voix basse.

— On ne va pas tarder à le savoir ! répond Steever qui s'élance sur l'escalier le plus proche, en prenant garde de retenir ses pas pour ne pas attirer l'attention.

Je m'engage en dernier vers les profondeurs. La perspective d'une rencontre imminente avec les poseurs de torches ne m'enchante guère.

La descente n'est pas longue et débouche sur une salle aussi vaste que le niveau précédent. Ici-bas, l'animation est au rendez-vous. Un assemblage de panneaux en contreplaqué forment des espaces délimités. On dirait un abattoir géant de fin du monde. Tous les trois box, une lampe pend du plafond, diffusant une lumière blanche agressive. Aux quatre coins de la grande salle, une petite tour aux contours vitrés supervise la zone. Je jette un œil du côté de l'une d'elles et reconnais deux Sentinelles qui discutent devant un écran de contrôle. La cartographie labyrinthique de l'endroit s'éclaircit à mesure qu'elle se découvre depuis les hauteurs du colimaçon, mais la vue au sol reste limitée par l'implantation extrêmement dense des bureaux.

En bas de l'escalier, Marcus et Steever activent leur camouflage. Je me fige. Une Sentinelle avec un dossier à la main fond droit sur moi. Attiré violemment dans un box adjacent, mon corps disparaît soudainement à l'exception de ma paire de jambes, jouxtant une autre bien plus féminine : Cléia vient encore de me sauver la mise.

La voix de Steever murmure :

— Restons là une minute. Dès que les deux autres sont passés, on fonce au bout de la rangée. Tenez-vous loin des lampes, elles pourraient nous découvrir.

Les Sentinelles frôlent notre cache.

— Maintenant !

Je passe la tête dans l'allée : la voie est libre. Un box sur deux est occupé par un gratte-papier dondre, plongé dans d'intenses réflexions, le nez dans la paperasse ou sur un écran d'ordinateur. Des sbires de la Régulation tiennent un débat enflammé à propos de l'utilité d'une signature sur un relevé de compte. Nous avons donc infiltré un centre administratif externalisé en plein désert. Quoi de plus logique !

Arrivé au bout de l'allée, j'aperçois un nouvel escalier double, ouvrant l'accès à un niveau souterrain supplémentaire. Quand la descente infernale va-t-elle s'arrêter ? Le bras invisible de Marcus stoppe la progression de nos jambes retardataires, juste à temps pour éviter la ronde d'une paire de Sentinelles à l'affût.

L'intervention brutale du guerrier me coupe le souffle :

— Ça va ! On est invisibles !

— Ce que tu dis, chuchote Marcus. Rappelle-toi la taverne… Je n'ai pas confiance quand leurs yeux crachent ces rayons.

Je salue l'intention. Les Sentinelles ont activé une sorte de monocle ratissant leur trajectoire d'un rayon bleu. Le même que celui qui a failli nous fusiller au Sirop Central. Marcus a l'œil, mais ses craintes n'excusent pas ses manières !

La voix de Steever chuchote à nouveau :

— La réserve est en bas. Quand les Sentinelles plongent dans leur écran, on y va !

Il marque une pause avant de reprendre :

— À mon signal…

Je retiens mon souffle, scrutant les moindres faits et gestes des superviseurs qui campent sur leur perchoir. L'attente paraît durer une éternité. Conformément aux prévisions de Steever, les Sentinelles finissent par détourner leur regard des bureaux.

— Maintenant !

Je m'élance main dans la main avec Cléia et manque de trébucher tant la Naïade met de la fougue à l'exercice. Les deux paires de jambes doivent sembler bien ivres pour quiconque croiserait leur trajectoire. Heureusement, aucun soldat de la Régulation ne se trouve sur le chemin.

L'escalier s'enfonce dans le noir. Dénué de surveillance, l'endroit se révèle peu à peu sous un éclairage tamisé en provenance de néons muraux. L'ambiance, d'un rouge doux et chaleureux, est assez surprenante. Elle me rappelle les bas-fonds du bar de l'Éclipse, mais l'animation n'est pas aussi sensuelle : le labyrinthe en contreplaqué a laissé place à un empilement disparate de caissons estampillés « *DC* », étiquetés d'une description de leur contenu. L'étage intermédiaire n'est-il là que pour servir de couverture à cette zone de stockage ?

Un Dondre nous tourne le dos. Il inventorie un arrivage tout juste débarqué, dont les palettes sont encore solidement ficelées. Un emballage plastique noir les recouvre, laissant dépasser juste ce qu'il faut pour que le preneur de notes puisse en sonder la composition. Mis à part le manutentionnaire occupé, la zone est vierge de toute menace.

Marcus chuchote :

— Bougez pas, je m'en charge.

Aussitôt dit aussitôt fait : le Dondre bascule en arrière, taclé par une force invisible. Il n'a pas le temps de prononcer un mot avant de se retrouver gisant au sol, au milieu de ses notes éparpillées. Le corps glisse rapidement entre deux rangées de caissons et on ne le revoit plus. Quelle efficacité ! Marcus est donc capable d'actions discrètes ! J'admire le spectacle et ne me rends pas compte que Cléia ne me tient plus la main. Elle réapparaît aux côtés de Steever, lui aussi en chair et en os.

— C'est bizarre, ajoute Steever qui partage mon étonnement. Quelque chose a dû se dérégler.

Puis il se ressaisit soudainement :

— Vite ! Cherchez tout ce qui pourrait contenir de l'eau potable ! Elle arrive en bouteille aux Nuits Douces. Fouillez les stocks, on se retrouve ici dans cinq minutes.

Je m'aventure vers un empilement de palettes recouvertes d'adhésif. Cléia, Marcus et Steever se répartissent le reste de l'inspection. Bingo ! Des cartons « SIROP CENTRAL » contenant foison de vivres ! J'arrache le film plastique et découvre des bouteilles au pH plus raisonnable au milieu des liqueurs aux emballages colorés.

— Trouvé !

Les autres reviennent bredouilles et m'aident à détacher les packs d'eau destinés à abreuver les estomacs éponges du Sirop Central. Pendant que je remplis mon sac, Marcus ajoute aux boissons des pains, fromages et morceaux de viandes séchées qui accompagnent l'heureuse livraison. Cléia et Steever, jusqu'à présent libres de tout bagage, s'équipent chacun d'une besace récoltée à proximité et y stockent à leur tour un maximum de provisions. Marcus brandit une fiole de liqueur orangée, justifiant sa trouvaille par un laconique « quand on fêtera la victoire », puis il la fourre dans son sac qui a enfin retrouvé une allure enthousiasmante.

— Trouvons un moyen de sortir d'ici ! lance-t-il.

Revenir par là où nous sommes arrivés sans qu'on nous repère relèverait du miracle. Les artefacts étant passés en mode « recharge » ou pire, définitivement tombés en rade, se faufiler à travers les patrouilles Sentinelle à l'étage serait suicidaire. L'unique solution de rechange est un conduit vers les rames en partance pour les Nuits Douces ou Alpha-Soli, le chemin le plus direct, mais aussi le plus dangereux. Une large ouverture encastrée dans la paroi nord semble y mener, mais Steever a été catégorique : « à moins d'avoir une identification dondre sous la peau, rien ne peut passer ».

Je reste posté un instant devant l'étendue béantc, ce que ne manque pas de remarquer Steever qui me jette un regard signifiant : « N'y songe même pas. » Revenant sur ses pas, l'adorateur de Koofa-Voli commande :

— On va remonter jusqu'au hangar, mais cette fois, on va devoir raser les murs.

Alors que nous nous apprêtons à repartir, un mauvais pressentiment m'envahit. Quelque chose cloche. À part la prise facile de Marcus à notre arrivée, pas un Dondre supplémentaire n'est venu déranger notre fouille. Mes craintes se confirment à notre retour dans les bureaux : l'endroit est vide. Où sont passés les gratte-papiers colériques et les patrouilles ? Les bureaux ont été laissés en l'état, mais épurés de leurs occupants. Les lampes blanches arrosent toujours d'une lumière aveuglante les couloirs devenus trop silencieux.

Prudemment, Marcus s'avance.

— Mais que…

Steever jette le guerrier au sol, juste à temps pour éviter qu'un rayon bleu rasant ne le percute. Le laser laisse une traînée fumante sur le contreplaqué. Une Sentinelle vient de concentrer son détecteur et s'en est servi comme arme ! L'attaque provient d'une tour de surveillance et semble avoir déclenché un signal : la salle abandonnée sort de sa torpeur. Les couloirs extérieurs reliant les tours s'agitent. Un piège ! Comment avons-nous été repérés ? Sommes-nous si naïfs ? Le sous-sol cache peut-être un dispositif qui nous a confondus.

Steever décroche ses longs couteaux, Marcus prend sa hache à deux mains, Cléia saisit son arc et je me joins au mouvement en extirpant ma dague dont la pertinence me semble légèrement surévaluée.

— Courez ! crie Steever en s'élançant au milieu du couloir central.

C'est bien tenté, mais notre vivacité se heurte rapidement à la réalité d'une situation défavorable : à peine avons-nous atteint la moitié du chemin qu'un rideau de Sentinelles se dresse devant pour nous cueillir. L'impression de revivre l'effet panique de Tromblin-Port en dix fois pire me submerge. Aucun monocle ni sifflet n'est activé, mais ce n'est probablement qu'une question de secondes avant que notre courageuse initiative nous transforme en tas de carcasses grillées.

Steever stoppe sa course, figé devant la révélation du piège. Marcus s'arrête à ses côtés, les mains crispées sur son arme. Il doit fulminer à l'intérieur, tiraillé entre l'envie d'en découdre et l'évaluation rationnelle qui ne lui indique aucune issue glorieuse. Lorsque Cléia et moi arrivons à sa hauteur, le tableau empire : les bruits de pas alentour se taisent et deux groupes de Dondres, guidés chacun par une Sentinelle, convergent depuis les artères adjacentes. Nous sommes encerclés ! Enfin, pas tout à fait : seuls nos arrières ne sont pas encore couverts par l'ennemi mais, compte tenu de la configuration du sous-sol, un repli ne ferait que retarder l'inéluctable massacre. Évidemment, c'est ce que nous choisissons par réflexe de survie. Steever peut même s'épargner de commander la fuite. À l'unanimité, nous mesurons que nous n'avons pas l'ombre d'une chance et qu'attaquer frontalement une armée de Sentinelles signerait la fin de l'opération.

Nous sprintons en sens inverse puis dévalons les marches quatre à quatre pour trouver une planque derrière un assemblage de palettes, assez large pour nous protéger et offrant un accès visuel correct sur l'escalier. La tension est palpable.

— Au plaisir de vous avoir connus ! lance Marcus.

Steever semble perdu, comme sonné par un scénario qu'il n'aurait imaginé que dans ses pires cauchemars. Notre quête va s'arrêter ici, dans ce sous-sol austère. On nous érigera en trophées pour que notre acte de bravoure calamiteux dissuade la résistance à jamais. La Régulation aura gagné. Mais ce n'est pas Steever qui m'inquiète le plus. Cléia est agitée et tient à peine en place. Je comprends ce qui la torture. C'en est trop, tant pis pour notre secret ! Après tout, vaut-il encore quelque chose si nous sommes morts ?

— Cléia ! Il faut tenter le coup ! C'est notre seule chance !

Steever et Marcus se retournent, interloqués. Cléia n'est pas surprise, presque soulagée que je lui tende la perche. Elle n'a plus le choix.

— L'identification dondre… il se pourrait que j'en aie une…

Je lui jette un regard qui l'incite à préciser de manière plus catégorique.

— Je dispose d'une interface dondre. Essayons par les rames.

— Ça alors ! explose Marcus. Tu rigoles ? Et moi je suis Gourou !

— Nous pourrons peut-être nous en sortir, intervient Steever.

— On va se faire pulvériser d'une minute à l'autre et vous avez le temps de ruminer ? Arrêtez vos conneries !

Cette fois, c'est la réaction de trop pour Steever qui n'en peut plus de jouer au médiateur :

— Bon sang, Marcus ! Tu ne vois pas ce qui nous pend au nez et tu veux qu'on reste les bras croisés ? Mourir ici ou en essayant quelque chose, je prends la deuxième option !

Il se tourne vers Cléia :

— Quelle interface ?

— INO-3B malléable, répond-elle.

— Non radiée ?

— C'est le risque. Je ne sais pas…

Une chance de sortir du pétrin se présente et le pragmatisme de Steever l'empêche de tergiverser :

— Au point où on en est, je me fiche de savoir de quel côté tu es et jusqu'à quand tu rencardais la Fédé, mais j'espère pour toi qu'ils ne t'ont pas pris en grippe.

— Ils arrivent ! s'écrie Marcus.

— Au transport ! commande Steever en s'élançant vers la paroi nord.

Cléia et moi lui emboîtons le pas. Marcus reste figé, résigné à l'affrontement. Les premières Sentinelles apparaissent au bas de l'escalier, monocles parés à faire feu. Une multitude de rayons bleus illuminent la zone de stockage. Arrivé au niveau de l'ouverture, Steever se retourne :

— Marcus !

Le guerrier grogne avant de se résigner. Il raccroche sa hache et s'élance en courant vers le conduit béant. Sa fuite est remarquée par le rideau de Sentinelles qui s'est reformé. Des rayons concentrés fusent à travers l'entrepôt, atteignent les conteneurs, créant un début d'incendie au contact des plastiques. Marcus est brûlé à la manche, mais son vêtement encaisse et il s'en tire indemne.

— Le sas !

Je repère le panneau qui contrôle l'ouverture de notre nouveau refuge. Comment le ferme-t-on ?

— Poussez-vous ! lance Marcus, à peine débarqué.

Un violent coup de hache plus tard, la console n'est plus qu'une irruption de fils dénudés crépitants. Un lourd volet s'effondre devant nous, au moment où les premiers rayons se jettent en direction des rames. Cléia est touchée à l'épaule et s'écroule. Le réflexe de Marcus nous isole du sous-sol envahi, ce qui nous laisse un peu de répit le temps que les Dondres trouvent un moyen de réinitialiser la commande du sas.

Je me précipite auprès de Cléia pour lui porter secours. En urgentiste improvisé, je sors de la besace de Marcus le nécessaire pour désinfecter la plaie. Heureusement, elle n'est pas profonde. Je découpe un large morceau de tissu autour de l'impact et bande l'épaule du mieux que je peux. Le résultat n'est pas une illustration modèle des carnets de la médecine esolienne mais a le mérite d'être efficace. Cléia salue l'effort et se relève doucement.

Les rames naissantes mènent à un quai auquel sont arrimés trois habitacles ovoïdes entièrement transparents. L'un d'eux est équipé de compartiments pour accueillir le contenu des palettes. Les deux autres présentent un intérieur plus épuré pour le transport de passagers. Dans chacun d'eux, une paire de banquettes est disposée auprès d'une console de pilotage. Les capsules sont scellées. Où les Dondres doivent-ils s'identifier pour montrer patte blanche ?

Marcus frappe sur la vitre en verre. Bien entendu, rien ne se produit.

— Brillant comme plan ! Et maintenant ? On attend qu'ils viennent nous cueillir ?

La réflexion de Marcus trouve écho dans une détonation derrière nous. Le volet tremble un instant. Sous l'effet du choc, des fissures se forment au plafond, précipitant une pluie de poussière. Steever tousse.

— Cléia, à toi de jouer !

La Naïade s'approche de l'habitacle en pointe du cortège et se penche sur la paroi transparente. Le dessin d'une porte est tracé dans le verre épais.

Soudain, l'artefact de Steever crachote. Le portant à son oreille, il s'exclame :

— Sen, que c'est bon de t'entendre ! Je croyais que les vocaux ne passaient pas ? … Une modification ? À distance ? … Eh bien, tu tombes à pic !

Une seconde détonation éclate sur le quai, décrochant une partie de la structure encimentée au-dessus de nos têtes.

— Écoute, on a peu de temps. Tu te souviens des capsules ? … Oui… Voilà… Comment on les ouvre ? … Trop long à t'expliquer. Si tu étais Dondre, tu ferais comment ? … Un boîtier connectique ? … Sen ? … Sen ? …

Steever secoue l'artefact en pestant. Le signal a disparu.

— Cléia, sur le quai ! Le boîtier connectique !

La Naïade se détourne du cockpit et se met à chercher du côté des guichets vides, contigus aux rames.

— Ici ! s'écrie Marcus devant un boîtier saillant, accroché au mur entre les guichets. Le dispositif possède un écran digital rectangulaire sur lequel est affiché le message crasseux : « Badgez. » En dessous, quatre tubes sortent du mur comme des tentacules. Chacun d'eux recouvre un levier. Seuls trois sont apparents, le quatrième est enfoncé profondément dans la gueule du céphalopode.

— C'est ça ! lance Steever. Trois leviers, trois capsules !

Une nouvelle détonation, plus sourde que les précédentes, ébranle les murs. Le sol se fissure dans la continuité du volet qui vibre de manière inquiétante mais tient toujours la charge. Plus pour très longtemps. Cléia n'hésite pas et plonge la main dans l'un des tubes, tirant le levier d'un coup sec. Son bras est happé par la pieuvre. La Naïade ne peut s'empêcher de crier de douleur : la bête l'a mordue. Puis, un déclic se produit et libère l'emprise. Cléia retire vivement son membre ensanglanté. La blessure provient du bout de ses doigts, qui ont été piqués au fond du tube. Rien de sérieux. Après un clignotement hasardeux, le boîtier affiche : « Embarquez ».

Derrière nous, la porte scellée de la capsule se déroule de bas en haut, comme si le verre s'était soudainement transformé en une toile rétractable. Un moteur invisible s'active et propulse l'engin à quelques centimètres au-dessus des rames : l'habitacle est prêt à partir !

— Ça a marché !

Steever se précipite dedans, suivi par Marcus.

Cléia reste immobile face au boîtier de torture, son bras ballant le long du corps. Depuis la rencontre avec Raptor, elle est ailleurs, plongée dans un souvenir douloureux qui doit tourner en boucle dans son esprit. J'aimerais l'aider, mais je me sens impuissant, trop étranger à ce qu'elle traverse pour espérer lui apporter une once de réconfort. Je lui tends la main, comme pour l'appeler à rejoindre une réalité où elle n'est pas seule, où je suis là pour elle, quoi qu'il en coûte.

Cléia est si absorbée qu'elle ne voit pas immédiatement en mon geste l'occasion de s'extraire de ses ténèbres intérieures. Son regard s'illumine enfin, elle revient à elle, me sourit d'abord, puis se laisse guider jusqu'à la capsule.

Une nouvelle détonation pulvérise un pan entier du volet qui cède enfin, quelques lasers bleus appuyés traversent.

— C'est maintenant ou jamais ! s'écrie Marcus.

Steever s'active sur la console de pilotage, sans succès. La capsule lévite toujours, mais n'avance pas.

— J'y suis !

Le véhicule sort de son immobilisme, bascule d'une trentaine de degrés, s'éloigne du quai en se retournant à l'horizontale tandis que la porte en verre se reforme, aussi solide et impénétrable qu'elle l'était avant le sacrifice de Cléia. Des rayons ricochent au-dessus de nos têtes. Avant que le quai ne disparaisse entièrement de mon champ de vision, j'observe les Sentinelles se ruer sur la pieuvre déjà rassasiée.

21

L'Emprise

— Tu as une heure. Je ne peux pas te maintenir dedans plus longtemps.

— J'atterris où ?

— Ça dépend d'où en est Tommy. S'il a accompli une partie du *scénario libérateur*, tu pourrais apparaître juste à ses côtés. Sinon, tu devras le trouver avant qu'il ne soit trop tard…

— Qu'est-ce que je risque ?

— Aucune idée ! Je n'ai jamais projeté personne plus de quelques minutes quand j'apprenais à maîtriser tout ça. Normalement rien, mais Tommy…

— Au pire, si je n'y arrive pas, tu me renvoies. On a qu'à réessayer jusqu'à ce que ça marche !

— Ce n'est pas si simple. Tu risquerais de devenir fou au sens propre du terme. Et je ne pourrais pas te projeter une seconde fois dans la même connexion. Mon intrusion serait associée à une anomalie de flux… Le centre doit disposer d'une sécurité pour ça. Une heure maxi, pas plus !

— Eh merde…

— Concentre-toi sur Tommy. Résous l'énigme et ramène-le !

— Et si je cède à l'emprise moi aussi ?

— Ça n'arrivera pas.

Cléia semble gênée d'avoir laissé échapper une réaction si catégorique.

— Pourquoi ?

— Parce que… je crois en toi.

Je l'admire. Effondrée une heure avant, à présent si sûre d'elle et déterminée alors que je pourrais ne jamais revenir… Et si je reste bloqué ? Comment peut-elle se trouver si absolument confiante ? Et surtout, quelle folie s'est emparée de moi au point que je me porte volontaire pour la projection ? Le transport n'a pas permis de beaucoup tergiverser. Mais, est-ce une raison valable ?

Les rôles ont été répartis pendant notre fuite du Dernier Cercle : Steever et Marcus ont opté pour la quête de documentation sur les Larmes, avec comme objectif de dérober tout registre utile à la résistance. En outre, Sen leur a commandé une mission d'importance : implanter un *Ver libérateur* au sein du Réseau. Grâce aux infos glanées par son mouchard, Sen a conçu un virus informatique capable de détruire une bonne partie du système de l'intérieur, ce qui affranchirait Tromblin-Port. Le concept entier reste obscur pour moi, mais j'en ai retenu l'essentiel : une fois placé au cœur du serveur principal, le programme malin se diffusera automatiquement de nœud en nœud, réinitialisant les « clefs de contrôles » et « passerelles géodigitales » implantées par la Régulation. Un charabia technique résumé par Sen en une phrase : « Le Ver bouffera l'accès au routeur et Tromblin sera libérée. » L'image du lombric glouton avait suffit. Seul hic dans son plan : le besoin d'un « code d'entrée fantôme » pour télécharger le Ver à distance. Une quête supplémentaire pour Steever et Marcus dans l'escalade de la Haute Tour par sa gouttière extérieure. Un chemin qui, d'après les infos communiquées par Sen, s'enroule autour de l'édifice « comme un toboggan de parc d'attractions ». Sortie de secours ou accès régulier aux bureaux pour le personnel ? Si Steever avait bénéficié de plus de temps avec son cousin, peut-être lui en aurait-il expliqué la genèse, de l'époque où il travaillait encore pour la Fédération.

Laissant la mission piratage aux guerriers, Cléia et moi avons choisi de porter secours à Tommy. Peut-être d'ailleurs la décision la plus idiote de ma vie, et probablement la dernière.

— Vite ! Les Sentinelles peuvent débarquer à tout moment !

J'ôte mes vêtements, m'installe au fond du cocon de liaison, et me sangle solidement tandis que Cléia pianote sur la console de contrôle à la recherche de Tommy. Vu le millier de lignes qui défilent à l'écran, le registre a l'air plutôt dense. Je m'équipe d'un casque identique à celui que j'avais utilisé au centre clandestin d'Emendul. Sa visière est fine et mieux intégrée. Sans doute une version plus récente.

— Le voilà ! C'est bon !

Cléia se déshabille à son tour. Je crois défaillir.

— Que…

— On doit se connecter maintenant.

— Co… Connecter ?

— Un contact physique le plus étendu possible pour que tu puisses atteindre l'emprise de Tommy à travers moi.

— …

— Je vais te servir d'interface. Ne t'en fais pas, tu peux garder ton caleçon ! ajoute-t-elle, amusée.

Comment rester concentré dans une situation pareille ? Se projeter dans les connexions des autres est la spécialité de Cléia, après tout. Elle sait ce qu'elle fait.

Presque entièrement nue, Cléia se sangle dos à moi. Je sens la chaleur de son corps épouser le mien et, à son contact, ne peux retenir la réaction que, je pense, tout homme aurait eue en pareille occasion.

— Ne t'inquiète pas, garde l'objectif en tête !

Tant qu'elle se maintient immobile, la tension reste contrôlable.

— Respire, me souffle-t-elle. On va bientôt basculer. N'oublie pas : résoudre le scénario, aider Tommy…

J'éprouve la sensation d'être projeté dans un abîme sans fond. Mon premier saut avec Marcus me revient en mémoire. C'est la même expérience d'une chute en plein vide.

Quelques instants après, j'ouvre les yeux dans une pièce étrange. Une salle de classe qui me rappelle le lycée. Personne autour, ni camarade, ni professeur. Je suis seul en ce lieu désert et sens une présence qui ne m'a pas quitté. Celle de Cléia, que j'imagine en train de se trémousser… *Reste concentré Acteya !* Voilà ce que je dois me répéter si je veux ramener Tommy et en réchapper l'esprit intact. Je songe à Marcus et Steever, partis seuls de leur côté vers la zone des labos extérieurs. À cette heure, peut-être ont-ils déjà mis la main sur des informations qui aideront Joshua et Sen à pirater le QG et abattre le Réseau ? Cette pensée me donne du courage.

La salle de classe compte une vingtaine de bureaux recouverts de poussière. Quelques cahiers entrouverts agonisent sur les pupitres décharnés. Sur l'estrade, un bureau plus imposant doit servir d'appui au professeur pour dispenser ses leçons. Le tableau, vierge de toute inscription, est coupé en deux parties : une ardoise verte à gauche, une surface mobile laquée blanche à droite. Une gouttière inférieure glissant tout du long présente éponges, brosses, feutres et craies en vrac. Sur le côté, les larges fenêtres donnent sur une aire de jeu habillant un parc voisin riche en verdure. J'apprécie la vue plongeante apaisante, mais déserte : pas une âme qui vive, ni dedans ni dehors. Se peut-il que Cléia se soit trompée de connexion ?

Soudain, la lumière du jour s'affaisse. Un flash, accompagné d'un vent sonore, enténèbre la salle. Un brouillard épais noie l'extérieur et m'empêche de discerner les alentours. Je ne suis plus seul. Un garçon encapuchonné, assis à son bureau, griffonne ardemment sur un cahier sans s'arrêter. La partie ardoise du tableau est remplie de consignes insensées :

Gloire aux mérites des œuvres cachées.
Les ténèbres absoutes par l'éclat des Larmes.
Surgira la lumière, sans hécatombe.
Fausse tirade égale sacrifice éternel.
L'immersion salutaire guidera le Réseau.

Des phrases qui n'ont aucun sens, mise à part cette notion de *Larmes*. Je suis bien dans une connexion d'emprise générée par la Régulation, à la gloire de son projet.

La gorge serrée, j'avance prudemment vers le garçon qui me tourne le dos. Le stylo endiablé ne montre signe de fatigue. Guidé par la main de son maître, il recopie frénétiquement les énigmatiques tirades, noircissant ligne après ligne jusqu'à recouvrir la totalité d'une page. Arrivé à ce stade, le garçon la tourne sans s'arrêter d'un geste tremblant avant de poursuivre. Rien ne semble pouvoir mettre un terme à son acte dément.

— Tommy ?

Le garçon ne répond pas. Il marmonne quelque chose d'à peine audible. Je me penche au-dessus de son épaule et reconnais sa voix. Il lit ce qu'il écrit en y ajoutant des commentaires personnalisés :

Gloire aux mérites... la résistance... des œuvres cachées. Les ténèbres absoutes... se souviendront de Tommy Neechen... par l'éclat des Larmes. Sans hécatombe... arrêter tout...

C'est bien Tommy ! Il lutte, le regard dans le vide. Ses yeux vitreux reflètent le néant. Il est là, sans l'être, obligé par une force invisible. Je tente de lui parler, allant même jusqu'à le secouer physiquement pour l'extirper de sa transe, mais Tommy ne dérive pas d'un cil, continuant son œuvre solitaire dans la souffrance. Comment l'aider sans le blesser ? Ce sortilège présente-t-il une faille ?

Soudain, un autre éclair aveuglant, suivi d'un violent râle, résonne dans la salle avant de se disperser en bribes sonores sifflantes. Tommy a disparu. Les inscriptions aussi, et le havre de paix est revenu au-dehors… Quel est encore cet enchantement ? Je me souviens des conseils de Cléia : « Résous l'énigme et ramène-le. » Résoudre l'énigme ? Une chouette idée ! Pour l'heure, je n'ai pas l'impression de devoir dénouer un casse-tête, mais plutôt d'être tombé dans un programme buggé aux relents de mauvaise blague.

J'avance vers la fenêtre la plus proche, tire sur le loquet et pousse la vitre qui bascule en arrière, laissant passer un coup de vent qui balaye la pièce. À peine ai-je le temps d'évaluer la hauteur à laquelle je me trouve que je suis à nouveau victime d'un flash lumineux : la fenêtre se rabat dans un claquement sec qui manque de m'aplatir les doigts. Heureusement que mes réflexes sont bons ! Le brouillard opaque extérieur se réinstalle. Mon cœur bat à cent à l'heure. Je pivote doucement vers les pupitres. Tommy est de retour à sa place, envahi d'une frénésie qui n'a pas faibli. Les inscriptions au tableau sont réapparues dans un ordre différent, mais prônent toujours les mêmes conseils farfelus.

Compte tenu de ma localisation vis-à-vis du parc en contrebas, je dois être au deuxième étage de cette école fantôme. Peut-être qu'en explorant l'endroit, je trouverai un moyen de briser la boucle infinie dans laquelle Tommy est empêtré. Et moi avec. Cette salle doit bien déboucher quelque part. Arpenter les couloirs de l'école devrait me fournir des réponses. Peut-être y trouverais-je une faille à exploiter pour rompre l'emprise ? Une idée qui me vient au bon moment : j'étouffe et j'ai besoin d'air.

Je laisse Tommy à ses gribouillages et me dirige vers la porte de l'autre côté de l'estrade. Effaré, je constate que celle-ci n'est qu'un décor destiné à enjoliver l'endroit. Ni poignée, ni mécanisme d'aucune sorte ne lui donne la légitimité de ce qu'elle représente : c'est un algorithme incomplet, une forfaiture de développeur ! Le programme se résume donc en cette sinistre pièce, itérant sur une punition à huis clos.

Je cherche en vain de quoi extraire Tommy du sortilège depuis près de trois quarts d'heure. Il me reste peu de temps avant que Cléia ne me rappelle à elle. Un détail a dû m'échapper. J'ai fouillé la salle de fond en comble et je n'ai trouvé que des cahiers déchirés aussi rigides que du marbre, des piles de livres soudées à leur étagère et quelques effets d'écoliers factices, dispersés au sol, créant l'illusion d'une animation passée. Le programme est bâclé. Sa nature même d'emprise a dû permettre une mise en fonction à l'état de simulation bêta. La Fédération est moins regardante sur l'aspect réaliste de ses emprises que pour commercialiser un programme grand public. Logique, puisqu'il s'agit d'asservir le peuple esolien à petites doses, sur le long terme.

Un nouveau cycle s'enclenche : le parc est une fois de plus noyé et Tommy s'acharne à l'ouvrage. Le supplice ne s'arrêtera-t-il donc jamais ? Je m'approche du jeune geek toujours aussi crispé. Son mouvement est contraint sur une séquence répétitive en deux temps : levant les yeux vers le tableau en ardoise puis replongeant sur le papier qu'il entache d'encre. Son stylo ne faiblit pas alors que le nombre de pages noircies ne cesse de croître. La durée de vie du cahier paraît éternelle.

Je m'assieds à ses côtés. Il ne me reste probablement que quelques minutes avant d'avouer à Cléia mon impuissance. J'ai été si téméraire en prenant la décision folle de sauver Tommy, que je me sens presque coupable de ne pas avoir laissé Marcus ou Steever saisir leur chance. Auraient-ils fait mieux ? En tout cas, difficilement pire ! Posant ma main sur l'épaule de Tommy, je soupire :

— Désolé, j'ai tout retourné ici… Je n'ai rien vu pour te sortir de là. Ne m'en veux pas…

C'est alors que je vois quelque chose bouger et se déplacer devant le tableau : une ombre, ou plutôt une silhouette floue qui s'agite en silence avant de disparaître et ressurgir depuis l'endroit de la porte jusqu'à l'estrade. La forme mouvante parcourt un chemin, toujours le même. Elle apparaît à l'entrée de la salle de classe, s'avance, se fige quelques secondes puis se rend à côté du tableau et se transforme en un contour tremblant encore plus complexe. Le spectre laisse derrière lui une trace qui s'estompe avec un peu de retard après son passage. Comme si l'atmosphère gardait en mémoire son comportement dans l'espace.

Je me lève pour approcher l'apparition. Me plaçant dos à la porte, j'apprécie la trajectoire de l'intrus. Comme je m'en doutais, le fantôme n'est pas réel et me traverse lorsque je recoupe son chemin. Quelque chose cloche. Le cycle apparition-disparition de Tommy est cette fois-ci plus long que les précédents. La main du jeune geek ne cesse son mouvement frénétique, mais son visage est figé dans ma direction. Un frisson me court entre les omoplates : Tommy essaie de me transmettre un message ! Il ne peut pas parler, mais son attitude témoigne d'une lutte interne sans merci : c'est lui qui empêche la séquence de recommencer !

Je dois être tout près de la solution. Suivant le regard statique de Tommy, je me retourne en direction des inscriptions et recoupe avec le comportement du spectre. Tout s'éclaire : ce que j'ai perçu comme un étirement brouillon du fantôme en fin de boucle correspond au moment où il s'active pour écrire au tableau ! Comment ai-je pu passer à côté de ça ! Il me reste moins de cinq minutes. J'observe attentivement la séquence spectrale se dérouler sous mon nez et remarque un détail qui n'avait pas attiré mon oeil jusque-là : la bouillie translucide s'arrête devant le tableau blanc, et non l'ardoise. Voilà à quoi sert la partie mobile laquée : à produire le scénario libérateur !

Mais quoi faire précisément ? Je me retourne à nouveau vers Tommy, l'air paniqué :

— Aide-moi, Tommy ! Je dois écrire un truc, c'est ça ?

Question à laquelle le destinataire ne répond pas, concentrant toute son énergie à lutter contre l'arrêt de la boucle.

Je me penche sur le tableau blanc et en effleure du doigt la surface rugueuse : un léger relief persiste, témoignant d'une utilisation trop insistante. Le cas typique d'une écriture appuyée à la craie, exceptionnellement remplacée par un feutre. C'est la faille. À la longue, l'intervention des Dondres dans l'emprise a laissé une trace indélébile. Je me poste en diagonale entre le bureau principal et le tableau pour que l'éclairage des lampes au plafond permette aux marques de mieux ressortir :

Gloire aux Larmes.
Surgira le Réseau.

Une composition de mots choisis parmi les inscriptions écrites sur la partie ardoise. Ce doit être un moyen mnémotechnique pour que les Dondres se souviennent de la clef du scénario libérateur ! J'attrape un feutre qui traîne dans la gouttière et recopie la phrase en lieu et place du marquage. Dès que je place le point final, tout s'arrête. La même sensation de plongeon dans le néant que lors de la connexion, mais en sens inverse : je suis aspiré par une force qui me projette hors des limites du programme.

Je reviens à moi en haletant. Cléia est déjà rhabillée, debout à côté du cocon de liaison. Lorsque nos regards se croisent, elle m'envoie un sourire rassurant :

— Tu as réussi ! De justesse, mais tu l'as fait ! Allons le chercher avant que les Sentinelles ne nous tombent dessus !

Je suis un peu déboussolé, mon esprit est encore dans cette classe avec Tommy. En me levant pour récupérer mes affaires et regagner un peu de dignité, je suis pris d'un violent mal de crâne. Je vacille et parviens à me rattraper à temps en m'appuyant sur la console de connexion. Cléia vient à ma rescousse pour m'aider à me relever.

— Doucement. Il faut que ton esprit s'habitue.

— Je vais bien, ça ira…

Beuargh ! Je vomis les quelques gâteaux et fruits secs avalés sur le chemin d'Alpha-Soli. Si les effets secondaires sont proportionnels au temps passé dans la connexion d'emprise, je n'ose imaginer l'état dans lequel nous allons retrouver Tommy. Rattaché depuis des heures, voire des jours, le pire est à craindre.

Titubant, je retrouve Cléia affairée à repérer le « cercueil connectique » de Tommy — ce mot joyeux n'est pas de mon invention, mais porté par l'étiquette figurant sur le menu qui défile à l'écran.

— Je l'ai ! s'écrie-t-elle. Box 3-16-6B !

La notion de « cercueil » et maintenant de « box » en dit long sur la considération des prisonniers par la Fédération. Cléia réinitialise l'accès à la console pour que les Dondres n'y voient que du feu, laissant exprimer un talent technique supplémentaire dont je ne m'étonne même plus. Puis, nous quittons la salle de liaison.

Les couloirs du QG sont déserts. Le personnel de sécurité n'est pas à son poste. Je remercie intérieurement l'efficacité du leurre déployé par Steever. Lorsque nous étions sur le chemin d'Alpha-Soli, Sen avait eu l'idée lumineuse de simuler l'apparition distante d'une entité informatique pour induire l'IA en erreur. Il s'agissait de lui faire croire qu'un danger inédit approchait depuis la vallée, outrepassant les rayons détecteurs. La réalisation technique n'était pas gagnée d'avance et la duperie paraissait grossière. Pourtant, le résultat s'est avéré à la hauteur de nos espérances : la Régulation est tombée dans le panneau, ordonnant à ses troupes de se concentrer au rez-de-chaussée du bâtiment. Sen avait vu juste : l'IA ne lésine pas sur les moyens lorsqu'il s'agit de défendre l'intégrité de son centre névralgique. Même si la réaction semble excessive, la Régulation a sans doute ses raisons : une menace sérieuse sur le QG peut signifier la mise à mal du Réseau, et par la même occasion la fin de son projet d'expansion. L'IA n'aurait alors plus de raison d'être et perdrait tout pouvoir de contrôle. Les emprises et l'asservissement des peuples esoliens seraient de l'histoire ancienne. À croire que Sen appréhendait mieux que personne la susceptibilité de l'entité numérique à la tête du Réseau — et connaît surtout une façon efficace d'exploiter ses limites !

Bien que les couloirs soient vides, nous optons pour un pas de course. La chance est de notre côté, mais ne nous montrons pas trop gourmands.

— Box 3-16-6B… le couloir 3, c'est par-là !

Nous bifurquons dans une aile qui me rappelle la maintenance derrière le Sirop Central : le chiffre *3* plaqué symétriquement au sol et au plafond précède un couloir débouchant sur une infinité de petits corridors, marqués de chiffres impairs à gauche, pairs à droite. Sans freiner l'allure, nous nous arrêtons devant le boyau *16* et nous y engouffrons.

— On se rapproche, commente Cléia. C'est un vrai labyrinthe ici ! 6B, 6B…

La porte *6* n'est pas fermée. Je lui donne un coup d'épaule et atterris dans une pièce carrée où se dressent quatre cocons, dont la matière en béton huileux évoque celle de l'édifice central du Dernier Cercle. Sur chacun des blocs, une lettre est gravée. Les cercueils connectiques ! Le box B est hermétique : rien ne permet de vérifier qui en est l'occupant. La ressemblance macabre avec la dernière demeure du mort est frappante. Sur le côté se trouvent plusieurs manettes, dont l'une doit commander l'ouverture. J'abaisse tous les leviers et le cercueil s'ouvre, laissant échapper une fumée verte devant laquelle Cléia recule. Le gaz tient sans doute sa couleur d'un chargement excessif en divers psychotropes, utilisés pour renforcer l'effet de la connexion.

Tommy apparaît endormi, les membres sanglés avec fermeté. Il porte toujours la tenue qu'il avait dans les tunnels de Tromblin-Port. Les connexions d'emprise ne requièrent pas un déshabillage systématique. Le malheureux est branché à la base de son cou par un tuyau relié à l'arrière du cercueil, lui injectant de la GOOT en continu.

— Comment couper ça ?

Mon artefact vibre : un message de Steever ! La fonction camouflage ne marche plus, mais l'engin n'a pas dit son dernier mot. Pourtant, nous avons été coupés en arrivant à Alpha-Soli. La communication locale n'a sans doute pas été affectée par le brouillage de la Fédération. Après tout, nous sommes bien dans le même bâtiment, aussi vaste soit-il. Le message reçu est encourageant :

Larme confinée au 24ᵉ.
RDV sur place.
Tommy ?

J'ai un pincement au cœur. Comme l'amère impression d'avoir secouru Tommy sans réellement l'avoir sauvé. Que puis-je répondre ? Pendant que Cléia fouille les lieux à la recherche d'un moyen de l'extraire du cercueil, j'écris :

Reçu.
Tommy libre mais mal en point.
Faisons le max.

Je préférerais lui parler de vive voix, mais Sen n'a pas jugé utile d'ajouter la fonction téléphone à mon artefact. Un point de détail qui m'oblige à choisir soigneusement mes mots. Je le glisse dans ma poche.

— Ils ont repéré une Larme au vingt-quatrième étage… On est loin, à ton avis ?

— Juste en dessous !

Cléia s'agace de ne rien trouver comme indication. Son unique découverte : un livre intitulé *Le temps venu des Quatre Épis : évolution de la flore extérieure et décadence*. Un ouvrage abandonné sur l'histoire de la botanique ayant peu de chance de raconter comment extraire un connecté sous injection. J'étudie de plus près l'embranchement qui nourrit Tommy d'une substance au coloris brun foncé.

— Je ne vais pas le regarder faire une overdose sans agir !

C'en est trop. Je décide de prendre le risque. Serrant fermement le tube, je tire d'un coup sec, dégageant le cou meurtri de son apport toxique. Instantanément, le jeune geek revient à lui, les yeux grands ouverts, le regard vide. Son expression traduit un profond traumatisme. Soudain, il est pris d'un spasme et d'une quinte de toux, se libérant du trop-plein de GOOT qui avait pénétré son organisme. Un liquide vert visqueux se répand au sol. Je détache Tommy de ses sangles. Enfin libéré, il fait un pas en dehors du cercueil et tombe à genoux. Il relève mécaniquement la tête. Aucune émotion ne transparaît sur son visage, figé à la frontière ténue entre tristesse et apathie. Cléia engage la conversation :

— Te revoilà ! La Rég n'a pas compris à qui elle a affaire !

Aucune réaction. Le regard impassible de Tommy perce la salle des cercueils et se perd dans un horizon insondable. Cléia se trompe. Il n'est pas totalement revenu. Certes, physiquement, il est là devant nous, mais son esprit est égaré quelque part dans les limbes du Réseau. L'emprise a donc accompli une partie de son œuvre, anéantissant la vivacité de ses connexions synaptiques pour l'empêcher de retourner parmi les cerveaux de la résistance.

J'aide Tommy à se relever en lui prêtant mon épaule, puis me tourne vers Cléia qui semble désemparée :

— Steever et Marcus nous attendent. Allons-y !

Heureusement, Tommy a conservé sa tonicité physique et son sens de l'équilibre. Il marche, muet, à mes côtés, comme l'ombre de lui-même. Rebroussant chemin jusqu'à l'entrée des box, nous nous dirigeons vers les ascenseurs qui ne répondent pas. L'absence de Dondres à cet étage ne signifie pas que la Régulation a décidé de nous faciliter la vie. Par sécurité, l'alerte défensive a dû sceller automatiquement une partie des accès internes.

— Par-là !

Cléia a repéré une rampe qui rejoint les hauteurs de la Tour. En plus d'un sens de l'orientation exemplaire, ses capacités d'observation ne sont décidément pas en reste. Une vibration dans ma poche. Mon artefact découvre un nouveau message de Steever :

Tork ici.
Piège possible.
Restez sur vos gardes.

Piège ou non, il est trop tard pour reculer. Si une Larme est à portée, la résistance doit mettre la main dessus. C'est peut-être la seule chance d'empêcher une Dilution Mentale totale.

Je palpe ma dague comme pour vérifier si j'aurai le cran de la dégainer quand l'occasion se présentera. Tork n'est sans doute qu'un lieutenant lambda aux ordres de la Fédération, mais sa tête doit tomber. Pour Tommy, pour Joshua, pour Sen, pour mes compagnons qui croient en moi.

22

Surcharge Émotive

Nous entrons au vingt-quatrième étage par le vestibule d'une zone de contrôle. Des caméras en couvrent chaque angle pour rappeler que l'endroit est le plus sécurisé de la Haute Tour. En plus de la rampe qui nous a conduits ici, un ascenseur rejoint les lieux par l'ouest. Face à lui, une autre ouverture débouche sur un escalier en direction des étages inférieurs. Les trois entrées convergent vers une plate-forme géante recouverte d'une grille constituée de croisillons en métal argenté. En son cœur se dresse une large pièce cubique aux parois fumées, surmontée d'un dôme n'atteignant pas le plafond. Une odeur sèche et âpre, mélange de stérilisant et de désinfectant, saisit mes narines dès que je pose mon pied en dehors du vestibule. Les murs blancs et immaculés, qui courent jusqu'au plafond bombé, contribuent à plonger l'étage dans une atmosphère d'hôpital.

Cléia s'interroge à voix basse, surprise que l'accès soit si facile :

— Personne ?

— Aucun signe de Steever et Marcus, en tout cas. S'il y a une Larme, elle doit se trouver dans ce labo !

Toujours muet, Tommy ne paraît souffrir d'aucune séquelle physique. Côté mental par contre, rien ne laisse supposer qu'il est dans les meilleures dispositions.

La pièce centrale, un bocal aseptisé, est grande ouverte. Nos pas nous reviennent en échos qui se répercutent dans l'espace vide jusqu'à étouffement. Cléia s'arrête près de la paroi et toque dessus à plusieurs reprises :

— Du verre.

J'aperçois une lueur verte émanant d'une cuve scellée, posée sur un plan de travail au cœur de la structure. Attiré par le halo lumineux, je m'en approche lorsqu'un cri retentit :

CHOC !

L'incantation vibre d'un bout à l'autre de l'étage. Une barrière se forme entre le laboratoire et les murs de la tour. Je suis projeté en arrière à travers la paroi en verre qui explose sur mon passage. Tommy valdingue lui aussi au même moment et se retrouve étalé de tout son long. Seule Cléia, qui a eu le réflexe de s'accroupir à temps, résiste au souffle de la barrière de section. Comme pour vérifier la nature de la menace, elle décoche une flèche qui meurt au contact de l'obstacle.

Je me relève en titubant et vois ce que je redoutais : de l'autre côté du bocal fumé, Tork se dresse face à nous. Autour de lui, une escorte de luxe composée d'une douzaine de Sentinelles, parées à l'attaque. Je reconnais Lenceo et Geza, le joyeux duo de la taverne qui n'a pas l'air d'être venu pour passer du bon temps. Un second vestibule, au nord de la salle, a permis à l'ennemi de nous tendre le piège idéal : sa position était parfaitement masquée et le Maître-Dondre peut désormais nous cueillir.

De l'autre côté de la barrière, le mage squelettique affiche un rictus de satisfaction. Je devine une détermination sans faille, point d'orgue d'un traquenard dont il se sait le brillant instigateur. Tork émet un nouveau cri qui arrive étouffé à mes oreilles. La barrière paraît plus dense que la première et absorbe une bonne partie des ondes sonores : à peine formée, elle vire du pourpre au rouge écarlate et s'étoffe encore davantage. Cette fois, c'est certain, Tork ne compte pas faire de prisonnier.

RÉDUCTION !

L'enchaînement incantatoire redouté n'a pas tardé : la barrière commence à se rétracter. Alors que celle des souterrains de Tromblin-Port nous a seulement douloureusement enlacés, cette emprise-là paraît bien plus rigide. Un mauvais pressentiment m'envahit. Nous allons être broyés vivants. Comment nous en sortir ? Ni une dague, même vaillamment portée, ni un arc, aussi vif soit-il, ne viendraient à bout de la déferlante qui s'apprête à nous hacher menu.

— Whoooah !

À peine relevé, Tommy trébuche en hurlant. Haletant, les mains plaquées au sol comme pour tenter de se calmer, il convulse sur place. Le jeune rescapé lutte, essayant de contrôler son état.

— Tommy !

Cléia se précipite vers lui. Elle est projetée en arrière dès qu'elle le touche, comme victime d'aimants aux champs magnétiques contraires, et se retrouve à terre, à mes côtés.

Le regard de Tommy a changé : pupilles et iris sont confondus et brûlent dans un feu verdoyant. Je sens une douleur m'étreindre. Un frisson. Un picotement venu des profondeurs qui peu à peu me vrille les nerfs. Je m'enflamme de l'intérieur.

La barrière s'est déjà repliée de moitié et menace de se refermer d'un instant à l'autre. Je m'avance jusqu'à Tommy et lui attrape la main. Je ne suis pas repoussé comme Cléia. Au contraire, le geste active en moi la croissance du feu. Mes pensées vacillent. Je lutte pour garder le contrôle de mon corps et de mon esprit, tous deux en pleine découverte d'une sensation à l'intensité inégalée. Je saisis la nuque de Tommy et plaque son front contre le mien. Une aura étincelante germe entre nous et se répand de manière concentrique au milieu de la barrière dont le diamètre se meurtrit comme peau de chagrin. L'aura se densifie et s'étend de plus en plus, traversant Cléia. La Naïade comprend ce qui est en train de se produire : au-dessus, l'aura s'étire en une sorte de fumée verte jusqu'au laboratoire central et plonge à l'endroit de la cuve rayonnante. Tommy et moi sommes connectés à la Larme ! Une décharge émotive spontanée ou volontaire ? Nous sommes réunis en présence d'une source d'énergie qui trouve une accroche en nous. L'aura s'étend encore et comble l'espace qui nous sépare de la barrière. Plaquée contre elle, l'énergie dégagée épouse la forme violacée, se durcit, freine puis stoppe la réduction. Comme engoncée dans une zone trop étroite, elle explose sur trois cent soixante degrés et pulvérise la barrière. La fumée se rétracte dans la cuve, dévoilant les auteurs du cataclysme aux yeux des Dondres médusés.

Tommy s'effondre dans mes bras. Je ne comprends pas ce qui vient de se produire. J'ai ressenti cette force pénétrante irrésistible me connecter à lui. Puis tout m'a échappé.

Le sol gronde et les croisillons métalliques entrent en vibration. La haute coupole surplombant le laboratoire se fissure et les murs blancs sont secoués par une onde en provenance des profondeurs de la tour. Cléia s'agenouille près de Tommy. Elle lui parle et le remue, mais aucune réaction ne lui parvient en retour : il a perdu connaissance.

Tork ordonne à ses troupes d'attaquer. De là où je me trouve, tout est confus : les Dondres se battent entre eux. Les vociférations du mage squelettique ne sont donc pas destinées qu'à commander une action à notre encontre, mais aussi à mettre fin à une mutinerie ! Une Sentinelle tente de fusiller Lenceo qui réplique en plongeant à plusieurs reprises un couteau dans son abdomen. Plus loin, Geza se bat aux poings avec un autre Dondre. Ont-ils perdu la raison ?

Des pans entiers de murs se détachent, tordus sous l'effet des tremblements qui s'amplifient de plus en plus. Une fissure géante creuse le plafond et laisse échapper un éternuement de poussière qui irradie la pièce. Cléia, lucide, brusque ma torpeur :

— Acteya ! La Larme ! Je te couvre !

Je serre les poings et me ressaisis au prix d'un effort intense. La Larme est à ma portée et la confusion dans les rangs de l'ennemi est une chance. J'évite de justesse une plaque de plâtre qui éclate au sol avec fracas, puis pique un sprint vers la cuve dont la lueur perd en intensité. À peine ai-je franchi la muraille vitrée que Tork en personne s'interpose. Sa tunique flotte dans la poussière épaisse qui achève définitivement la stérilité du lieu. Le rictus sinistre de son visage décharné laisse place à un air rageur. La destruction de la barrière n'était pas prévue au programme et l'homme squelette en est sèchement contrarié.

Je jette un coup d'œil par-dessus mon épaule : Cléia défend sa position en décochant une salve de flèches à destination des Dondres qui s'empoignent vigoureusement. Parfois, l'un d'eux se montre menaçant à l'égard de la Naïade, mais est aussitôt interrompu par un confrère rebelle ou un projectile bien senti qui le ramène à un rapport de force plus local. Cléia gère la situation.

Sortant ma dague, je fais face à Tork. Je dispose de peu de temps avant que les Dondres remettent de l'ordre dans leurs rangs. Je dois profiter de la panique ambiante pour en finir.

— Tu comptes me caresser avec ça ? ironise le Maître-Dondre.

Je serre fortement mon arme. Elle et mon bras ne font qu'un. Je bondis sur Tork. Le mage brosse l'air d'un geste vif et je sens une force me frapper, comme si un poing invisible venait de m'asséner un violent crochet. Je percute une paillasse. Mon dos irradie. Je n'abdique pas et me relève laborieusement, puis tente à nouveau de blesser mon adversaire qui me projette dans les cordes. Cette fois, la sensation est celle d'un uppercut qui me soulève de quelques mètres avant de m'expulser à travers la dernière vitre encore intacte.

— Acteya !

La voix de Cléia me semble lointaine, noyée. Étalé dans les débris, je m'appuie sur les coudes et ne peux retenir un gémissement. Mon dos est douloureux et, pour ne rien arranger, mes bras et mon visage présentent de nombreuses éraflures. Tork s'avance vers moi, menaçant. Lui aussi souhaite en finir. Un sifflement passe tout près. Une flèche surprend le Maître-Dondre, trop occupé à se délecter d'une victoire imminente. Le projectile se plante dans son épaule. Sous l'effet du choc, Tork vacille et lève les yeux en direction de Cléia. Il arrache furieusement la flèche et réitère un geste de la main, dressant une nouvelle barrière. Celle-ci est plus fine, presque transparente. Moins aboutie que la précédente, elle s'étire en hauteur et forme un mur de fortune. Le fruit d'un sort bâclé qui a tout de même le mérite de nous isoler des velléités de l'archère.

— Je m'occuperai de toi après ! lance-t-il.

L'intervention de Cléia a mis en évidence un fait important : Tork n'est pas invincible. Derrière sa magie, le meneur dondre est toujours constitué de chair — pour ce qu'il en reste — et de sang. Sa blessure à l'épaule est réelle et découvre un membre rachitique abîmé.

— Tooork !

Une voix familière hèle l'ennemi avec tant d'appui qu'elle paralyse sa cible. La situation n'est pas à mon avantage, mais j'ai presque envie de sourire : à son ton audacieux, Marcus semble plus que jamais déterminé à massacrer du Dondre ! Le moment est particulièrement bien choisi. Le fracas qui s'ensuit démontre une énergie déployée à la hauteur de l'annonce tonitruante : le guerrier a lâché la bête. De là où je me trouve, je ne peux qu'imaginer mon ami frapper dans le tas de Dondres. Steever est-il à ses côtés ? Le « par Koofa ! » qui surgit de la mêlée chaotique me donne la réponse. C'en est trop pour Tork qui hurle en direction de ses lieutenants :

— Lenceo ! Geza ! Occupez-vous de ces deux-là ! Que personne ne passe !

L'envie de tuer refait surface dans les yeux du mage lorsqu'ils se posent à nouveau sur moi.

— Tu arrives trop tard, pauvre enfant ! Qui croyais-tu voler en pénétrant ici ? La Régulation est toute puissante ! Tu n'as pas idée de ce que nous bâtissons en ce monde. Bande de cloportes insignifiants ! Il est temps que votre parasitage cesse !

Je demeure irrésistiblement attiré par la lueur étouffée de la Larme mourante. Je vois le maigrelet Flick rôder près de la cuve luminescente. Le fourbe a su échapper à la mutinerie malgré son gabarit d'espion chétif. Tente-t-il de voler la Larme au nez et à la barbe de son maître ?

Sans même se retourner, Tork lève la main et claque des doigts. Flick s'immobilise. S'ensuit un ordre ferme qui ne laisse planer aucun doute quant à la fidélité du frêle laquais :

— Emmène-la au transport ! J'en finis avec les Dilueurs. Allez !

Une bonne dose d'agacement teinte ses propos. Le plafond continue à s'effriter dangereusement. Flick prélève la source lumineuse qui disparaît de la cuve pour irradier une petite sacoche qu'il équipe en bandoulière. Puis, le serviteur s'éclipse. Les coups pleuvent toujours dans les rangs dondres, résignés à ne pas décevoir leur chef. Tork se parle à voix haute et lâche un « finissons-en ». Levant le poing vers moi, il murmure une incantation qui ne produit aucun effet. Réitérant plusieurs fois sa gestuelle, le Dondre tente de puiser au fond de lui la source de quelque chose qui ne vient pas. J'en profite pour m'élancer vers lui. Je vise l'estomac, mais une esquive m'empêche d'accéder au point vital. Ma lame se plante dans son bras. Le visage de Tork se fige, surpris d'être blessé par une si petite chose. Du sang s'écoule jusqu'au bout de ses doigts. Il arrache la dague qu'il jette devant lui et me repousse. L'arme rebondit à la surface des croisillons au-delà de la barrière qui vient de disparaître. Tork a-t-il atteint sa limite ?

— Lenceo ! Geza ! Activation du pont !

Un violent souffle se produit à l'endroit des Dondres en prise avec Marcus et Steever. Les deux soldats de la Régulation ont coiffé leur casque et allumé leur viseur bleuté. Une détonation sourde retentit et les Sentinelles se volatilisent avant de réapparaître aux côtés de Tork. De part et d'autre du Maître-Dondre, Lenceo et Geza frappent une zone de leurs poitrines, et un bras mécanique jaillit de leurs dos. Les membres se rejoignent puis se plantent dans la nuque de Tork. Sous l'effet du choc, le squelette est propulsé en avant. Son regard change. Il semble retrouver son énergie perdue.

— Ouvrez la voie ! lance-t-il à ses sbires.

Les corps des Sentinelles se désagrègent peu à peu comme s'ils n'étaient composés que de poussière, se mêlant à la déliquescence de la tour. La Surcharge Connective !

Cléia accourt, laissant Tommy reposer en léger retrait. Brandissant un de ses longs couteaux, Steever pique un sprint dans notre direction. Marcus reste aux prises avec un dernier Dondre récalcitrant.

— Une *Surcharge* ? Sans programme ?

— Ils ont trouvé un moyen !

Lenceo et Geza ont presque totalement disparu. Tork s'élève dans les airs. Son corps commence à rayonner. Le pont spatial est tracé. Ce n'est plus qu'une question de secondes avant que Tork ne s'échappe.

— Je vous retrouverai ! Toi, Naïade, tu es la prochaine sur ma liste !

Les dernières particules des Sentinelles se dispersent et Tork lévite à présent à un bon mètre au-dessus du sol. Un mur entier s'est découvert sur un ciel gris électrique. L'effondrement laisse pénétrer des bourrasques sifflantes qui traversent la vallée en contrebas et ricochent sur la tour. Le vent brumeux amplifie sa valse tourbillonnante à mesure de son ascension contrainte.

— Par Koofa !

Dans son élan, Steever se sert d'une partie de la voûte effondrée comme tremplin. Son attaque circulaire fend la jambe de Tork et le ramène au sol. Les yeux brillants, le Dondre réplique :

CHOC !
RÉDUCTION !
CHOC !

Il a recouvré ses capacités grâce à la Surcharge Connective. La série d'invocations nous isole, Cléia, Tommy et moi dans une nouvelle barrière qui se rétracte sur nous au même rythme que la précédente. Mais Steever est la cible privilégiée du Dondre : une lanière aux reflets violets l'enserre au thorax. Cette fois, aucune barrière préalable n'est nécessaire et l'étau se referme inexorablement sur l'adorateur de Koofa-Voli. J'observe la scène, impuissant, dans ma nouvelle prison qui se contracte à vue d'œil. Gêné par l'attache qui l'étreint de plus en plus, Steever s'équipe tant bien que mal de son deuxième couteau et tente d'atteindre Tork qui esquive les coups maladroits du guerrier en souffrance. Avec Cléia, j'essaie d'affronter la barrière, mais le moindre choc nous repousse au cœur de l'enceinte, une décharge étourdissante en prime. Plus loin, Marcus redouble de hargne pour se défaire du Dondre qui ne le ménage pas : il a enfin trouvé un adversaire à sa taille au pire des moments.

Steever hurle et tombe à genoux avant d'être pris de convulsions : l'étreinte doit lui broyer les os. Je sens alors une brûlure intense renaître. La sensation, proche de celle que j'ai éprouvée avec Tommy un peu plus tôt, rejaillit en moi. Je suis furie. Steever va mourir sous mes yeux !

Le dôme se fracture en deux et s'écrase sur le laboratoire. Plusieurs cuves explosent sous la pression et finissent de le réduire en pièces. Un voile de poussière plastique balaye l'étage qui ne ressemble plus désormais qu'à une décharge à ciel ouvert. Le vent des hauteurs s'engouffre en sifflant, et abat un froid glacial jusqu'aux croisillons qui répondent par des grincements sinistres. La température chute brutalement. L'air troublé frémit. Une agitation qui vibre en cadence avec les battements accélérés de mon cœur. Une main me saisit la cheville : Tommy, allongé, a fini par ressurgir de son coma pour ramper jusqu'à moi. Soudain, je prends la mesure d'une acuité nouvelle. Mes douleurs physiques disparaissent et sont remplacées par d'autres, externes, tiraillant mes entrailles. Une force m'étouffe, m'entraîne au bord de l'explosion. Je distingue les réactions de mon corps de celles qui proviennent de mon ami souffrant : chaque hurlement de Steever déclenche en moi une déchirure. Je vis une symbiose inexplicable.

— Tu le sens ?... expire Tommy avant de lâcher prise et perdre à nouveau connaissance.

Tork a repris sa lente ascension. Entre moi et le Maître-Dondre, la barrière n'est plus une limite infranchissable, mais un assemblage de molécules se tenant les unes aux autres. La structure n'est pas entièrement stable. La disparité et l'agitation des composés expliquent l'absence d'opacité de la matière. Je pose mes mains sur la barrière. Une décharge surgit et excite le maillage atomique. La force indomptable qui avait détruit la précédente est cette fois insufflée mesurément par le bout de mes doigts. Je la sens circuler en moi et peux presque en contrôler le débit. La muraille vaporeuse change de couleur avant de se dissiper.

Steever se contracte toujours et semble à bout de forces. Au-dessus de lui, un chemin se dessine et offre une dérobade à Tork. Le pont spatial prend forme et traverse l'étage jusqu'à la paroi nord de la tour. Les contours du chemin aérien sont sculptés de filaments lumineux qui se tissent ensemble pour consrtuire un tunnel de téléportation étincelant. En d'autres circonstances, j'aurais été submergé par l'émotion face à un tel spectacle, mais je ne me distrais pas. Je m'élance vers Tork, attrape le couteau de Steever laissé à terre et lui plante dans la jambe. La lévitation du Dondre prend fin et il tombe à genoux, parvenant à bloquer l'arme d'une main.

— Tu as perdu, fils du Protecteur ! expulse-t-il avec un sourire crispé, droit dans mes yeux verdoyants.

Le pont spatial est complet. Comme les Sentinelles qui l'ont précédé, Tork commence à se décomposer en même temps qu'il est attiré à l'intérieur. Je tente de toutes mes forces de dégager mon arme de l'étreinte, mais le Maître-Dondre ne bronche pas.

— Par Koofa… Acteya !

Steever, les orbites assombries, les traits tirés et la bouche saignante, trouve la force de me lancer son couteau avant de s'effondrer dans un ultime râle. J'attrape l'arme au vol et la plante dans la poitrine de Tork qui tombe en arrière et se fracasse contre les résidus de paillasse. Le pont se rétracte et s'efface entièrement : son origine est détruite.

Marcus vient d'en finir et se précipite auprès de Steever. Arrivé à ses côtés, il le secoue comme pour le sortir d'une mauvaise sieste, mais son ami reste silencieux.

— Non ! Non ! Non !

Aucun mot ne me semble suffisant. Le guerrier repose le corps inerte de son frère d'armes et se retourne vivement vers Cléia :

— Tommy ! Au chevet de son autre camarade inanimé, il s'adresse à la Naïade qui, tête baissée, intériorise son chagrin.

— Que s'est-il passé ? Est-il...

— Il respire, coupe-t-elle. Mais ça ne tient pas à grand-chose.

Un nouveau tremblement secoue la Haute Tour. Une faille s'étire sur la largeur du plafond servant encore de repoussoir aux spirales venteuses de la vallée. La structure menace de s'effondrer d'une minute à l'autre.

— Ça ne pouvait pas bien finir… non… ça ne pouvait pas bien finir…

Marcus est en état de choc. Il doit s'en vouloir de ne pas avoir été auprès de son ami pour le défendre.

— Marcus, tirons-nous d'ici !

Pas de réaction. Le guerrier reste agenouillé, le front plongé vers Tommy comme s'il contemplait un espoir perdu à travers lui.

— Marcus… Marcus !

Le grand gaillard finit par sursauter et se relève promptement.

— Allons-y avant d'être enterrés vivants !

Il revient à l'endroit où gît Steever pour lui abaisser les paupières et murmure une brève prière inaudible, avant de s'en retourner vers Tommy qu'il redresse pour le mettre sur ses épaules. Je reste bouche bée devant son manège : abattu quelques secondes plus tôt, le guerrier semble plus que jamais décidé à vivre. Un deuil express soulignant une sacrée force de caractère et un degré d'imprévisibilité remarquable. J'envisage de récupérer la besace que Marcus vient d'abandonner près du corps de Steever. En plus de mon sac à dos, l'exercice s'avère délicat. Son ancien propriétaire coupe court à la prise de tête :

— T'occupe ! Ce ne sont pas trois pansements qui vont nous aider à sortir de ce merdier ! Par les escaliers !

Malgré un dernier combat éprouvant qui lui a causé nombre d'ecchymoses, Marcus trouve l'énergie de courir jusqu'au vestibule avec quelques dizaines de kilos en plus sur le dos. Est-il humain, ce type ? Je peine à suivre le rythme avec Cléia.

Derrière nous, le plafond lâche pour de bon, d'un seul bloc. Le choc souffle ce qu'il reste du sommet de la tour qui poursuit son inexorable extinction.

23

Perspectives

Notre fuite est facilitée par la gouttière extérieure, miraculeusement intacte. Marcus mène une descente effrénée jusqu'aux capsules. Sur le chemin, les éboulis font état de stigmates d'une mutinerie sauvage : ça et là, des Dondres ont combattu des Sentinelles armées et, au vu des éclaboussures et des corps jonchant les étages, l'affrontement a dû être d'une rare intensité. Le piratage effectué par Marcus et Steever pendant que nous sauvions Tommy a été radical : aucune scène de massacre ne présente de traces de brûlure, comme si les lasers des Sentinelles avaient tout à coup cessé de fonctionner. Le vingt-troisième étage, théâtre des box à connexions d'emprise, est le premier à être soufflé par l'effondrement. Je me rassure en pensant que les connectés de force n'ont pas souffert, probablement déjà transformés en légumes par le flux continu de GOOT. Néanmoins, je perçois chez Cléia une émotion non feinte. Sa mère fait peut-être partie des victimes.

Arrivés aux souterrains de la Haute Tour qui poursuit sa déliquescence, nous avons l'embarras du choix pour rejoindre le Passage : les sécurités des capsules sont levées et plusieurs habitacles libres d'accès promettent un départ imminent. Je remercie la vigueur inattendue des affrontements : les Dondres qui se sont entredéchirés à la surface n'ont pas eu le temps de fuir avant que le phénomène ne les dépasse. Une aubaine qui nous offre le luxe de regagner le Passage sans mal (sans risquer une identification douloureuse pour Cléia).

Le retour est rapide et sans détour par le Dernier Cercle, bien que nous n'ayons pas spécialement choisi d'éviter la zone. Aucune option ne permet d'agir sur le trajet des capsules. Sans doute la conséquence d'un reroutage automatique. Mon artefact vibre et affiche un message de Jokin. Je le lis à voix haute :

Au Passage avec Sen et Josh.
Hall des Illustres.
Steever, Marcus injoignables.
Tout va bien ?

Le silence pesant, que personne n'a encore eu la force de briser depuis notre sortie du QG, s'ancre davantage.

L'arrimage souterrain se déroule sans encombre. Le personnel du rail volant et de l'entretien oriente les voyageurs paniqués. Parmi eux, aucune trace du Philippe Dumont à qui l'on doit le périple d'Arthur Clim. Au rez-de-chaussée de la gare, nous découvrons une scène d'apocalypse : des agents entassent des corps de Dondres et de Sentinelles démembrés. Le nettoyage des traces d'un massacre encore frais. La mutinerie s'est donc étendue au-delà de la vallée.

Le Hall des Illustres est une salle de repos annexe, construite pour les voyageurs en transit. On y trouve plusieurs statues à l'effigie des Gourous. Je reconnais Trevor l'aventurier et son chapeau à ruban. Les autres figures me sont étrangères. Chaises et bancs entremêlés supportent des baroudeurs esoliens esseulés ou réunis en famille. Pères, mères et enfants transpirent le désarroi, l'accablement, parfois l'impatience, souvent la résignation. Ont-ils, eux aussi, perdu un proche ? Je ne saurais trancher si ma perception de l'endroit est influencée par mon état intérieur : l'heure est au deuil généralisé. Une voix familière s'échappe parmi les pleurs et les gémissements.

— Les voilà !

Jokin se fraye un chemin jusqu'à nous. Dès qu'il aperçoit le corps de Tommy, inerte sur les épaules de Marcus, son visage se referme.

— Que s'est-il passé ?

Sen et Joshua se découvrent derrière Jokin.

— Est-il…

Cléia s'apprête à répondre, mais Marcus prend les devants :

— Affaibli mais vivant.

— Steever n'est pas avec vous ?

— J'ai tenté de te contacter, toi et Steever… renchérit Jokin. Vous n'avez rien reçu ?

Rattrapé par l'émotion enfouie dans les décombres de la Haute Tour, le guerrier baisse la tête et répond gravement :

— Mon artefact s'est brisé, quant à Steever…

Marcus ne parvient pas à sortir un mot de plus. Devant les visages tendus de l'auditoire, je trouve la force de compléter :

— Il ne reviendra pas.

À l'entendre ainsi sans détour, le coup est rude, mais la réaction sobre et intérieure. Comme si tous se doutaient déjà que ne pas voir revenir leur compagnon en chair et en os supposait la révélation de cette sombre évidence. Joshua, le visage creusé et triste, semble davantage souffrir de la nouvelle. Il ne reverra plus jamais son cousin qui lui a redonné l'envie de se battre depuis le départ de son épouse pour les affres du Réseau. Face à la circonspection générale, Jokin prend les choses en main :

— Ne restons pas là. On a beaucoup à se dire et il nous faut un lieu plus discret pour parler. Suivez-moi !

La cacophonie générale aide à nous fondre dans la masse. Un signal sonore annonce l'arrivée d'une navette toutes les cinq minutes. Certains voyageurs égarés, avachis dans leur siège, ne savent plus s'ils attendent un moyen de quitter le Passage ou préfèrent rester mourir de chagrin aux Monts Dorés. D'autres, hystériques, ne tiennent pas en place et gesticulent comme des enfants dissipés.

Jokin nous conduit vers une sortie où de grands ascenseurs offrent une descente abrupte vers un précipice noyé dans une brume épaisse. Toujours cette satanée brume. L'accès est libre : plus une

Sentinelle armée à l'horizon. Le transit par le Passage est enfin libéré du contrôle de la Fédération. Sous nos pieds s'étend un abîme insondable. Voilà où Jokin nous emmène. A-t-il à ce point perdu tout espoir ?

J'émets une réserve :

— On ne va quand même pas plonger là-dedans ?

— Tant qu'on passe par les Vertiglaces, répond Jokin, il n'y a rien à craindre.

Une fois que nous sommes tous à l'intérieur, Sen referme la porte de l'ascenseur et dégaine un bâton enrobé d'enluminures. Je l'ai déjà vu quelque part et ce n'est pas la version que le pirate a utilisée contre Tork dans les souterrains de Tromblin-Port… À moins que… Mais oui ! C'est lui ! Le bâton de Tzos !

Sen fait tournoyer la tige qui s'illumine dans un éclair aveuglant, puis frappe le sol d'un coup sec. Après la lueur éblouissante, l'obscurité totale. Je sens le sol se dérober et mon corps basculer. Un saut ! Voilà pourquoi Jokin était si confiant.

Même si mon estomac est vide — je n'ai rien mangé depuis le voyage en capsule vers Alpha-Soli où le pillage de Marcus au Dernier Cercle a été copieusement honoré —, le retour au réel génère quelques inéluctables régurgitations. Notre nouveau décor est celui d'une caverne humide. L'odeur étouffante m'évoque quelque chose. Jokin nous conduit à travers les tunnels jusqu'à une ruelle miteuse dont les flaques d'eau se sont transformées en taches de boues. Nous sommes de retour à Brisure !

Nous voilà revenus au point de départ, là où j'ai rencontré Jokin, Marcus et Tommy pour la première fois.

— On n'aurait pas pu sauter à l'aller aussi pour gagner du temps ? grogne Marcus.

— Le brouillage était impénétrable, explique Sen. Dès que le QG est tombé, un saut est redevenu possible. On n'aurait jamais pu vous rejoindre aussi vite sans ça !

— On y est !

Jokin pousse la porte d'un magasin qui débouche sur un décor familier : des linges empilés, des pancartes affichant des « *promos imbattables* » et des étiquettes disséminées un peu partout... Je repère le bureau sur lequel Tommy griffonnait. Rien n'a changé. Jokin indique à Marcus la porte du fond :

— Tu peux le coucher dans la chambre.

Le guerrier s'éloigne avec Tommy qui n'a pas montré le moindre signe d'éveil de tout le voyage : il respire toujours paisiblement, comme perdu dans un profond sommeil.

— Faites comme chez vous, mes amis ! Brisure est sûre à présent, on n'y risque plus rien. L'heure n'est certainement pas à la fête, mais laissez-moi vous offrir à boire.

Cette fois, nous n'avons pas droit à une liqueur trouble mais à un vieux vin rouge du pays. Jokin sort plusieurs bouteilles d'une cave jouxtant le comptoir de l'arrière-boutique et dresse une table avec de quoi picorer le temps que Marcus nous rejoigne. Notre hôte reprend en soupirant :

— Bien ! Commençons par en finir avec les mauvaises nouvelles…

Il se tourne vers Cléia, Marcus et moi :

— Steever ne sera pas le seul à nous manquer. Tzos…

Je manque de m'étouffer. Pris de rage, Marcus frappe du poing sur la table. Heureusement, Jokin avait eu la sage idée de sortir des chopes en mesure de contenir le plus gros des éclaboussures.

— Incroyable ! Ils nous auront crevé la panse jusqu'au sang !

— Que s'est-il passé ? demande Cléia.

— River. On pensait avoir sécurisé les connexions et on le croyait dilué, mais il a refait surface. Seul Hector en a réchappé. Le Dondre a provoqué une surcharge des installations. Quand je suis revenu au centre, un terrible incendie avait tout ravagé. Tzos ne s'en est pas tiré. Tout était calciné, c'était affreux.

Sen brandit le long bois aux enluminures qui nous a permis de regagner Brisure. Marcus reprend sous la colère :

— Un incendie ! Un putain d'incendie !

— Ce n'est pas le feu qui l'a tué, mais River !

— Mais comment a-t-il fait pour ressortir du registre ?

— Une Surcharge Connective via un pont inversé. Aussi fou que cela puisse paraître, il a su trouver un moyen.

— Et les Larmes ? Il les avait avec lui ?

— Non. En fouillant les décombres, on a retrouvé seulement son corps. Rien d'autre.

Sur ces mots, l'attitude de Jokin change. Il prépare une annonce un peu moins tragique :

— Cléia, tu seras heureuse d'apprendre que j'ai effectué quelques recherches…

La Naïade, étonnée de l'attention soudaine, est prise d'un léger mouvement de recul. Elle repose délicatement sa chope avant d'oser affronter son regard. A-t-il eu vent de son passé dondre ? Le moment est-il choisi pour mettre ça sur la table ?

— Écoute JD, je…

— Maevyn.

Cléia se ravise.

— Ta grand-tante aurait été vue il y a un mois de cela près du lac aux Cygnes, en Isferea.

La sensation d'impuissance depuis qu'elle a perdu sa mère se meut en un regain d'espoir inattendu. Au bord des larmes, Cléia s'accroche au cou de Jokin :

— Merci !

Puis se tournant vers moi, elle ajoute :

— Tu viendrais avec moi ?

Pris de court, je ne sais pas quoi répondre. Je ne me suis pas posé la question de *l'après-Alpha-Soli*. Entraîné au sud d'Emendul depuis mon atterrissage à Brisure, j'ai bouclé la boucle de ce qu'il me paraissait juste en accomplissant mon acte de résistance. Que vais-je faire maintenant ? Retourner chez moi ? Mais de quel « chez moi » je parle ? Mes souvenirs d'avant la vague se sont-ils définitivement envolés ?

Face au malaise palpable, Cléia précise :

— Ne réponds pas tout de suite. Prends le temps d'y songer.

— Je suis au courant, ajoute Jokin. Sen et Joshua m'ont tout raconté. Si c'est vrai et que tu n'es pas né ici, tu dois être lié à ces Larmes d'une manière ou d'une autre…

Marcus et Cléia opinent du chef. La Naïade ajoute :

— Acteya et Tommy, là-bas, c'est comme s'ils étaient entrés en communication avec la Larme…

Pensif, Jokin valide mentalement ses propos et commente :

— La Surcharge Émotive… ça ne peut être que ça…

— Qu'est-ce que tu nous caches ? lance Marcus.

Jokin se tourne vers Joshua qui prend la parole :

— Le piratage du QG nous a permis d'accéder à des données sur les Larmes. Le Ver est parvenu à nous les transmettre avant que le pan sud du Réseau ne s'effondre.

— Mais encore ? coupe Marcus, agacé.

— Les Larmes sont un mélange principalement composé de ce qu'ils appellent le « jus émotif ». Elles ont été créées grâce à une intervention extérieure…

— Une quoi ?

— Des êtres d'une autre dimension, avec lesquels les Gourous étaient en contact. En lien avec la montée en puissance du Réseau…

— Les Larmes n'auraient pas pu être conçues sans eux, ajoute Jokin.

— *Eux ?* ... Bordel ! Vous n'en avez pas fini avec ce charabia ?

Joshua reprend :

— Les étrangers de ce monde *extérieur* ont la capacité de cristalliser l'énergie émotive pour en faire des Larmes…

— Mais aussi les décharger, coupe Sen.

— Voilà pourquoi ils s'en sont pris à Tommy, pense Marcus à voix haute.

— Précisément, ajoute Jokin. Tommy est de là-bas, comme toi, Acteya. Tork avait besoin de lui pour décharger la Larme, mais devait le convaincre de coopérer, car une décharge ne peut se faire sous la contrainte.

— D'où la connexion d'emprise, maugrée Marcus.

Le visage de Jokin s'illumine :

— Heureusement pour nous, Tommy a la tête dure et a su résister ! S'il avait craqué, qui sait ce qu'il serait advenu de la puissance du Réseau ? Si une Dilution Mentale totale avait opéré, on ne serait peut-être plus là pour en parler…

J'interviens dans la conversation :

— Mais cette Larme, ils ont réussi à l'emporter ! Ils pourraient recommencer !

— Une nouvelle mission pour la résistance ! lance Jokin. On doit découvrir où ils l'ont emmenée. Mais avant, on doit reconstruire.

Il marque une pause et prend une inspiration avant de poursuivre :

— Ce n'est pas tout, parmi ces Larmes existerait une Larme *Majeure*, la plus puissante de toutes…

À ces mots, je reçois comme un électrochoc, me rappelant des paroles de River dans sa connexion au centre clandestin.

— Elle a été localisée quelque part en Isferea, poursuit Jokin, mais les Dondres ont, semble-t-il, perdu la piste.

Sen se ressert du vin pour la troisième fois.

— Larme Majeure ou pas, la Haute Tour est tombée et le Réseau sud est coupé ! Il faudrait des années pour rebâtir un endroit capable de supporter une décharge.

— Le piratage a déconnecté les interfaces dondres, ajoute Joshua. Plus de Sentinelle efficiente, plus de pilotage d'aliénés. Fini les essaims et les pièges d'altération !

— Et pour couronner le tout, la Rég n'apparaît plus sur les radars ! ajoute Jokin.

— On l'a donc détruite… pour de bon ?

— En tout cas, jusqu'à preuve du contraire, suffisamment mise à mal pour reconstruire une nouvelle société la plus débranchée possible ! lance Jokin en souriant.

Un vrai sourire, celui-là. Sincère. Un de ceux qui redonnent espoir et rassurent sur la capacité esolienne à se relever d'un mauvais pas. Je repose ma chope. Ma décision est prise. Sûr de moi, je m'adresse à Cléia :

— Je viens avec toi ! Allons rendre visite à ta tante. On trouvera peut-être des infos sur la Larme Majeure.

Puis, je me tourne vers Marcus :

— Qu'est-ce que tu vas faire après ça ?

— Ne te bile pas pour moi, le bleu, Kacham a besoin de bras solides au nord !

Sa réaction m'arrache un sourire. Je ne me souviens pas avoir déjà eu cette sensation. Mon regard se pose sur Jokin qui anticipe la question :

— J'emmène Tommy à Emendul. Il a besoin de soins et de repos. Et puis, là-bas, j'ai beaucoup à faire… En nous laissant, Tzos a emporté avec lui la connaissance des sauts…

— Tu veux dire que les artefacts ne vont plus fonctionner ?

— À terme, je ne sais pas… seul Tzos pouvait les charger et activer des ponts. Il tenait son savoir d'un ingénieur dondre retourné contre la Fédé et qui nous a armés contre elle, bien avant la vague. Sans lui, la résistance ne serait pas ce qu'elle est devenue. Je m'en vais tenter de lui mettre le grappin dessus.

— Et toi, Josh ?

— Avec Sen, on repart à Tromblin. Grâce à vous, le routeur n'exerce plus d'emprise et la ville est libre. Plus de Réseau dans le coin, mais des ruines à perte de vue. On va aider les nôtres à reconstruire.

5…

Je sens un souffle nouveau m'envahir. À cet instant, je serais capable de soulever les Monts Dorés à mains nues et coloniser à moi seul *Les Mondes Oubliés du Tétarando*.

4…

Mon esprit s'amuse à incarner l'allégorie du courage, telle que Dimitri II le Spécifique l'a si justement dépeinte : suis-je ce soldat isolé au milieu du champ de bataille ? Habité par une volonté ardente ?

3…

J'ai chaud…

2…

Ma vue se trouble.
Ce bourdonnement dans mes oreilles…

1…

Qu'est-ce qu…

24

3 %

Mon odorat se réactive en premier. La stimulation d'un parfum connu m'aide à recouvrer la vue. Anthéa m'observe déjà depuis un moment. Elle me sourit amoureusement, la tête posée sur mon épaule. Nous sommes tous deux assis sur le trottoir au milieu d'un ballet de feuilles mortes que la bise soulève dans des tornades miniatures. Je reconnais la rue : c'est en bas de chez moi ! Comment ? La porte d'entrée est ouverte… Elle m'aurait rejoint ? J'étais sur mon lit… Perspectives… BLA… les losanges… *C'est la meilleure... profonde et excitante...*

À nos pieds, nos terminaux indiquent le même message :

Emprise 16XP34.

Puis comme un verdict clignotant en dessous :

Expérience terminée. Match valide à 97 %.

Intrigant différentiel de 3 %. À quel moment l'IA l'a-t-elle évalué ? Le souffle doux et chaud d'Anthéa sur mon cou évacue ce détail… *extase pure…*

— On y retourne ? me demande-t-elle d'une voix délicate, avec des trémolos à peine perceptibles.

Un orage gronde. Le vent s'est arrêté. Une chaleur de fin de soirée inhabituelle pour la saison nous embrasse. À moins que cette température s'élève de l'intérieur. Je ne sais pas. Je ne sais plus. Je veux que cette sensation perdure.

Consolidation engagée…

Nos terminaux se synchronisent. BLA jubile. Les losanges se mettent à tournoyer de plus en plus vite.

5…

Je bascule en arrière et m'allonge sur le bitume. Anthéa est blottie contre moi. Je la sens frissonner de plaisir.

4…

Nos lèvres se joignent en un doux baiser. Sensations intenses… *profonde et excitante…*

3…

Sa jambe gauche dénudée laisse entrevoir une ancienne marque en forme de papillon. Vestige d'un tatouage effacé pour une INO-3B malléable.
3 %… Différentiel d'interface… Rien de sinistre.

2…

Je me perds en elle… *extase pure…*

1…

Le *match* est parfait.

Printed in Poland
by Amazon Fulfillment
Poland Sp. z o.o., Wrocław

92785503R00190